W0031907

Linus Reichlin

Señor Herreras blühende Intuition

Linus Reichlin

Señor Herreras blühende Intuition

Roman

Galiani Berlin

Aus Verantwortung für die Umwelt hat sich der *Verlag Galiani Berlin*
zu einer nachhaltigen Buchproduktion verpflichtet. Der bewusste Umgang mit
unseren Ressourcen, der Schutz unseres Klimas und der Natur gehören
zu unseren obersten Unternehmenszielen.
Gemeinsam mit unseren Partnern und Lieferanten setzen wir uns für eine
klimaneutrale Buchproduktion ein, die den Erwerb von Klimazertifikaten
zur Kompensation des CO_2-Ausstoßes einschließt.

Weitere Informationen finden Sie unter *www.klimaneutralerverlag.de*

Verlag Kiepenheuer & Witsch, FSC-N001512

1. Auflage 2021

Verlag Galiani Berlin

Covergestaltung: Manja Hellpap und Lisa Neuhalfen, Berlin
Covermotiv: © Unter Verwendung von Motiven von freepik und GraphicBurger
Lektorat: Esther Kormann
Gesetzt aus der Utopia und der Adobe Gujarati
Satz: Dörlemann Satz, Lemförde
Druck und Bindung: GGP Media GmbH, Pößneck
ISBN 978-3-86971-227-7

Weitere Informationen zu unserem Programm finden
Sie unter *www.galiani.de*

Für Beda und Fabia

1

Kennen Sie es?, fragte ich. Santa Marìa de Bonval, nein, nie gehört, sagte der Taxifahrer. Es ist in der Nähe von Hornachuelos, sagte ich. Das wird teuer, sagte er, das sind zwei Stunden Fahrt, wollen Sie einen Mietwagen, mein Schwager vermietet günstig. Ich sagte, ein Mietwagen nützt mir im Kloster nichts, ich bleibe drei Wochen dort. Ah, sagte der Fahrer, drei Wochen, jetzt verstehe ich, Sie suchen Ruhe, viel Stress bei der Arbeit, *Burn-out*. Nein, dachte ich, eben nicht viel Stress bei der Arbeit, ganz ruhige Arbeit, Arbeit wie Vögel beobachten an einem warmen Sommernachmittag. Ja, Ruhe, sagte ich, den ganzen Tag nur Vogelgezwitscher, ich wäre bereit loszufahren, und Sie? *Tómalo con calma!*, sagte der Fahrer. Auf der Schnellstraße fragte er mich, ob ich von *drüben* sei. Ich sagte, nein, aber meine Mutter sei Chilenin gewesen. Das hört man, sagte er, verdammter Idiot. Damit meinte er den Rollerfahrer, der ihm den Weg abgeschnitten hatte.

Málaga zog am Autofenster vorbei. Liliane war vor unserer Ehe mal mit einem *Málagueño* zusammen gewesen. Zum ersten Mal hier?, fragte der Fahrer, ich sagte, ich ja, aber meine Frau hat mal einen der Euren geliebt, vor der Ehe wohlverstanden, haben Sie es auf dem Navigationsgerät gefunden? Das Kloster, sagte er, nein, das ist nicht drauf, aber keine Sorge, ich habe schon ganz andere Adressen gefunden. Sie hat also Sie geheiratet und nicht den Málagueño? Sie ist Yogalehrerin, und er war Weinhändler, sagte ich. Ah, Yoga, sehr gesund, sagte der Taxifahrer, Kinder? Eine Tochter, sagte ich. Eine sportliche Frau, sagte der Taxifahrer, eine Tochter, und dann immer viel Arbeit im Beruf, der Chef ruft die Leute heutzutage sogar in der Hochzeitsnacht an, immer muss man erreichbar sein, kein Wunder, wenn die Pumpe eines Tages streikt. Ich sehe, Sie tragen eine Gesundheitsuhr, ist mir gleich aufgefallen, misst die auch den Blutdruck? Nein!, sagte ich. Was wollte er sonst noch wissen, wie viele Leukozyten ich zur Zeit besaß? Nein, sie maß nur den Puls, und der war bei mir zu hoch, deswegen war ich ja unterwegs ins Kloster, um den Ruhepuls runterzubringen, *wir müssen Ihren Ruhepuls zurück auf die Erde holen*, sagt meine Kardiologin.

Diese Uhr zählt sogar die Schritte, die man macht, nicht wahr?, sagte der Fahrer, er schielte im Rückspiegel begierig nach dem Tracker. Ich interessiere mich nämlich für digitale Technik, sagte er. Ich drückte die Seitentaste des Trackers, auf dem Display erschien die Zahl 95. Meine erste Pulsmessung in Andalusien, ich widmete die Messung Liliane, der Tracker war *mein Geschenk an deine Gesundheit*. Für jemanden, der in einem Taxi saß und dessen einzige Anstrengung es war, mit chilenischem Akzent zu sprechen, war es ein bemerkenswert hoher Ruhepuls. Meine Kardiologin hätte mich dafür geohrfeigt.

Dann zwei Stunden Fahrt durch die andalusische Gegend, die ich mir anders vorgestellt hatte, urtümlicher, wilder, doch alles war frisch gestrichen. Waren in Andalusien nicht die Winnetou-Filme gedreht worden? Wohin waren seither die endlosen Steinwüsten verschwunden? Nein, Winnetou wurde in Jugoslawien gefilmt, sagte der Fahrer, Sie meinen sicher *Game Of Thrones,* das haben sie in Sevilla gefilmt. Als wir uns jedoch der Sierra Norte näherten, bekam ich die Gegend, nach der ich mich gesehnt hatte, hier ließ die Landschaft die Vorstellung zu, sich hoffnungslos zu verirren und in der Not den Morgentau von den Steinen ablecken zu müssen.

Der Taxifahrer hielt auf einer unbefestigen Straße bei einem Bauern, der sich an seinen staubverkrusteten Pick-up lehnte. Auf der Ladefläche streckten abgesägte Äste von Steineichen ihre Seitenzweige in die Luft, als riefen sie um Hilfe. Der Taxifahrer ließ das Fenster runter und fragte den Bauern nach dem Weg zum Kloster, spanisch *Monasterio.* Da seid ihr falsch, sagte der Bauer, hier gibt's kein *Ministerio,* das ist in Sevilla, ihr erkennt es an den leeren Weinflaschen im Müllcontainer. Nicht Ministerio, sagte der Taxifahrer, Monasterio, Santa María de Bonval. Ach das, sagte der Bauer. Danach sagte er nichts mehr. Ja, das, sagte der Taxifahrer, es muss hier in der Nähe sein. Nein, sagte der Bauer, das ist nicht hier in der Nähe. Doch, das ist hier in der Nähe, sagte der Taxifahrer, der Bauer fragte, bist du hier geboren worden oder ich? Während sie sich darüber stritten, ob es besser war, hier oder in Málaga geboren worden zu sein, stieg ich aus und atmete die warme, feuchte Abendluft ein. Ich legte mein linkes Bein auf die Kühlerhaube und neigte mich vor, bis meine Fingerspitzen den Fußrist berührten, bis zu den Zehen schaffte ich es nicht, Liliane konnte das. Sie hatte mir diese Yogaübung beigebracht, die normalerweise ohne Auto durchgeführt wird. Ich behielt das Bein auf der Kühlerhaube und versuchte, mich mit ausgestreckten Armen so weit wie möglich nach hinten zu lehnen. Auch laienhaftes Yoga dehnt irgendeinen Muskel, das ist das Gute daran, und dass der Bauer und der Taxifahrer mich entgeistert anstarrten, bin ich von Lesungen gewohnt, es macht mir schon lange nichts mehr aus, ein Publikum in Ratlosigkeit zu versetzen. Was ich machte, war *Purvottanasana* für Arme, obwohl, diesmal gelang mir die Rückwärtsbeuge passabel, ich konnte kopfüber hinter mich sehen und sah in der Ferne ein auf dem Kopf stehendes Gebäude auf einer Felswand, die aussah, als habe jemand aus dem Fels ein Stück rausgebissen.

War das nicht das Kloster? Ich machte den Taxifahrer darauf aufmerksam, er sagte, er sehe nicht gut in die Weite. Der Bauer sagte, das ist Santa María de Bonval, ein Kloster. Danach haben wir Sie doch gefragt!, sagte ich, der Bauer sagte, nein, ihr habt mich nach einem Kloster in der Nähe gefragt, und Santa María de Bonval ist nicht in der Nähe. Auf der Straße hier kommt ihr nicht hin, ihr müsst umkehren und dann die CP-002 nach Hornachuelos nehmen, nicht die A-3151. Die Fahrt dauert von hier mehr als eine Stunde, nennt ihr Stadtleute das etwa *in der Nähe?*

2

Bei Sonnenuntergang hören sie auf!, rief der Taxifahrer, er wuchtete meinen Koffer aus dem Kofferraum und stellte ihn auf den staubigen Vorplatz des Klosters. So ist das auf dem Land, sagte er, den ganzen Tag die Zikaden, du hörst dein eigenes Wort nicht. Ist manchmal besser!, rief ich. Wenn Tausende von Singzikaden ihre Tymbalorgane in Schwingung versetzen und das Geräusch einer Kreissäge nachahmen, wird wenigstens nicht mehr jedes Wort auf die Goldwaage gelegt.

Dieses Kloster hätten sie in *Game of Thrones* auch filmen sollen, sagte der Taxifahrer, das ist bestimmt hundert Jahre alt. Tausend, sagte ich, er sagte, ja, das sieht man, es müsste renoviert werden, aber die Kirche hat kein Geld mehr, sie war mal reich, jetzt holt sie Priester aus Marokko, weil die billiger sind. Wir standen vor der Klostermauer, die im Laufe der Zeit unter ihrem eigenen Gewicht in den Boden gesunken und dabei bauchig geworden war. Teilweise waren noch die Zinnen erhalten, die Gebäude mit den romanischen Fensterbögen duckten sich hinter ihnen, damit sie bei Beschuss geschützt waren, die Sorgen des 10. Jahrhunderts waren hier noch zu besichtigen. Ein in die Tiefe gegliederter, niedriger Torbogen für die kleinen Leute und die kleinen Pferde jener Zeit war mit einem

Tor aus dickem, spaltigem Holz verschlossen, rostige Eisenbeschläge hielten die Torbretter zusammen. Ich machte schnell ein Foto vom Kloster und schickte es Liliane mit einer Textnachricht: *Schau dir das an! Es ist schöner als auf dem Foto im Internet, sie haben untertrieben, in christlicher Bescheidenheit. PS Der Tracker funktioniert!*

Ich schaute der Staubwolke nach, in der der Taxifahrer zurück nach Málaga fuhr. Nun wäre ich gerne empfangen worden, hätte mich gerne unter eine Dusche gestellt, im Internet war eine Dusche erwähnt worden, *Gästezimmer mit moderner Dusche und eigener Toilette.* Am Klostertor fand ich weder Klingel noch Klopflöwe, wie kam man hier rein? Die Zikaden gingen mir nun doch auf die Nerven, der Lärm war eine natürliche Unverschämtheit. Ich rief die Kontaktnummer der *Gästeverwaltung* an, die ich vor meiner Abreise gespeichert hatte – es ging niemand ran. Ich vergab erste Minuspunkte an den Gästeverwalter. Auch das Kloster beurteilte ich bereits kritischer: Es war romantisch, zweifellos, aber eben wegen seiner Baufälligkeit. Niemand schien sich um die bemalten Bleiglasfenster zu kümmern, die in die halbrunden Fensterbögen eingelassen und teilweise spinnennetzartig gerissen waren, ein mit einem nicht mehr erkennbaren Wappenzeichen verzierter Turm stand wie ein fauler Zahn an der Mauer.

Ich setzte mich auf meinen Koffer und rief Liliane an. Sie sagte, na, wie geht's meinem Eremiten, sieht ja schön aus, dein Kloster, wie ist das Essen? Ist das Baulärm? Bauen die? Ich sagte, nein, das sind die Zikaden, aber in zwei Stunden hören sie auf, sobald die Sonne untergeht! Liliane, hörst du mich? Liliane!, rief ich – plötzlich spürte ich das Gewicht einer Hand auf meiner Schulter. Ein Mann hatte sie mir draufgelegt, er sagte, versuchen Sie nicht, lauter zu sein als die Zikaden, das führt zu nichts. Sie müssen leiser sein als sie, wie ich, hören Sie? Ich spreche leise, und Sie verstehen mich gut.

Er stellte sich mir vor: Juan Carlos Herrera. Koch und Gästeverwalter. Liliane, sagte ich, ich muss Schluss machen, der Koch und Gästeverwalter ist hier, ich liebe dich, ich legte auf. Das Gesicht des Gästeverwalters kam mir bekannt vor, er sagte, ja, ich weiß, ich sehe Fernandel ähnlich, dem französischen Schauspieler, das sagen viele ältere Leute. Auch weniger ältere Leute wie ich sagen das, sagte ich, ich habe die Filme mit *Don Camillo und Peppone* als kleines Kind gesehen, Fernandel spielte den Don Camillo. Ich muss mir die Filme mal ansehen, sagte Señor Herrera, als *ich* klein war, wurden sie schon nicht mehr gezeigt. Er sah Fernandel wirklich sehr ähnlich, die drahtigen schwarzen Haare, das bäurische Gesicht, vierschrötig zwar, aber wenn man nachts eine Autopanne hat und Hilfe braucht, will man genau dieses Gesicht sehen.

Señor Herrera trug meinen Koffer an der Klostermauer entlang, von der eine weitere, niedrigere Mauer abging. Durch deren schmales Tor betraten wir einen Garten mit Zitronenbäumen und einem alten Ziehbrunnen mit Kurbel. Vom Garten aus gelangte man zu einem Säulengang, die teilweise mit Stahlstangen gestützten Säulen mit ionischem Kapitell waren *ori-*

ginal, wie Señor Herrera es nannte. Ich strich mit der Hand über eine der Säulen, die über die Jahrhunderte speckig geworden war von den vielen Händen, die wie meine den Stein unweigerlich hatten berühren wollen. Der Säulengang führte zu einem weltlichen Anbau aus unverputztem Beton, lieblos hingebaut in neuerer Zeit, aus dem flachen Dach ragten noch die Armierungseisen heraus: der Gästetrakt.

Señor Herrera drückte mit dem Fuß die Spanholztür auf und stellte meinen Koffer vors Bett. Es war ein Zimmer, das man sich gar nicht zu genau ansehen wollte. Das einzige Fenster war nahezu zugemauert, da sich unmittelbar davor die Klostermauer befand. Das Fenster geht nach innen auf, sagte Herrera und zeigte mir, wie es nach innen aufging. Jedes Fenster geht nach innen auf, sagte ich, aber dieses könnte gar nicht nach außen aufgehen, wegen der Nähe der Mauer. Da haben Sie allerdings recht, sagte Herrera, gefällt Ihnen das Zimmer? Ich sagte, wie viele Nonnen leben eigentlich im Kloster? Ich schätze mal, vier, sagte er, ich koche immer für vier, wenn keine Gäste da sind, also werden's vier sein, es sei denn, die Äbtissin kriegt zwei Portionen, keine Ahnung. Müssten Sie es nicht wissen, fragte ich, Sie leben doch hier mit den Schwestern? Er lachte. Das ist ein Trappistinnenkloster, sagte er, ich lebe nicht mit den Schwestern. Ich arbeite in der Küche, und die Schwestern leben im Kloster, da gibt's keinen Kontakt, ich bin ja nicht Jesus. Mit ihm sprechen sie, aber selbst der Papst würde kein Wort aus ihnen rauskriegen, sie sprechen auch nicht miteinander, sie haben ein Schweigegelübde abgelegt.

Nein, ich habe keinen Kontakt zu ihnen, das Berufliche, die Lohnzahlungen, die ganze Organisation, das bespreche ich alles mit der Ordensleitung in Madrid. Ich verstehe, sagte ich, die Ordensleitung spricht mit Ihnen. Ja, Madrid spricht mit mir, sagte Herrera, die Brüder in Madrid sind ja keine Trappistinnen, sie sind lockere Zisterzienser. Locker?, fragte ich. Es gibt bei den Zisterziensern solche, die nach lockeren Regeln leben, sagte Herrera, und solche *strengerer Observanz*, wie sich das nennt. Die Trappistinnen hier in Santa María de Bonval sind strengerer Observanz, ich würde mal sagen, sogar sehr strenger Observanz, es sind eigentlich Eremitinnen.

Heißt das, ich kann nicht am Klosterleben teilnehmen?, fragte ich, an den gemeinsamen Essen, den Stundengebeten? Herrera sagte, haben Sie das Kleingedruckte nicht gelesen? Das steht doch auf der Internetseite, da steht: *Übernachtung und Verpflegung* und nicht: *mit Zisterzienserinnen strengerer Observanz essen und plaudern und mit ihnen in der Kirche rumsitzen*. Nein, sagte ich, das stand da nicht, da stand: *Erleben Sie die authentische Klosteratmosphäre, nehmen Sie teil am Klosterleben*. Das ist doch Klosteratmosphäre!, sagte Herrera und zeigte auf das schmale Bett, den kleinen Tisch, den noch kleineren Stuhl und das dafür sehr große Kruzifix über dem Bett, Sie *sind* in einem Kloster oder jedenfalls *bei* einem Kloster, und wenn Sie am Klosterleben teilnehmen wollen, dann schweigen Sie von jetzt an drei Wochen lang, tun Sie mir den Gefallen! Anstatt dass Sie sich beschweren, kaum dass Sie angekommen sind! In einer Stunde gibt's Essen, es wird im Garten serviert, Sie kriegen dasselbe wie die Schwestern, nur mit Fisch, ist das in Ordnung?

Er ging, und ich dachte, er hat recht, es ist meine Schuld, ich hätte mich genauer informieren sollen, nie informiere ich mich genau, in was für Scheißhotels bin ich schon gelandet, weil ich zu faul war, mir die Zimmerfotos anzusehen, jetzt stecke ich in einem Kloster mit Eremitinnen fest! Wie sollte ich das Klosterleben recherchieren, wenn ich das Kloster gar nicht betreten durfte? Das war eins der zwei Ziele meiner Reise gewesen: Erstens das Klosterleben recherchieren, zweitens herausfinden, weshalb mein ruhiges Leben mich im selben Maße stresste, wie es ein Leben unter permanentem Zeitdruck getan hätte. Was die Recherche betraf, so ging es um Lena Seidel, die Figur, an der ich im Zusammenhang mit dem Konzept für meinen neuen Roman seit Monaten herumdachte. Sie war gezwungen, sich in einem Kloster zu verstecken, getarnt als Nonne. Um zu erfahren, wie sie im Kloster lebte, war ich hierhergekommen, und nun blieb mir das Kloster verschlossen, weil mir die *strengere Observanz* entgangen war. Andererseits: Schweigelübde. War das nicht eine gute Idee? Lena Seidel muss sich, weit von Deutschland entfernt, in Spanien verstecken. Doch sie spricht kein Spanisch. In jedem anderen spanischen Kloster außer einem der Trappistinnen würde sie sofort als Ausländerin entlarvt werden. Aber hier, unter Nonnen, aus denen selbst der Papst kein Wort rauskriegen würde, ist sie sicher. Sehr gut. Wunderbare Fügung. Das Problem, das Klosterleben nicht von innen recherchieren zu können, bestand zwar weiterhin, aber die Idee, das Schweigegelübde zu nutzen, um als Ausländerin unbemerkt zu bleiben, war es wert. Ich war also doch am richtigen Ort, dank meines Versäumnisses, das Kleingedruckte auf der Website des Klosters zu lesen. Wenn es darum ging, produktive Fehler zu machen, konnte ich mich auf mich verlassen.

3

Der Garten mit den Zitronenbäumen dämmerte in den Abend hinein, eine Eidechse wedelte am Ziehbrunnen hoch, doch auch Insekten waren aktiv: Ein bläulicher Käfer krabbelte über den runden Marmortisch, an dem ich saß. Sein Glück war, dass ich Bertrand Russells Definition des Bösen kannte: *Extra einen Schritt zur Seite machen, um einen Käfer zu zertreten.* Die Wärme der Abendluft, das endlich eingetretene Schweigen der Zikaden, die Düfte, Rosmarin, Pinienharz, Thymian, woher kam eigentlich dieser starke Kräutergeruch? Aus dem Klostergarten? Ich schrieb Liliane eine Nachricht: *Die Wärme, das Schweigen der Zikaden, mein Liebling, die Stille, alles zu meiner Zufriedenheit, und woher kommt dieser starke Kräutergeruch?* Ich schrieb, dass ich sie vermisste, und sicherlich, ja, ich vermisste sie, aber genüsslich. Ich löschte *alles zu meiner Zufriedenheit.*

Herrera brachte auf einem Tablett aus Olivenholz das Essen und eine Karaffe Wein. Er entschuldigte sich für seinen Vorwurf von vorhin, ich würde mich beschweren, er sagte, sein Bein tue ihm heute weh. Jetzt erst bemerkte ich, dass er schief dastand, um sein schmerzendes Bein zu entlasten. Er sagte, wenn sein Bein schmerze, werde er manchmal ein bisschen *mistig.* Ich sagte, alles in Ordnung, es war mein Fehler, ich hätte das Kleingedruckte lesen müssen. Er sagte, es gebe in der Sierra Norte schöne Wanderwege, er könne mir gern einige Wanderungen empfehlen. Aber essen Sie doch! Essen Sie, bevor es kalt wird!

Auf meinem Teller lag eine Scheibe Fisch auf einem Gemüsebrei. War es Gemüsebrei? Der Fisch schmeckte nach absolut nichts, nicht einmal nach Karton. Der Gemüsebrei wiederum war eine komplexe kulinarische Komposition, bei der die einzelnen Zutaten sich gegenseitig geschmacklich neutralisierten. Das muss man erst mal hinkriegen. Selbst in sehr schlecht gekochten Gerichten ist normalerweise immer noch ein einzelnes Aroma herauszuschmecken: Hier nicht. Ja, sehr gern, sagte ich, sehr gern würde ich mir von Ihnen schöne Wanderungen empfehlen lassen! Hauptsache, dachte ich, die Route führt an einem Restaurant vorbei.

Unten im Dorf, sagte Herrera, wird mittwochs, freitags und natürlich am Sonntag die Heilige Messe gelesen. Sie können aber auch zu allen anderen Zeiten in der Dorfkirche beten. Zu Fuß ist es eine Stunde bis zum Dorf, zwei Stunden, ich weiß nicht, ich gehe nie zu Fuß runter. Oder Sie bestellen ein Taxi, es kommt aus Hornachuelos. Ich kann Sie aber auch mit dem Auto mitnehmen, wenn ich es vorher rechtzeitig weiß. Dann können Sie in der Kirche beten, ich mache die Einkäufe, und nachher fahre ich Sie wieder zurück. Ich dachte, er glaubt, dass ich am Klosterleben teilnehmen will, weil ich gläubig bin, pass mal gut auf, was du jetzt sagst! Ich sagte, das ist sehr nett von Ihnen, aber ich möchte mich hier erholen, bei der Arbeit, das heißt, ich wollte arbeiten, ich hatte gehofft, hier das Klosterleben recherchieren zu können. Im Konzept meines neuen Romans spielt ein Kloster eine wichtige Rolle. Ah, ich verstehe, sagte Herrera, ein Roman! Sie sind ein Schriftsteller! Ja genau, sagte ich. Wie Miguel de Cervantes, sagte Herrera. Na ja, sagte ich, der Vergleich hinkt ein bisschen. Wie Gabríel García Marquez, sagte Herrera, ich sagte, ich mache im Prinzip, theoretisch, dasselbe wie er, nämlich schreiben, ja. Und in Ihrem Roman, fragte Herrera, um was geht es da, wenn ich fragen darf? Es ist noch kein Roman, sagte ich, ich arbeite erst am Konzept dazu. Essen Sie, sagte Herrera, essen Sie, es schmeckt nicht, wenn es kalt ist. Ja gern, sagte ich.

In dem Roman, sagte ich, und spülte mir mit Wein den Mund frei, geht es um eine Frau, sie heißt Lena Seidel. Sie ist Textildesignerin, pendelt zwischen Mailand, London und Berlin, ihr Leben steht ganz im Zeichen einer hektischen Akkumulation von Geld und Erfolg. Doch dann wird sie zufällig Zeugin eines Mordes, den das Oberhaupt eines libanesischen Mafiaclans begangen hat, er hat seinen Bruder erschossen, Eifersucht. Lena Seidel sagt im Prozess gegen den Clanchef aus, und da dieser schwört, sie umbringen zu lassen, wird sie ins Zeugenschutzprogramm aufgenommen. Nach einem missglückten Mordanschlag wird sie von der Polizei im Ausland versteckt, eben in einem Zisterzienserinnen-Kloster, wo sie als Nonne getarnt ein ihr vollkommen fremdes Leben führen muss. Das klingt nach Krimi, ist es aber nicht, sagte ich, ganz und gar nicht, sondern es ist eine Studie über eine Frau, die von einem Tag auf den anderen ein völlig anderes Leben führen muss, verstehen Sie? Oh ja, sagte Herrera, ich verstehe, ich verstehe sehr gut, ich frage mich nur, wie Sie das wissen konnten? Wie ich was wissen konnte?, fragte ich, und er setzte sich zu mir an den Tisch.

Diese Frau versteckt sich also in einem Kloster?, fragte er, ich sagte, ja, das ist die Idee, warum? Haben Sie das wirklich gewusst?, fragte er, oder ist es ein Zufall, verzeihen Sie, wenn ich Sie so direkt frage, aber wie Sie sich vorstellen können, bin ich gerade ein bisschen durcheinander. Ich selbst wusste es nämlich von Anfang an, gut, ich will nicht übertreiben: Ich wusste es nicht, aber ich habe es geahnt. Ich hatte von Anfang an den Verdacht, dass mit ihr etwas nicht stimmt, und nun kommen Sie und erzählen mir dasselbe, Sie, ein Fremder, der heute zum ersten Mal dieses schöne Kloster betreten hat. Ich sagte, Señor Herrera, ich verstehe nicht, wovon Sie sprechen, mit wem stimmt hier etwas nicht?, fragte ich. Mit Schwester Ana María, sagte er, mit wem sonst. Wer ist das, fragte ich, eine der Schwestern? Eine Nonne, sagte Herrera, er blickte sich im Garten um, er sagte, ich bin nicht sicher, ob es gut ist, wenn wir das hier besprechen, denn wenn es stimmt, was Sie mir gerade erzählt haben, haben die Zitronenbäume möglicherweise Ohren. Ich wartete auf ein Lachen von ihm, aber es kam keins. In die Küche, sagte er, darf ich Sie nicht mitnehmen, Gäste dürfen sich nur im Gästetrakt aufhalten, Anweisung der Ordensleitung. Madrid, sagte ich. Ja, Madrid, sagte er, wir könnten einen Spaziergang machen, in den Bergen kann uns niemand belauschen, aber für Spaziergänge habe ich keine Zeit. Also müssen wir es hier besprechen. Was müssen wir besprechen, Señor Herrera?, sagte ich.

Herrera trank einen Schluck aus meinem Glas, er entschuldigte sich dafür, sagte, er sei aufgeregt, er brauche einen Schluck Wein, und aus der Flasche wolle er nicht trinken. Vor einem Jahr, sagte er, sei eine neue Nonne ins Kloster eingetreten. Schwester Ana María. Etwa dreißig Jahre alt, vielleicht etwas älter, ich hab sie nur von Weitem gesehen. Und wissen Sie, fragte er, wie sie hier angekommen ist? Mit dem Auto?, sagte ich. Mit dem Taxi, sagte Herrera. Mit dem Taxi aus Hornachuelos, aber der Fahrer war nicht Ramón. Nicht Ramón, sagte ich, verstehe, und was ist daran ungewöhnlich? Fahren Sie mit dem Taxi zu Ihrer Hochzeit?, fragte Herrera. Bisher nicht, sagte ich. Eine Zisterzienserin, sagte er, fährt nicht mit dem Taxi in das Kloster, in dem sie den Rest ihres Lebens verbringen wird. Sie kommt zu Fuß, weil sie zuerst mit der Eisenbahn gefahren ist, dann mit dem Bus in unser Dorf, und von dort trägt sie ihren Koffer mit ihren Habseligkeiten zu Fuß hierher ins Kloster. Aber gut, sagte Herrera, es ist nicht vollkommen ausgeschlossen, dass eine Nonne mit dem Taxi kommt, das bestreite ich nicht. Aber dann hätte der Fahrer Ramón sein müssen. Im Dorf gibt es kein Taxi, nur in Hornachuelos, die haben nur einen Wagen, und der Fahrer ist Ramón, in dreißig Jahren war das nie anders. Doch an jenem Tag fuhr ein großer, kräftiger Kerl mit kurz geschorenen Haaren das Taxi, ein Typ wie aus einem dieser Filme, die mit einer Explosion beginnen. Er trug eine Sonnenbrille, wie sie nur Touristen tragen, ein Einheimischer war das jedenfalls nicht, was meinen Sie? Das kann ich nicht beurteilen, sagte ich, ich habe ihn ja nicht gesehen, und von Filmen, die mit einer Explosion beginnen, verstehe ich nichts. Sie sollten Ihre Leistung nicht kleinreden, Señor Renz, sagte Herrera, Sie verstehen sogar sehr viel von dieser Angelegenheit, sonst hätten Sie nicht gewusst, dass Schwester Ana María sich hier versteckt.

Moment mal, sagte ich, das habe ich nie behauptet! Lena Seidel versteckt sich in einem Kloster, aber sie ist eine Romanfigur, wie Don Quichotte, wenn auch bislang weniger legendär. Sie existiert nur hier. Ich tippte an meine Stirn. Mein Freund, sagte Herrera, er trank mein Glas leer, ich will mit Ihnen nicht über Ihre Begabung streiten. Ich sage nur, dass Schwester Ana María von einem fremden Taxifahrer hierhergebracht wurde, und das war nicht das Einzige, das mich stutzig machte. Da war noch etwas. Etwas viel Wichtigeres.

Herrera schwieg, eine Kunstpause, ich sagte, na gut, ich will es wissen.

Sie sieht nicht aus wie eine Spanierin, sagte er. Das muss nicht in jedem Fall ein Nachteil sein, sagte ich. Das meine ich damit nicht, sagte Herrera, es ist aber doch merkwürdig, das müssen Sie zugeben, eine Ausländerin, die in dieses Kloster eintritt? Ausländerin, sagte ich, wie wollen Sie das denn wissen, oder haben Sie Kontakt zu ihr? Sie sagten, Kontakt mit den Schwestern sei verboten, und Sie hätten diese Ana

María nur von Weitem gesehen. Was für ein sonderbarer Mensch, ich hatte inzwischen richtig Lust, ihn mit seinen Widersprüchen zu konfrontieren. Herrera hob die Hände, ließ sie auf seine kräftigen Schenkel fallen, hob sie wieder. Sie wissen doch, wie das ist, sagte er, Sie sind Schriftsteller, Sie wissen doch, der Mensch ist neugierig. Ja, ich habe sie bei ihrer Ankunft von Weitem gesehen. Aber danach ein paarmal zwar auch von Weitem, aber das Fernglas hat die Distanz verkürzt. Das Fernglas?, fragte ich, er sagte, darüber möchte ich eigentlich gar nicht sprechen, Sie sehen, ich schäme mich dafür. Nicht, dass Sie jetzt etwas Falsches denken! Ich habe sie nur zwei- oder dreimal beobachtet, aber was heißt schon *beobachtet,* es war mehr ein *Sehen,* ich habe sie gesehen, im Klostergarten. Schwester Ana María kam mir eben merkwürdig vor, das ist alles, ich hatte diesen Verdacht, dass mit ihr etwas nicht stimmt, und damit bin ich ja jetzt in bester Gesellschaft, Ihnen geht es ja genauso.

Nein!, sagte ich. Mir geht es keineswegs so, ich kenne diese Schwester ja gar nicht. Ich auch nicht, sagte Herrera, ich weiß nur, dass sie keine Spanierin ist, aber was heißt *wissen,* es ist mehr als Wissen: Es ist ein klares Gefühl. Señor Herrera, sagte ich, als ich meinen ersten Roman veröffentlichte, hatte ich das Gefühl, dass noch nie ein Mensch etwas so Gutes geschrieben hat, aber die Reaktion der Literaturkritiker lehrte mich, Gefühle nicht mit Wissen gleichzusetzen. Jaja, sagte Herrera, wie auch immer, ich glaube, wir sind uns einig, dass es für eine Ausländerin, die sich verstecken muss, das Beste wäre, sich bei uns in Andalusien in einem Kloster mit Schweigegelübde zu verstecken. Bei den Zisterzienserinnen strengerer Observanz. Sie spricht kein Spanisch, aber wem sollte das hier auffallen, die Schwestern wünschen sich beim Essen nicht mal guten Appetit, so sehr schweigen sie. Aber wem erzähle ich das, das steht alles in Ihrem Roman. Nicht Roman, sagte ich, es ist nur ein Konzept für einen Roman, und ich plane kein prophetisches Werk! Wie Sie wollen, Konzept, sagte Herrera, er klopfte mir auf die Schulter, aber jetzt ist es Zeit, ich muss das Geschirr spülen, von Hand, einen Geschirrspüler kann sich das Kloster nicht leisten, deshalb sind die Schwestern über jeden zahlenden Gast froh. Lassen wir einfach erst mal alles *sacken,* buenas noches.

4

Ich saß allein im Zitronengarten, trank die Karaffe leer, ließ alles sacken und beobachtete, wie der Garten sich in die Dunkelheit zurückzog: Um zehn Uhr sah ich noch das gelbe Schimmern der Zitronen, um halb elf erloschen die Zitronen. Auch für eine Lampe im Garten schien den Schwestern das Geld zu fehlen, es reichte nicht mal für ein Teelicht.

Im Zimmer gab es nur Deckenlicht, wie soll man bei Deckenlicht ein Buch lesen, Literatur lebt von indirektem, gedämpftem Licht. Bei Deckenlicht liest der Gefangene die richterliche Begründung für das Todesurteil, dazu ist Deckenlicht geschaffen worden. Ich knipste es aus und legte mich angezogen aufs Bett. Ich schrieb Liliane eine Textnachricht, *schlaf süß und denk an mich,* ich löschte *süß* und ersetzte *denk an mich* durch *träum von mir,* obwohl mir ein Neurologe mal erklärt hatte, das sei dasselbe. Ich fügte eine Bemerkung über das schlechte Essen im Kloster hinzu, dass mir das aber egal sei, dass einzig die Ruhe zähle – es war mir überhaupt nicht egal, aber Liliane mochte Menschen, die in beschissenen Situationen gelassen reagieren. Vor dem Einschlafen rief ich auf dem Tracker meine Pulswerte ab. Mein Ruhepuls galoppierte, dafür hätte meine Kardiologin mich geohrfeigt, aber das sagte ich schon. Wie sonderbar: Ich lag bewegungslos auf dem Bett, mein Herz jedoch schien zu glauben, dass ich gerade unter Artilleriebeschuss im Zickzack über ein Minenfeld rannte und versuchte, mit beiden Händen meine Eingeweide zurück in den Leib zu stopfen. Mein Herz schätzte die Lage falsch ein, und ich schaffte es nicht, ihm mitzuteilen, dass ich in Sicherheit war und nicht mal die Zehen bewegte – es gab ein Kommunikationsproblem zwischen mir und meinem Herz.

Am nächsten Morgen weckte Herrera mich um sieben Uhr, er versprach, mir gleich sein Spezial-Rührei zu servieren, im Zitronengarten. Er hatte drei Bartnelken in einer kleinen gläsernen Vase auf den Marmortisch gestellt, und als ich mich dafür bedankte, sagte er, *die Beblumung des Gästetisches* habe er im Hotelleriekurs in Córdoba gelernt. Er habe auch gelernt, den Gast zu fragen, wie er genächtigt habe. Ich sagte, die Matratze ist hart, aber vermutlich gerecht in dem Sinn, dass kein Mensch, egal ob Sozialhilfebezieher oder Milliardär, darauf gut schläft, und ob ich vielleicht ein Daunenkissen haben könnte? Herrera sagte, wieso, was ist denn in dem Kissen drin? Das weiß ich nicht, sagte ich, vermutlich Faserbällchen aus Polyester, es ist eins dieser Allergikerkissen, die jetzt auch in Hotels leider Standard geworden sind, mir sind die zu hart. Wie die Matratze, sagte Herrera. So ist es, sagte ich. Die Schwestern, sagte Herrera, schlafen auf denselben Matratzen, und auch die Kissen sind dieselben. Im Fall der Schwestern, sagte ich, verstehe ich das, denn sie führen ein entbehrungsreiches Leben – aber woher wissen Sie, auf welchen Kissen sie schlafen? Wurde Herrera rot? Was Sie für Fragen stellen, sagte er, von Miguel weiß ich es natürlich, er holt einmal im Monat die Wäsche. Dann hat er also mit den Schwestern Kontakt?, fragte ich. Nein, nein, sagte Herrera, die Wäsche liegt morgens vor dem Klostertor, verpackt in Leinensäcke aus dem Krankenhaus, das Krankenhaus in Córdoba hat die Säcke der Kirche gespendet. Ich werde mich jedenfalls nach einem Launenkissen umsehen. Daunenkissen, sagte ich, und Herrera sagte, ja, aber eigentlich ist es ja eine Laune von Ihnen. Im Kurs habe ich gelernt, die Launen des Gastes ernst zu nehmen, der Gast ist König und Behinderter. Behinderter?, fragte ich. Es ist nur ein Gleichnis, sagte Herrera, unser Kursleiter riet uns, die Gäste mit derselben Geduld und Nachsicht zu behandeln wie Behinderte. Und nun wünsche ich Ihnen guten Appetit! Er stellte mir einen übergroßen Tonteller hin, auf dem ein Haufen Rührei lag, aus dem eine Flüssigkeit herausrann, sie hatte bereits eine Pfütze um den Rühreihaufen gebildet. Die Flüssigkeit war farblos und durchsichtig, aber es war kein Wasser, dazu war sie zu viskos.

Das Rührei schmeckte nach Ammoniak, doch dieses Aroma wurde durch einen herben Erdton abgerundet, das Erdige versöhnte das Chemische mit dem Gaumen. Ich sagte, mit ein bisschen Salz wäre es köstlich! Er eilte davon und kam kurz darauf mit einer Menage zurück, darin Salz, Pfeffer und Zahnstocher. Ah, sagte er mit Blick auf meinen Teller, auf dem nur noch die Hälfte des Rühreihaufens lag, Sie haben ja schon tüchtig zugelangt! Weil es so gut schmeckt, sagte ich.

Ich fühlte mich vollkommen sicher, denn der Ziehbrunnen im Garten war ausgetrocknet und so tief, dass es drei Sekunden gedauert hatte, bis der Rühreiklumpen, den ich vom Teller ins Loch hinuntergeschabt hatte, unten aufgeschlagen war. Drei Sekunden entsprachen einer Tiefe von etwa dreißig Metern, ohne Militär-Taschenlampe konnte man von oben den Boden niemals rekognoszieren. Am liebsten hätte ich das gesamte Rührei dem Brunnen übergeben, doch das hätte Herrera zur Überlegung angestiftet, ob es menschenmöglich war, dass ein Gast in der kurzen Zeit, die er benötigt hatte, um die Menage zu holen, so viel Rührei isst. Außerdem wollte ich ihn zu kleineren Portionen animieren, das würde mir fortan bei der Entsorgung der Speisen Arbeit ersparen. Ich bin allerdings jetzt schon satt, sagte ich, die Hälfte hätte mir genügt, ich muss auf meine Linie achten. Sie meinen, damit Sie keine Kurve kriegen, sagte Herrera, die Leute, die eine Kurve bekommen, haben nicht auf ihre Linie geachtet – das ist ein Scherz. Jaja, sagte ich, ich lachte ein wenig. Aber Sie sind schlank, sagte Herrera, Sie werden sich an die Menge gewöhnen, wir sind hier in einem Kloster, da achtet niemand auf seine Linie, denn ins Fegefeuer kommt man nicht, weil man fett ist. Haben Sie das Gewürz herausgeschmeckt? Das dem Gericht die besondere Note verleiht? Nun, ich glaube, sagte ich, es war Rosmarin? Nein, es war nicht Rosmarin. Herrera sagte, er sei gespannt, ob ich es nächstes Mal herausschmecke. Rührei sei übrigens für die andalusische Küche nicht typisch, aber er halte nichts von regionaler Küche, er bediene sich bei der Kreation neuer Rezepte aus dem Fundus aller Kochtraditionen der Welt, das nennt man *Fusion,* sagte er. Nimm ihn ernst, dachte ich, *im Yoga lernen wir, auch solche Leute ernst zu nehmen,* hätte Liliane gesagt.

Kochen ist meine Leidenschaft, sagte Herrera, während er den Rest meines Rühreis salzte, das haben Sie sicherlich schon bemerkt, aber was heißt Leidenschaft! Möchten Sie Pfeffer? Pfeffer passt hervorragend zu Ei! Bitte, ja, sagte ich, und er schüttelte den Pfefferstreuer über meinem Rührei. Ich sollte es Liebe nennen, das trifft es besser, ich liebe das Kochen. Ich sagte, das merkt man, haben Sie eine Ausbildung zum Koch, ich meine, oder wo haben Sie es … gelernt? Nein, ich habe es mir selber beigebracht, sagte Herrera, *learning by doing,* ich brauchte ja einen neuen Beruf, nach meinem Unfall bei der Corrida. Bei der Corrida?, fragte ich. Ja, sagte er, als Formalito mich erwischt hat, am Bein und am Kopf, Schädel-Hirn-Trauma zweiten Grades, *contusio cerebri,* wenn Ihnen das was sagt. Formalito, sagte ich, sprechen Sie von einem Stier? Es war natürlich nicht *der* Formalito, sagte Herrera, er hieß offiziell *Formalito II,* er wurde benannt nach dem Vater von *Islero,* der Formalito hieß, jedenfalls hat er mich zweimal erwischt, erst an der Schläfe, dann machte er sich über mein Bein her. Das war sein gutes Recht. Keiner nimmt es einem Stier übel, wenn er sich wehrt, dazu holt man ihn ja zur Corrida, man will ja, dass er sich wehrt, und wenn er es erfolgreich tut, ist das nicht sein Problem, sondern das des Matadors, es war also mein Problem. Sie waren Torero?, fragte ich, er sagte, nicht Torero, Matador war ich.

Ich hatte mir Stierkämpfer immer hochgewachsen, schwarzhaarig und attraktiv vorgestellt, und Herrera war nur schwarzhaarig. In seiner Jugend war er vielleicht hochgewachsen und attraktiv gewesen, die Leute verlieren ja mit dem Alter an Attraktivität *und* an Höhe. Wenn ich ihn mir genauer ansah, musste ich zugeben, dass ich ihn vielleicht bisher optisch unterschätzt hatte. Er war durchaus auf eine Weise attraktiv, in die Jahre gekommen, aber er hatte lebendige dunkle Augen, ein etwas pferdiges, aber markantes Gesicht, eine kräftige, männliche Statur, und trotz seines bösen Beins bewegte er sich, als habe er versteckte Kraftreserven, wie ein Braunbär, der, wenn er richtig wütend ist, seine Tapsigkeit ablegt und einem aus hundert Metern Entfernung an den Hals springt.

Und was ist der Unterschied zwischen einem Torero und einem Matador?, fragte ich. Ein Torero, sagte Herrera, ist jeder, der bei einer Corrida dabei ist, *Banderilleros, Picadores, Novilleros.* Banderilleros und Picadores quälen den Stier aber nur, das war schon immer meine Meinung, ich halte nichts von ihnen. Novilleros sind Anfänger, die Matadores werden wollen, und der Matador ist eben der Chef, um ihn und den Stier geht es bei einer Corrida, er tötet den Stier. Aber ich will nicht davon reden. Es macht mich nur traurig. Diese Zeiten sind vorbei. Jetzt bin ich Koch, so ist das. Koch und Gästebetreuer. Das Leben verändert uns, nicht wir das Leben, auch wenn wir es uns gern einbilden.

Das ist interessant, sagte ich, es ist nämlich so, dass in dem Romankonzept, von dem ich Ihnen gestern erzählt habe, ein Gemüsehändler vorkommt, der das Kloster mit allem beliefert, das die Klosterfrauen nicht selbst anbauen, Äpfel, Auberginen, Melonen, und dieser Gemüsehändler war früher Torero. Das dachte ich jedenfalls, jetzt weiß ich dank Ihnen, dass ich Matador meinte. Herrera schaute mich an. Als der Moment kam, in dem er eigentlich endlich etwas hätte sagen müssen, schaute er mich immer noch nur an. Was ist?, fragte ich. Ich war Matador, sagte Herrera. Und ich kaufe Äpfel und Auberginen ein, da haben Sie's, es steht alles in Ihrem Roman, ich weiß nicht, wie Sie das machen. Konzept, sagte ich, Konzept, nicht Roman, und ich mache gar nichts, ich wusste nicht, dass Sie Matador waren. Wenn Sie es nicht wussten, sagte Herrera, wieso steht es dann in Ihrem Roman, Verzeihung, Konzept?

Ein Zufall, sagte ich, nur ein Zufall, aber wir sollten das Beste daraus machen: Hätten Sie vielleicht Lust, mich in das Thema Stierkampf einzuführen? Das wäre großartig, es würde mir helfen, die Figur des Gemüsehändlers – die nichts mit Ihnen zu tun hat! – authentischer zu beschreiben. Vielleicht könnten Sie mich zu einer Corrida mitnehmen und mir alles erklären? Ich muss das sonst im Internet recherchieren, aber wenn ein Fachmann mir den Stierkampf aus eigener Erfahrung schildern würde – das wäre mir wirklich eine große Hilfe. Herrera schloss die Augen, mit geschlossenen Augen sagte er, das muss ich leider ablehnen. Ich sagte doch, es macht mich traurig, darüber zu sprechen, und ich in einer Corrida, als Zuschauer? Ganz unmöglich. Meine Antwort lautet also, tut mir leid, ich werde Sie nicht in das Thema *einführen.* Wir machen das anders. Ja, ich habe es soeben beschlossen. Wir machen es anders. Wie anders?, fragte ich, und er sagte, ich will nur einfach kein alter hinkender Löwe sein, der einem Zoobesucher durch die Gitterstäbe erzählt, wie es war, Gazellen zu jagen. Wir machen es anders, ich werde Sie benachrichtigen, wenn es so weit ist. Und jetzt möchte ich Sie einladen, sich zu entspannen. Genießen Sie die Stille, die Ruhe, die tausendjährige Geschichte dieses Klosters. Möchten Sie heute Abend Fleisch oder Fisch? Wenn Sie sich für Fisch entscheiden, müssen Sie wissen, er ist tiefgekühlt. Die Schwestern essen vegetarisch, und Fisch fordert mir nichts ab, jedermann kann Fisch braten, deshalb freue ich mich, wenn ich Fleisch zubereiten kann, und das kann ich nur, wenn Gäste hier sind, die sich für Fleisch entscheiden. Ich entscheide mich für Fleisch, sagte ich und blickte hinüber zum Ziehbrunnen.

5

Er fragte mich nach meinen Tagesplänen, ich sagte, ich hätte vor, einen längeren Spaziergang zu machen, und sei erst zum Abendessen zurück. Sie lassen das Mittagessen ausfallen, sagte er, das ist schade, Sie haben Vollpension gebucht, und es gibt heute Mittag *Ensaladilla Rusa,* für Sie mit Thunfisch, wie es sich gehört, für die Schwestern ohne, obwohl Jesus wohl kaum Fische vermehrt hätte, wenn er Vegetarier gewesen wäre. Ja, schade, ich verpasse die Ensaladilla ungern, sagte ich. Mein Spaziergang diente nun aber gerade dazu, dem Mittagessen zu entkommen, ich musste endlich wieder einmal etwas Essbares zu mir nehmen. Ich sagte, aber lange Spaziergänge sind Teil meines Erholungsprogramms. Herrera bestand darauf, mir wenigstens ein Picknick mit auf den Weg zu geben, denn die einzige Bar in der Gegend, in der man etwas essen könne, sei die im Dorf unten. Alfonso, der Wirt, sei dreiundachtzig und nehme es mit der Lebensmittelhygiene nicht mehr genau. Stellen Sie eins seiner Hühnereier auf den Tisch, sagte Herrera, und erschrecken Sie es durch ein lautes Geräusch: Es wird davonlaufen.

Herrera umwickelte den Rest meines Rühreis mit Alufolie, er legte ein halbes Brot und ein Stück Speck dazu. Damit machte ich mich auf den Weg. Nur der

Mensch, der sich bewegt, ist in unserer säkularen Zeit frei von Sünde. Gott war im Anfang Kriegsherr, dann versuchte er sich als Gott der Liebe, heute ist er *Personal Trainer.* Er wird die in die Hölle stoßen, die sich nicht bewegt haben. Liliane, eine seiner Prophetinnen, sagt, *Sitzen ist das neue Rauchen.* Im Sitzen zu rauchen käme dem Bespucken einer Monstranz gleich. Also spazierte ich, und es tut einem ja auch gut, *du willst es doch auch!* Es war heiß, aus den Hügeln stiegen die Staubwolken von fernen Fahrzeugen auf, die Zikaden in den niedrigen Steineichen schabten sich den Leib wund. Ich begegnete auf einer halben Stunde Weg keinem Lebewesen ohne Flügel, nach einer Stunde trottete mir aber ein schwarzer Hund entgegen, friedlich, fast schüchtern. Da meine Anwesenheit ihn aus dem Konzept brachte, rutschte er auf dem steinigen Pfad aus und konnte sich nur durch eine fischartige Bewegung im Gleichgewicht halten. Das sah komisch aus, und es schien ihm bewusst zu sein, denn er blieb breitbeinig stehen und wirkte verlegen. Ich verfütterte mein Picknick an ihn und gewann einen Freund, der mich auf meinem einsamen Weg begleitete, bis ein Pfiff ihn wie an einem Seil von mir wegzog. Nach zwei Stunden sah ich im Tal die Dächer des Dorfs – noch einmal zwei Stunden Rückweg, vier Stunden Bewegung insgesamt: Ich führte ein gottgefälliges Leben.

Die Bar war schnell gefunden, das Dorf bestand nur aus einigen weiß getünchten Häusern, einer Kirche mit halbbogenförmigen Turmöffnungen, damit man die Glocke sah, den Stolz der Gemeinde, und eben der Bar am Kirchplatz. Drei oder vier kleine quadratische Holztische mit je zwei Stühlen luden dazu ein, sich zu setzen und auf die Auferstehung der Toten zu warten. Ich war in der Mittagshitze der einzige Gast. Nach einer Weile trat von innen durch den Perlenvorhang ein Mann vor die Bar, den meine Mutter einen *Pinochetista* genannt hätte, als Chilenin hatte sie zeitlebens alle alten Männer mit Schnurrbärten verdächtigt, Junta-Mitglieder zu sein, auch in Stuttgart. Mir persönlich gefiel der sorgfältig getrimmte Schnurrbart des Señor, in den brillantierten grauen Haaren konnte man die Furchen des Kamms zählen. Der Mann bückte sich nach einem Stück Papier, das auf dem Boden lag, rieb es zwischen den Fingern zu einer Kugel und warf es mit Gemurmel auf die Straße.

Nun, Señor Alfonso, sagte ich, was gibt es zu essen? Es erstaunte ihn nicht, dass ich seinen Namen kannte, in kleinen Dörfern gibt es keine Geheimnisse. Er sagte, Churros. Ich wusste nicht, was das war, und fragte nicht, ich wollte mich überraschen lassen. Sechs oder zwölf?, fragte Señor Alfonso, ich sagte, erst mal sechs.

Während ich auf die Churros wartete, rief ich meine Tracker-Werte ab. Der Ruhepuls lag bei 92, hatte ich vielleicht ein klein gewachsenes Herz? Die Größe des Herzens ist nicht an die Körpergröße gekoppelt, Zwerge können proportional sehr große Herzen haben, Riesen kleine, die zweimal so schnell schlagen müssen wie ein Zwergenherz, um dieselbe Gewebefläche zu durchbluten. Meine Kardiologin hatte mein Herz allerdings vermessen und nichts Abwertendes darüber gesagt.

Señor Alfonso stellte mir eine hohe Schale mit Gebäck auf den Tisch. Churros. Es waren sieben Stück, das war seine Interpretation eines halben Dutzends. Eine Art Krapfen, mit Zucker bestreut, ihre Heimat war das Frittieröl. Dazu gab es Kaffee, den ich nicht bestellt hatte und nicht trank – ich wollte auf dem Tracker nicht die Zahl 120 sehen. Die Churros hätte Herrera nicht schlechter hingekriegt, aber *der Hunger treibt's rein,* wie Liliane oft sagte, wenn wir irgendwo schlecht aßen. Sie war Deutschlehrerin, Ihre Doktorarbeit trug den Titel *Die Entstehung und Verbreitung von Floskeln im deutschen Sprachraum des 19. Jahrhunderts.* Sie liebte Floskeln wie andere Schmetterlinge, sie sammelte sie in einem inzwischen von ausländischen Germanisten konsultierten Online-Archiv, man kann sagen: Yoga und Floskeln waren ihre Leidenschaft, und nicht von ungefähr. Denn in den *Asanas,* den Yogaübungen, sah sie durchaus *Körperfloskeln,* die im Unterschied zu Phrasen und Gemeinplätzen allerdings mit einem philosophischen Gehalt aufgeladen waren, Gott sei Dank.

Die Churros waren verschwenderisch gezuckert, deshalb machte ich den Fehler, keinen übrig zu lassen, obwohl sie mir schon aufstießen, als ich mit ihnen noch gar nicht fertig war. Ich machte mich auf den Rückweg ins Kloster Santa María de Bonval. Beim Aufstieg auf dem Geröllpfad dachte ich über Lilianes Neigung nach, alles mit allem zu verknüpfen, ihre Sehnsucht, in allem eine Ähnlichkeit zu entdecken, eine Verwandtschaft, und dann wurde mir schlecht. *Wie angeworfen.* Ich kotzte die unverdauten Churros auf den Pfad und auf die Disteln am Rand des Pfads, über meine Schuhe und über eine Ameisenstraße, deren Verkehrsteilnehmer nun in einem Fall von *Katastrophe durch Überfluss* in glukosereichem Nahrungsbrei ertränkt wurden. Auf den Knien und durch die Kotztränen hindurch konnte ich sehen, dass die überlebenden Ameisen bereits erste Bröcklein aus dem flüssigen Chaos in ihr Nest wegtrugen. Das Leben geht immer für irgendjemanden weiter.

Die letzte Wegstunde war bitter, doch endlich erhob sich das Kloster wie eine Mutter und nahm mich auf, steckte mich unter die Dusche, spülte alles *Churristische* von mir ab und legte mich danach sanft auf mein kühles Bett, an dem die Zikaden sangen.

6

Ich schlief, bis Herrera klopfte. Er sagte, geht es Ihnen gut, Sie sind bleich. Ich sagte, alles in Ordnung, ich bin nur müde. Er sagte, ich habe Rindsfilet für Sie zubereitet, *à l'orange.* Großartig, sagte ich, ich habe nur im Moment noch gar keinen Appetit. Das trifft sich gut, sagte Herrera, denn ich möchte Ihnen vor dem Essen noch etwas zeigen, kommen Sie, wir müssen uns beeilen. Ich würde aber, sagte ich, mich lieber noch ein bisschen ausruhen. Nachher, sagte Herrera, nachher können Sie essen und sich ausruhen, kommen Sie, Bewegung wird Ihnen guttun, Bewegung regt den Appetit an! Ich werde Ihnen etwas zeigen, Sie werden es nicht bereuen!

Na gut, wer kann sich dem Ruf nach noch mehr Bewegung verschließen. *In nomine patris et filii et motus sancti.* Ich folgte Herrera nach draußen, er führte mich an jener Außenmauer des Klosters entlang, an die ein misanthropischer Architekt den Gästetrakt hingeklatscht hatte. Über eine Holzleiter stieg Herrera auf die Mauer, die unter jedem Schritt bröckelte. Immerhin war sie breit, man konnte auf ihr ohne Balanceakte in Richtung des verfallenen Turms gehen. Schauen Sie nicht runter, sagte Herrera, der vor mir ging. Ich schaue nicht runter, sagte ich. Ich auch nicht, sagte er. Dann ist ja alles in Ordnung, sagte ich, und was machen wir oben? Er sagte, man hat nur von einer Stelle aus Blick in den Klostergarten, da vorn, beim Turm. Aha, Blick in den Klostergarten. Als wir an der Stelle ankamen, ging Herrera in die Hocke und bedeutete mir, dasselbe zu tun, er wollte also nicht gesehen werden. Das dort ist der Klostergarten, sagte er leise, das sah ich selbst, eine mannshohe, bauchige Mauer umfasste den Garten, der ziemlich verkrautet wirkte.

Was tun wir hier?, fragte ich, Herrera legte den Finger an die Lippen. Ich habe gestern noch einmal über alles nachgedacht, flüsterte er, das alles kann kein Zufall sein, da kommt zu viel zusammen, überlegen Sie doch mal. In Ihrem Roman kommt eine Frau vor, die sich in einem Kloster vor der Mafia versteckt, und es kommt ein Gemüsehändler vor, der früher Matador war, was sagt Ihnen das? Das sagt mir gar nichts, flüsterte ich, das sind alles nur Ideen, wie oft muss ich es noch betonen? Es gibt, flüsterte Herrera, zu viele Übereinstimmungen, mit diesen Worten zog er unter seinem Hemd ein Fernglas hervor, er richtete es auf den Klostergarten. Da ist sie, sagte er leise, ich bitte Sie, schauen Sie sich Schwester Ana María jetzt einmal genau an, das Fernglas ist schon kalibriert, verstellen Sie nicht das Okular. Was war mit diesem Mann los, ich fragte mich, ob er vielleicht bei dem Unfall in der Arena, von dem er erzählt hatte, vom Stier Formalito mehr am Kopf als am Bein erwischt worden war. Andererseits war ich natürlich neugierig, mir die legendenumwobene Schwester Ana María anzusehen, ich suchte sie durchs Fernglas in dem wildschönen Klostergarten, zuerst konnte ich sie zwischen all den Stauden und Oleanderbüschen nicht entdecken. Doch dann verriet ihre schwarz-weiße Ordenstracht sie, es sah aus, als würde eine riesige Elster sich zwischen zwei Bohnenstauden verstecken. Das Bild war verschwommen, ich musste das Okular nachjustieren, was Herrera nicht passte, er sagte, nicht verstellen, es ist bereits eingestellt! Señor Herrera, sagte ich, es hat nicht jeder Ihre Dioptrien!

Mit scharf gestelltem Okular konnte ich nun Schwester Ana Marías Gesicht sehen, sie betrachtete gerade aufmerksam den Zweig einer Pflanze, an der kleine, gurkenförmige Früchte hingen. Mit sicheren Bewegungen zwackte sie da und dort mit einer Gartenschere etwas ab, und dabei blies sie sich mit vorgestülpter Lippe Luft ins Gesicht. Trug sie ein Armband? Doch wohl eher eine Uhr, ein Armband bei einer Trappistin? Sie hielt sich nie lange an einer Stelle auf, schnipselte, riss etwas aus, schon huschte sie zum nächsten Beet, sie wippte beim Gehen. Sie wirkte auf mich irgendwie weltlich, aber warum genau, hätte ich nicht erklären können, was hieß schon *weltlich?* Das Gegenteil war mir aber schon begegnet, im Kapuzinerkloster Wesemlin in Luzern und in der Justizvollzugsanstalt Spandau. Im Knast sah ich dieselben teigigen, wächsernen Männergesichter wie bei den Kapuzinern, die Ähnlichkeit war frappant, sodass ich mich fragte, ob man im Kloster wie im Knast den Männern irgendein Micky-Maus-Pulver ins Essen mischte, um ihren Trieb abzutöten. Diese sonnenfernen Gesichter wirkten jedenfalls hier wie dort unweltlich auf mich, ganz anders als das Gesicht von Schwester Ana María.

Und?, fragte Herrera. Wie alt schätzen Sie sie? Dreißig, fünfunddreißig, sagte ich. Und welche Farbe haben ihre Haare?, fragte er. Strohblond, sagte ich. Strohblond, richtig, sagte Herrera, und warum wissen Sie das? Weil ich das Okular verstellt habe, sagte ich. Vor allem aber, sagte Herrera, sehen Sie es, weil sie keinen Velan trägt, die Haube. Ja, sagte ich, ja, tut sie nicht, es ist ja auch sehr heiß heute. Es ist den ganzen Sommer lang heiß, sagte Herrera, sie hat ihre Haube nicht deswegen abgesetzt. Warum dann?, fragte ich. Das sind Haare aus Skandinavien, sagte Herrera, da bin ich mir fast sicher. Dann kann sie nicht die Frau sein, sagte ich, die sich in einem Kloster versteckt, denn Lena Seidel ist Deutsche. Deutschland, Schweden, Finnland, sagte Herrera, für einen Andalusier ist das alles Skandinavien, aber ich frage Sie jetzt andersrum: Sieht so eine Spanierin aus?

Woher sollte ich das wissen, gab es denn keine blonden Spanierinnen, vielleicht war ihr Vater Finne gewesen. Vor Jahren war ich zu einer Lesereise durch finnische Städte eingeladen worden von einem deutsch-finnischen Verein, und ich hatte aus Finnland zwei Eindrücke mitgenommen: erstens das Filzpantoffel-Feld in einem Kaufhaus in Helsinki, auf einer ganzen Verkaufsetage nur Filzpantoffel an Filzpantoffel, und zweitens das besondere Strohblond der finnischen Frauenhaare. Schwester Ana Marías Haare hatten exakt diese Farbe. Möglicherweise hatte sie blaue Augen, das konnte ich durchs Fernglas nicht erkennen, und überhaupt hatte ich jetzt genügend Eindrücke gesammelt. Ich gab Herrera das Fernglas zurück.

Sie schämen sich, sagte er, ich sehe es Ihnen an, es geht mir genauso, wenn ich sie durchs Fernglas beobachte, so etwas sollte man nicht tun. Man sollte nur Tiere durchs Fernglas beobachten, bei Menschen gehört es sich nicht. Aber wir sind dazu gezwungen. Um die Wahrheit herauszufinden, sagte er, werde ich Sie jetzt etwas fragen, das mir sogar noch peinlicher ist als die Sache mit dem Fernglas: Finden Sie sie hübsch? Ich frage Sie das nur, um Ihnen die Augen zu öffnen, fassen Sie sich ein Herz, ja oder nein? Señor Herrera, sagte ich, diese Frau hat sich für ein Leben im Kloster entschieden, das respektiere ich, und ich glaube nicht, dass es ihr gefallen würde, wenn sie wüsste, dass wir über ihr Aussehen diskutieren. Wem sagen Sie das, sagte Herrera, mir geht es genauso, aber als Kriminalautor wissen Sie doch, dass man Indizien sammeln muss, um zu einem Urteil zu kommen. Ich bin kein Kriminalautor, sagte ich, in meinem Büchern werden keine Indizien gesammelt, eines wurde übrigens ins Spanische übersetzt, Sie könnten sich also davon überzeugen, dass mir Indizien völlig egal sind! Sie reden zu laut, sagte Herrera, lassen sie uns jetzt gehen, sonst hört sie uns noch.

Herrera bestand auf einer *Manöverkritik* im Zitronengarten, wir saßen an dem Marmortisch, warum war er eigentlich nicht in der Küche, hatte er mir nicht ein *Boeuf à l'orange* versprochen? – Nicht dass ich mich vor diesem Boeuf nicht gefürchtet hätte! Gut, sagte Herrera, dann spreche ich es aus: Schwester Ana María ist nicht besonders hübsch. Aber sie hat eine Ausstrahlung, das haben Sie doch sicher bemerkt, ein

Glänzen, das man bei einer Nonne nicht erwarten würde, Lebensfreude, Sinnlichkeit, Sie wissen besser, wie man so etwas nennt. Soso, sagte ich und dachte, Lebensfreude, da hat er recht, aber nicht jede Nonne muss so freudlos aussehen wie die Affektmörder im Knast von Spandau. Und nun möchte ich Ihnen eine weitere Frage stellen, sagte Herrera: Warum sollte eine junge, lebenslustige Ausländerin in ein Kloster der Trappistinnen in der Sierra Norte eintreten, in dem nur noch drei andere Schwestern leben, jede von ihnen dem Tod näher als dem Leben, die sind nur noch an Püriertem interessiert. Das weiß ich, weil die Ordensleitung in Madrid mich bei meiner Anstellung gebeten hat, beim Kochen auf das Alter der Schwestern Rücksicht zu nehmen. Wenig Salz, kein Pfeffer, nichts Blähendes, alles dreimal pürieren. Ich kann Ihnen sogar das genaue Alter nennen: Die Äbtissin Pilar Cubillo Gálvez ist vierundachtzig Jahre alt und darf keine pürierten Nüsse und keine pürierten Eier essen – was es, nebenbei gesagt, sehr schwierig macht, für sie zu kochen, denn püriertes Fleisch und pürierten Fisch essen die Schwestern ja auch nicht. Aber bei Schwester María Frederica, die dreiundneunzig ist, und bei Schwester María Gabriela, sie ist siebenundachtzig Jahre alt, kann ich das fehlende Fleisch wenigstens durch Eier und Nüsse ersetzen und durch Käse, den aber die Äbtissin Pilar auch nicht essen darf. Den Käse püriere ich nicht, aber ich schneide ihn in kleine Würfel, falls Sie das interessiert. Was ich aber sagen will, sagte Herrera, ist: Warum wählt eine junge ausländische Nonne ausgerechnet dieses Kloster, in dem, ich nehme jetzt kein Blatt vor den Mund, in den nächsten Jahren mit drei Todesfällen zu rechnen ist. Sie sind ein Opfer Ihrer eigenen Prämissen, sagte ich, es steht doch gar nicht fest, dass Schwester Ana María keine Spanierin ist! Aha!, sagte Herrera, es beunruhigt Sie also auch! Oder sagen wir, es würde Sie beunruhigen, wenn Sie mit Sicherheit wüssten, dass sie tatsächlich eine Skandinavierin ist, habe ich recht? Denn offenbar haben Sie sich, so wie ich, erkundigt, und nun wissen Sie, dass es in Deutschland genauso viele Trappistinnenklöster gibt wie in Spanien – warum also sollte sie als Deutsche hierherkommen? Keine Ahnung, sagte ich, wann gibt's Abendessen, das Boeuf? Denken Sie darüber nach, sagte Herrera.

7

Er ging, um mein Essen zu holen, und ich dachte darüber nach: Wenn sie wirklich keine Spanierin war, hätte ich mich Herreras Überlegungen ein Stück weit angeschlossen, aber nur aus dem Bauch heraus, man hätte erst mal wissen müssen, ob es nicht sogar Usus war, dass Trappistinnen in Klöstern im Ausland lebten, vielleicht im Sinne von religiösen Wanderjahren. Das ließ sich sofort klären. Ich schrieb eine Textnachricht an Raffaela, eine Freundin, die ein viel zu wenig beachtetes Buch über die Benediktinerinnen der Abtei Nonnberg in Salzburg geschrieben hatte, darin fanden sich tiefgründige Psychogramme von Menschen, die einen seltsamen, unserer Zeit völlig entgegengesetzten Weg gewählt hatten. Jedenfalls: Raffaela kannte sich aus. Ich schrieb: *Bin im Kloster Santa María de Bonval, Sierra Norte, Trappistinnen, werde dir später noch alles bei einer Flasche Klosterfrau Melissengeist berichten. Jetzt nur eine Frage: Ist es üblich, dass – sagen wir mal – eine deutsche Trappistin in ein spanisches Kloster eintritt?* Ich löschte *Klosterfrau Melissengeist* und schrieb *Rioja* und erhielt eine prompte Antwort: *Bin im Hotel Caravia Beach Resort auf Kos (»Kos« ist in »Kloster« immerhin enthalten, und genauso fühle ich mich hier: als die drei überlebenden Buchstaben in einem Wort mit sieben Buchstaben), aber Horst wollte (und ist glücklich hier, die Kinder dito). Lese zum Trost Marc Aurels* Selbstbetrachtungen. *Aber die Antwort auf deine Frage lautet: So unüblich, dass es meines Wissens in den Konstitutionen und Statuten des Ordens nicht mal geregelt ist. Ich würde behaupten, es kommt nicht vor, dass eine deutsche Trappistin in ein Kloster im Ausland eintritt.*

Horst war Raffaelas Mann, seit fünfzehn Jahren, ich staunte über die Macht der Liebe, die es schaffte, einen Mann, der in einem griechischen Beach Resort glücklich sein konnte, mit einer Frau zu verbinden, die sich dort Stöpsel in die Ohren steckte, um sich von der Animationsmusik am Pool nicht in ihrer Lektüre von Marc Aurels *Selbstbetrachtungen* stören zu lassen.

Das war das eine. Das andere war Raffaelas *Es kommt nicht vor.* Lag Herrera mit seinen wilden Vermutungen etwa richtig? Mir ging das Bild nicht aus dem Kopf, wie Schwester Ana María beim Beschneiden der Zweige sich selbst Luft ins Gesicht geblasen hatte, würde eine Nonne das tun? Im Verlauf der sieben Jahre, die ich als Gymnasiast in einem katholischen Internat verbracht hatte, waren mir ab und zu Nonnen über den Weg gelaufen, genauer Klarissinnen, und selbst die jungen unter ihnen, so freundlich sie waren, taten gewisse Dinge einfach nicht: kleine, unscheinbare Dinge, wie eben sich Luft ins Gesicht blasen. Sie hatten sich, wie die Benediktinerinnen in Salzburg und in gewissem Sinn auch die Insassen von Spandau, für einen inneren Weg entschieden, und der freiwillige oder unfreiwillige Verzicht auf den äußeren Weg schreibt sich mit den Jahren in ein Gesicht ein: Es wirkt dann nach innen gewandt, es verliert die Farbe und die Mimik des Charmes. Nicht so bei Schwester Ana María: Ihrem Gesicht sah man an, dass sie sich für die profane Welt interessierte, vor allem mit ihr interagierte oder vor Kurzem noch interagiert hatte, oder bildete ich mir das nur ein?

Nach dem Verstummen der Zikaden tischte Herrera mir im Zitronengarten das Boeuf à l'orange auf, er hatte liebenswürdigerweise Teelichter mitgebracht, die er, die andere Hand wie ein vornehmer Kellner auf den Rücken gelegt, mit dem Feuerzeug anzündete, obwohl es noch hell war. Das Boeuf auf meinem Teller roch stark nach Estragon, Herrera sagte, raten Sie, welches Gewürz das Gerüst dieses Gerichts ist. Estragon, sagte ich, und er sagte, falsch. Estragon ist das Gewürz, das jeder gleich als Erstes riecht, aber es ist nicht das Gewürz, das diesem Gericht die Struktur verleiht. Struktur, dachte ich. Essen Sie einen Bissen, sagte Herrera, durch Riechen finden Sie es nicht heraus. Ich aß einen Bissen. Das Fleisch war ledrig, alles andere hätte mich gewundert. Ich sah sofort die Vergeblichkeit ein, es zu kauen, ich schluckte es am Stück runter. Es schmeckte nach nichts als Estragon. Der Estragon, sagte Herrera, hat bei diesem Gericht die Funktion der *Capote,* des Tuchs, mit dem der Matador in der *Tercio de varas,* also zu Beginn der Corrida, den Stier anlockt und ins Leere laufen lässt. Der Stier ist auf dieses purpurrote Tuch fixiert und denkt, dass es nur darum geht. Er sieht, sagte Herrera, übrigens nur die Bewegung des Tuchs, nicht die Farbe, Stiere sehen kein Rot. Ich verstehe, sagte ich, es geht nicht um Estragon, es versteckt sich noch ein anderes Gewürz darin. Sie haben es begriffen, sagte Herrera, und was ist es, was ist das entscheidende Gewürz? Estragon, dachte ich, sagte aber, sicherlich eins, das man nicht erwartet, so wenig wie der Stier den Degen. Herrera setzte sich zu mir an den Tisch, er schenkte mir Wein ein. Durch Nachdenken werden Sie nicht darauf kommen, sagte er mit Blick auf meinen Teller, also aß ich einen zweiten Bissen, der wiederum nach Estragon schmeckte, wie hätte es anders sein können. Zitronenthymian, sagte ich, um das Spiel zu beenden, damit Herrera sich wieder in seine Küche zurückzog und ich mit dem Teller zum Ziehbrunnen gehen konnte. Nein, sagte Herrera, es ist kein Zitronenthymian drin, nur Estragon, Estragon ist das einzige Gewürz. Aha, sagte ich, ein lehrreiches Gericht! Ein Gericht wie eine Fabel! Nein, ein Gericht wie eine Warnung, sagte Herrera.

Als ich vorhin in der Küche das Fleisch gebraten habe, sagte er, habe ich mich gefragt, ob in Ihrem Roman, Verzeihung, Romankonzept, ein Killer vorkommt. Ein Killer der Mafia, der ausgeschickt wird, um die Zeugin, die sich im Kloster versteckt, zu ermorden. Und ich sagte mir, Juan, wenn du ihm das Essen bringst, musst du Señor Renz unbedingt fragen, ob in seinem Roman ein solcher Killer vorkommt.

Natürlich hatte ich bei meinen konzeptionellen Überlegungen an einen Killer gedacht, es lag auf der Hand, einen Killer einzuführen, aber jetzt, da Herrera es aussprach, kam es mir trivial vor, eine viel zu vorhersehbare Entwicklung. Ich sagte, nein, der kommt nicht vor. Es kommt also in Ihrem Romankonzept, sagte Herrera, kein Auftragsmörder vor, der herausfindet, wo die Frau sich versteckt, und der sich dann ins Kloster einschleicht, zum Beispiel getarnt als harmloser Gast, der hier Ruhe und Entspannung sucht, und selbstverständlich würde er dann aber versuchen, an die Frau heranzukommen, zum Beispiel will er am Klosterleben teilnehmen, an den Stundengebeten, und dann ist er enttäuscht, dass das nicht möglich ist. Aber die Mafia hätte ihm diesen Auftrag nicht gegeben, sagte Herrera, wenn er nicht clever wäre, er findet immer einen Weg, um an seine Opfer heranzukommen, zum Beispiel, indem er sich mit dem Gemüsehändler befreundet, was weiß ich, mir fehlt im Gegensatz zu Ihnen die Fantasie, um mir solche Dinge bis ins Detail auszudenken. Ich möchte Sie einfach nur fragen, kommt dieser Killer in Ihrer Geschichte vor? Señor Herrera, sagte ich, sehen Sie denn nicht das leuchtende Nein auf meiner Stirn? Nein, es kommt in meinem Konzept kein Killer vor, das wäre dramaturgisch zu plump. Sehr gut, sagte Herrera, darf ich? Er zeigte auf mein Weinglas und trank es zur Hälfte leer. Verzeihen Sie, aber ich bin wirklich erleichtert, sagte er, es kommt kein Killer vor. Er beugte sich über den Marmortisch zu mir, legte mir die Hand auf die Schulter, drückte zu, drückte noch stärker, er sagte, darüber bin ich sehr, sehr froh. Das freut mich, sagte ich, wenn ich nun bitte meine Schulter wiederhaben dürfte. Aber sicher, sagte Herrera, das ist überhaupt kein Problem. Er wünschte mir einen guten Appetit, und endlich verschwand er, sodass ich das Boeuf à l'orange mit dem Messer vom Teller in den Ziehbrunnen schaben konnte, ich zählte: einundzwanzig, zweiundzwanzig – bei dreiundzwanzig hörte ich das Fleisch mit dumpfem Geräusch auf dem Grund des Brunnens aufschlagen.

8

Nach dieser Art Abendessen war ich natürlich hungrig, doch hatte ich es versäumt, bei meinem Besuch im Dorf nach einem Lebensmittelgeschäft zu suchen. Ich beschloss, morgen auf Nahrungssuche zu gehen, die Lebensmittel dann in mein Zimmer zu schmuggeln und sie in dem kleinen, schmalen Kleiderschrank vor Herreras Blicken zu verstecken.

Es war eine laue, windstille Nacht, ich unternahm einen Spaziergang um das Kloster herum, das Geknirsche meiner Schritte war das lauteste Geräusch. Das alte Kloster ruhte unter den Sternen, der Turm der Kapelle lehnte sich an den Halbmond, in dem sich das Firstkreuz als Schattenriss abzeichnete. Hier hatten sicherlich nie mehr als zwanzig, dreißig Trappistinnen gewohnt, und selbst wenn man die tausend Jahre bedachte, die das Kloster schon existierte, kam man auf die bescheidene Zahl von siebenhundertfünfzig Nonnen, die hier ihr Leben verbracht hatten. Und jetzt war ich hier, ein Gast mit Tracker, dessen Display in der Dunkelheit die Zahl 85 anzeigte, diese Pulsmessungen wurden manisch.

Genieß doch die wunderbare Nacht, den Sternenhimmel, sagte ich mir, schau, wie urtümlich das Kloster bei Nacht wirkt, wie ein Gewächs aus Stein und Mörtel, schau, wie das Holz des Hauptportals im Mondlicht schimmert. Es schimmert nicht, dachte ich, es ist einfach nur zu sehen. Na gut, dann schimmerte es eben nicht, aber das Tor war das Lebendigste an dem Kloster, es war sein Mund, sein Herz, es sagte, hier kommt niemand rein, hier geht niemand raus. Pass auf, dachte ich, irgendwann geht's hier runter. Das Kloster war ja rückseitig an eine Felskante gebaut, man durfte aber nicht hoffen, dass ein nächtlicher Spaziergänger auf den Abgrund durch ein Schild oder einen Zaun aufmerksam gemacht wurde, ich ging also immer schön der Mauer entlang, bis ein selbst bei Dunkelheit nicht zu übersehendes Schild mich anhielt: Es zeigte einen stilisierten Menschen, der über eine Felskante in den Abgrund stürzte, und dieses Bild war dick durchgestrichen, damit der Spaziergänger nicht auf die Idee kam, es dem stilisierten Menschen nachzumachen. Man konnte von hier einen Teil der Rückseite des Klosters sehen und Fensteröffnungen, sie waren dunkler als die Mauer, aber auch hier: kein einziges Licht. Nun gut, es war elf Uhr, für Trappistinnen sicherlich tiefste Schlafenszeit, aber irgendjemand litt doch immer unter Schlaflosigkeit. Doch das Kloster lag vollkommen dunkel da.

Ich war noch immer nicht müde, setzte mich in den Zitronengarten, zündete die Teelichter an, schaute nach, ob Liliane mir was geschrieben hatte, aber nein. Kein Grund zur Beunruhigung, Liliane war keine Freundin von Textnachrichten, sie sagte, *es gibt in der Kommunikation schon genügend Missverständnisse.* Liliane telefonierte aber auch ungern, sie sagte, *es dauert immer so lange, bis man wirklich zu reden beginnt.* Jedenfalls war das momentane Schweigen zwischen uns kein Zeichen einer Entfremdung, sondern einfach Liliane, wie sie leibte und lebte.

Jetzt war es kurz vor Mitternacht, der Halbmond stieg zu den Kronen der Zitronenbäume herunter. Ich dachte über Herrera nach, ich wurde nicht schlau aus ihm, so wenig, wie man in den *Don Camillo und Peppone*-Filmen aus Don Camillo schlau geworden war. Don Camillo war ein Priester, der zu seinem am Kreuz hängenden Herrn in der Kirche sagt, *trotzdem – ohne deine Wege kritisieren zu wollen – muss ich dir sagen, dass ich, wenn ich du wäre, nie erlaubt hätte, dass Peppone Bürgermeister wird.* Entsprang diese Dreistigkeit der Geistesarmut oder der Klugheit? Dasselbe fragte ich mich bei Herrera, vielleicht aber nur deshalb, weil ich – ganz Kind meiner Kaste – Stierkämpfer automatisch in den Topf warf, in dem schon die Lastwagenfahrer lagen. Ich hätte es besser wissen müssen. Denn vor einigen Jahren hatte ich bei irgendwelchen *Internationalen Literaturtagen* einen spanischen Schriftsteller kennengelernt, der sich in der damals diskutierten Frage, ob der Fernsehsender *Televísion Española* keine Stierkämpfe mehr übertragen sollte, heftig für eine Weiterführung der Übertragungen aussprach. Im Streitgespräch mit zwei Buchhändlerinnen sagte er, zu den klügsten Menschen, mit denen er je gesprochen habe, zählten drei Matadore. Er nannte unter anderen den berühmten Matador José Tomás, der zusammen mit Mario Vargas Llosa ein Buch verfasst hatte, worauf übrigens eine der Buchhändlerinnen erwiderte, *ja, zu-*

sammen. Vargas Llosa hingegen kann seine Bücher allein schreiben. Aber die Aussage des spanischen Autors deckte sich mit der Erkenntnis von Lilianes Großvater, der im Zusammenhang mit seinen Kriegserfahrungen einmal gesagt hatte, *mutige Menschen sind immer intelligent.*

Im Bett schrieb ich doch noch eine Textnachricht an Liliane: *Gute Nacht, mein Liebling, betrachte dies bitte als kommunikationsbedingtes Missverständnis.* Sie schrieb sofort zurück: *Ich vermisse dich! Ich habe an deinem Kissen gerochen!*

9

Der nächste Morgen begann überfallartig, Herrera kam in mein Zimmer und klopfte von innen an die Tür. Er sagte, ja, ich weiß, es ist früh, Sie schlafen noch, ich sollte Sie nicht stören, das ist mir klar, aber ich muss mich setzen, denn ich habe etwas Ungebührliches getan, was heißt ungebührlich, es ist viel schlimmer. Das Holz der Stuhlbeine kreischte auf dem Steinboden, als er den Stuhl zu sich zog. Als er sich setzte, drückte sein schwerer Leib die Holzbeine auseinander. Ich blickte auf meinen Tracker: Es war erst halb sieben, und ich hatte schon einen Ruhepuls von 90. Es ist erst halb sieben!, sagte ich, Herrera beugte sich auf dem breitbeinigen Stuhl vor, er schwitzte, wie ich jetzt bemerkte, er sagte, ich entschuldige mich für die frühe Störung, aber ich *musste* es Ihnen einfach sagen, niemandem sonst dürfte ich es erzählen, das ist leider so. So stehen die Dinge.

Und was haben Sie getan?, fragte ich. Er schüttelte den Kopf, stützte die Stirn auf die Hand, er sammelte Luft und sagte, eigentlich ist es verständlich, nach allem, was in den vergangenen Tagen geschehen ist. Ich musste Gewissheit haben, es geht immerhin um ein Menschenleben, wie hätte ich da einfach herumsitzen und den Dingen ihren Lauf lassen können? Ich bin es gewohnt zu handeln, als Matador beruft man kein Konzil ein, bevor man zusticht. Einmal Matador, immer Matador. Ich dachte, diese tauromachische Floskel muss ich unbedingt Liliane schicken für ihre Sammlung. Ich musste Gewissheit haben, wiederholte Herrera, ich verstand: Er sprach zu sich, nicht zu mir, also unterbrach ich ihn nicht. Ich musste wissen, ob es stimmt, sagte er, ob wir uns das alles nur einbilden oder ob es einen Beweis gibt. Und jetzt weiß ich: Es gibt einen! Aber um Gewissheit zu erlangen, sagte er, muss man im Leben manchmal Dinge tun, die man hinterher bereut, was heißt hinterher, man bereut sie schon, während man sie macht.

Kommen Sie schon, sagte ich, reden Sie, was haben Sie gemacht? Ich bin, sagte er und dabei schaute er mich um Vergebung bittend an, ich war in ihrer Zelle.

In der Zelle von ... ihr?, sagte ich, ja, sagte Herrera. Heute morgen, um 6.00 Uhr früh, in der Zeit zwischen *Vigilias* und *Laudes*. Er sagte, er habe zunächst von jener Stelle auf der Mauer aus den Klostergarten beobachtet, und nach Schwester Ana Marías Erscheinen im Garten sei er in die Küche gerannt, habe sich durch die Durchreiche gezwängt, das sei schwierig gewesen, denn er habe den Mechanismus außer Kraft setzen müssen, der bewirkt, dass auf der Seite des Refektoriums eine Holzklappe runtergleitet, wenn auf der Seite der Küche die Holzklappe hochgezogen wird und umgekehrt. Langsam, sagte ich, welche Durchreiche? Na, die in der Küche, sagte er, ich stelle das Essen in die Durchreiche, dann ziehe ich die Klappe runter, dann geht die Klappe auf der Seite des Refektoriums hoch, dann nehmen die Schwestern das Essen raus, dann ziehen sie die Klappe runter, und bei mir geht sie hoch. Das ist so, damit ich die Schwestern nicht sehe, sagte Herrera, wenn ich das Essen in die Durchreiche stelle, und sie mich nicht, wenn sie das Essen rausnehmen. Aber Sie haben den Mechanismus, sagte ich, überlistet? Sie sind ins Kloster eingedrungen? Ein schreckliches Wort, sagte Herrera, aber ja, ich bin ins Refektorium eingedrungen. Einmal Matador, immer Matador, sagte ich, Sie waren mutig. Es war Mut zu einer bösen Tat, sagte Herrera, aber im Gegensatz zum Töten eines Stiers war diese Tat notwendig, das ist mir ein Trost.

Er sagte, er sei vom Refektorium zu den Zellen der Schwestern geschlichen, barfuß, die Schuhe habe er ausgezogen, um keinen Lärm zu machen. Zum Glück, sagte er, waren die Zimmertüren angeschrieben, Schwester María Gabriela, Schwester Frederica und so weiter, so konnte ich die Zelle von Schwester Ana María überhaupt finden. Und plötzlich stand ich drin! Sie können mir glauben, Señor Renz, ich bekreuzigte mich, denn ich stand im Zimmer einer Trappistin! Barfuß! Was hatte ich da bloß getan? Ich kann es Ihnen sagen: das Richtige! Denn wissen Sie was? Das Bett war nicht gemacht! Es war zerwühlt. Das Kissen lag auf dem Boden – auf dem Boden! Ich kenne die Hausordnung, sagte Herrera, die Ordensleitung hat sie mir geschickt, damit ich über den Tagesablauf der Schwestern informiert bin, und in der Hausordnung wird verfügt, dass die Schwestern ihr Bett vor den Vigilias, also gleich nach dem Aufstehen, machen sollen. Doch in Schwester Ana Marías Zimmer lag das Kissen auf dem

Boden. Welchen Beweis hätte ich noch gebraucht, dass es richtig war, die Angelegenheit zu untersuchen, aber was heißt richtig, es war nötig, das Zimmer zu durchsuchen, so wie es nötig gewesen war, ins Zimmer reinzugehen, verstehen Sie? Na ja, sagte ich.

Und deswegen habe ich es getan, sagte Herrera, Sie können mir glauben, Señor Renz, mir ist selten etwas so schwergefallen wie die Durchsuchung dieses Zimmers, vor allem, als ich im Kleiderschrank auf Kleidungsstücke stieß, die nicht für meine Augen bestimmt waren. Aber jetzt bitte ich Sie um eine ehrliche Antwort: Wenn Sie sich in einem Kloster verstecken würden, wo würden Sie dann persönliche Gegenstände aufbewahren, die verraten könnten, dass sie keine Nonne sind? Gegenstände, von denen Sie sich aber nicht trennen möchten, weil es um Gefühle geht, Sie wollen sie bei sich haben, obwohl das Risiko besteht, dass ein ehemaliger Matador diese Gegenstände findet, wo würden Sie diese Gegenstände verstecken, Señor Renz? Na ja, sagte ich, und Herrera sagte, in Ihrer Unterwäsche.

Er lehnte sich im Stuhl zurück, zog ein Stofftaschentuch aus der Hose und wischte sich mit beiden Händen das Gesicht trocken. Wenn ich nichts gefunden hätte, sagte er, könnte ich Ihnen jetzt nicht in die Augen blicken, auch meiner Frau könnte ich nicht in die Augen blicken, meiner Tochter schon gar nicht, denn wenn sie wüsste, dass ich ins Zimmer einer Klosterfrau eingedrungen bin, würde sie mir zutrauen, dass ich heimlich ihre Handtasche durchsuche – obwohl, meine Tochter hat gar keine, fällt mir gerade ein. Aber meine Frau hat eine. Nun, ich muss zugeben, sagte ich, dass ich jetzt das Bedürfnis habe, meinen Schrank abzuschließen. Die Schränke sind übrigens dieselben, sagte Herrera mit Blick auf meinen schmalen hölzernen Spind, und sehen Sie, hier, sagte Herrera, hier habe ich es gefunden. Er stand auf, öffnete meinen Schrank, ich sagte, bitte zulassen!, er sagte, nur um es Ihnen zu zeigen. Hier in dieser Schublade habe ich es gefunden, zwischen der Unterwäsche.

Das habe ich verstanden, sagte ich und drückte die Schranktür zu, aber was haben Sie gefunden? Das müssten Sie eigentlich wissen, sagte Herrera, es steht bestimmt in Ihrem Roman, Verzeihung, Romankonzept. Denn was würde eine Frau, die sich in einem Kloster versteckt, weil sie von der sizilianischen Mafia gejagt wird … der libanesischen, sagte ich … von welcher Mafia auch immer, sagte Herrera, was würde Sie bei sich haben wollen, um es sich abends vor dem Einschlafen anzuschauen? Fotos, sagte ich, die könnte sie sich aber auf ihrem Handy anschauen, und sie bräuchte es nicht im Schrank zu verstecken, es ist codegeschützt. Sie hat aber kein Mobiltelefon, sagte Herrera, denn das könnte man orten, die Polizei hätte ihr nicht erlaubt, eins mitzunehmen. Keine Ahnung, sagte ich, kriminologische Überlegungen überlasse ich denen, die mehr davon verstehen, was haben Sie denn nun eigentlich gefunden? Ein Foto, sagte er, aber nicht auf einem Handy. Ein Foto auf Fotopapier, gerahmt und mit einer ausklappbaren Stütze, damit man es auf den Nachttisch stellen kann. Ich habe es natürlich nicht mitgenommen, aber ich habe es fotografiert, als Beweis, für Sie, um Sie davon zu überzeugen, dass Sie sich auf Ihre Intuition verlassen können.

Herrera hielt mir sein Handy hin mit dem Foto, es zeigte eine Frau mit finnisch-blonden Haaren, Schläfe an Schläfe mit einem bärtigen, sympathischen Mann, der beim Lachen eine Lücke zwischen den Schneidezähnen entblößte. Im Bildzentrum, zwischen den beiden, streckte ein vielleicht sechsjähriger Junge dem Betrachter die Zunge heraus, und dazu schielte er noch, wie Kinder es tun, wenn sie für ein Foto alle Register der Lustigkeit ziehen. Dass es ein Familienfoto war, wurde sowohl durch das Glücksstrahlen auf den Gesichtern der Eltern wie durch die Ähnlichkeit des Knaben mit beiden deutlich, beispielsweise waren seine Haare ebenfalls strohblond, und seine Nase war auffallend gerade, elegant geschnitten wie die des Vaters. Da ich Schwester Ana María gestern immerhin durch ein Fernglas betrachtet hatte, hätte ich bei einer Wette, ob es sich bei der Frau auf dem Foto um sie handelte, ohne Zögern eine größere Summe gesetzt.

Wer ist Ihrer Meinung nach, fragte Herrera, die Frau auf dem Foto? Vielleicht hat sie eine Zwillingsschwester, sagte ich, seit den späten Siebzigerjahren des letzten Jahrhunderts hat sich die Zahl der Zwillingsgeburten in Deutschland mehr als verdoppelt, vielleicht auch in Finnland oder in Spanien. Gut, sagte Herrera, dann ist es also ihre Zwillingsschwester. Warum aber sollte Schwester Ana María das Foto ihrer Zwillingsschwester verstecken, und glauben Sie mir, es lag nicht oben auf der Wäsche, es konnte nur von jemandem gefunden werden, der die Wäsche gründlich durchsucht. Warum stellt sie das Foto ihrer Schwester nicht auf den Schreibtisch in ihrer Zelle, es ist derselbe Tisch wie Ihrer hier. Möchte sie ein solches Foto denn nicht immer vor Augen haben, es zeigt doch die Familie ihrer Schwester, also ihren kleinen Neffen, den sie liebt. Das wäre doch gewiss der Wunsch einer Frau, die sich für ein Leben als Trappistin entschieden hat, die sich hierher nach Santa María de Bonval zurückgezogen hat, was ja bedeutet, dass sie ihre Verwandten nur noch selten sieht – sie würde doch ein solches Foto nicht verstecken! Wozu auch, sagte Herrera, es ist den Schwestern nicht verboten, in ihrer Zelle Fotos von Verwandten aufzustellen, davon steht in der Hausordnung nichts.

Tja. Ich zog das Foto auf dem Display mit Daumen und Zeigefinger groß, aber die frappante Ähnlichkeit der Frau mit Schwester Ana María wurde in der Vergrößerung nicht geringer. Wenn ich mich nicht vor den Konsequenzen gefürchtet hätte, hätte ich gesagt: Kein Zweifel, das ist sie. Die Frau auf dem Foto war Schwester Ana María, und zwar nicht vor zehn Jahren, bevor sie sich eventuell hatte scheiden lassen und in den Orden eingetreten war: Nein, auf dem Foto sah sie etwa so alt aus wie gestern durchs Fernglas, zwei, drei Jahre mochten zwischen jetzt und der Aufnahme liegen.

Señor Renz, sagte Herrera, ich sehe Ihnen an, dass Sie meine Meinung teilen, was dieses Foto betrifft. Also bitte, lassen Sie uns draußen weitersprechen, ich muss mich bewegen, ich muss die Anspannung loswerden, und dann Ihr Zimmer, mit der Mauer direkt vor dem Fenster, das ist bedrückend, lassen Sie uns rausgehen. Oh ja, sagte ich, hauen wir von hier ab, ich möchte nicht, dass Sie sich im Gästezimmer, das Sie mir zugewiesen haben, nicht wohlfühlen. Mir ist das Problem bewusst, sagte Herrera, aber die Fenster der zwei anderen Gästezimmer gehen auch zur Mauer, allerdings, das Zimmer 1 hat ein zusätzliches Fenster mit Blick nach vorne raus, eine sehr schöne Aussicht. Aber ich kann Sie leider nicht umquartieren, Zimmer 1 wurde von einem anderen Gast gebucht, von einer Frau, ich glaube, sie kommt übermorgen.

10

Herrera lief im Säulengang hin und her, er sagte, Beruhigung sei der Sinn jedes Säulengangs. Er legte mir die Hand um die Schulter und sagte, die Frage ist, was wir jetzt tun, Señor Renz, oder besser: Wozu sind wir verpflichtet, ich meine, Schwester Ana María gegenüber? Ich frage Sie ganz direkt: Kommt dieses Foto in Ihrem Romankonzept vor? Wenn ja, sind wir auf der richtigen Spur, denn was in einem Roman plausibel ist, ist es doch umso mehr in der Wirklichkeit. Das ist eine gewagte These, sagte ich. Ich versuche nur, sagte Herrera, mich Ihrem hohen Niveau anzupassen, also bitte, kommt das Foto vor?

Ein Vogel setzte sich auf eine der rostigen Eisenstangen, die die Säulen stützten, er spreizte den Flügel und pickte an seinem Gefieder herum. Es war so: Gestern Nacht um halb drei Uhr war ich aufgewacht, und da ich nicht mehr einschlafen konnte, hatte ich auf dem Notebook meine Konzeptideen gesichtet, die ich seit einem Jahr ungeordnet zusammengetragen hatte. In einer der Notizen hatte ich mich mit der Frage der Enttarnung beschäftigt: Lena Seidels Tarnung musste ja, damit die Geschichte fortschreiten konnte, auf irgendeine Weise auffliegen. Der Weg des geringsten Widerstandes, also jener dramaturgische Kniff, mit dem der

Autor möglichst wenig Energie aufwenden musste, um den Leser zu überzeugen, war die Entdeckung eines Fotos. Jemand findet in Lena Seidels Zelle ein Foto, das beweist, dass sie keine Nonne sein kann. Und wer könnte der Entdecker sein? Der Gemüsehändler, als Fährmann zwischen der Außenwelt und der klösterlichen Geschlossenheit.

Aber warum sollte er dieses Foto zu Gesicht bekommen? Nun, weil ihn nichts Geringeres als jene Macht antreibt, die einen Menschen am zuverlässigsten in Bewegung setzt: die Liebe. In meinen Notizen stand, dass der Gemüsehändler sich in die Schwester verliebt, und weil er weiß, dass diese Liebe unerfüllbar sein wird, will er wenigstens in den Besitz eines Gegenstandes kommen, der nach ihr duftet oder von dem er weiß, dass sie ihn berührt hat: ein *Souvenir d'amour*. Die Obsession ist im besten Fall von der Liebe nicht zu unterscheiden, im schlechtesten Fall ist sie es, aber an eine solche Liebe werden wir uns nach ein paar Jahren kaum noch erinnern, also wozu sie beschreiben.

Und jetzt, als dieser Vogel unter seinem gespreizten Flügel so heftig an sich herumpickte, dass Flauschfederchen sich lösten und in der schon morgens dicken, heißen Luft hängen blieben, sagte ich zu Herrera: Ja, ein solches Foto kommt im Konzept vor. Sehen Sie, sagte er, ich wusste es, doch dazu muss man kein Hellseher sein: Es ist einfach das Plausibelste. Deswegen ist es ja jetzt auch geschehen: Ich habe das Foto gefunden. Das bedeutet, dass wir etwas unternehmen müssen, denn als Nächstes kommt in Ihrem Romankonzept die Ankunft des Mannes vor, der den Auftrag hat, die Frau umzubringen. Das ist nur plausibel. Es wäre vielleicht plausibel, sagte ich, wenn ein solcher Mann in meinem Konzept vorkäme, aber vielleicht erinnern Sie sich, dass ich Sie gestern schon über die vollständige Abwesenheit einer solchen Figur in meinem Konzept unterrichtet habe. Gestern habe ich Ihnen das noch geglaubt, sagte Herrera, warum auch nicht, gestern stand noch nicht fest, dass Schwester Ana María keine Nonne ist, es stand viel weniger auf dem Spiel als jetzt, Señor Renz. Das Foto ändert alles, jetzt wäre es fahrlässig, Ihnen noch zu glauben, deshalb sage ich es Ihnen in aller Deutlichkeit: Ich werde Sie nicht mehr aus den Augen lassen. Auch nicht beim Essen?, fragte ich.

Herrera machte kehrt und hinkte davon. Ich sah Formalito vor mir, seinen schwarzen, blutigen Bullenkopf mit den auswärtsgebogenen Hornspitzen, Formalito, wie er sich mit seinen Hornspitzen über Herreras Kopf hermacht, wie er den Kopf heftig schüttelt, in der Art, wie Krokodile ein junges Gnu zu Tode schütteln, ja, ich konnte Herreras Gehirn sehen, dass in Formalitos Hornzwinge wie ein Schwamm zusammengedrückt und danach in die *contusio cerebri* entlassen wurde – wer weiß, ob Herreras Ärzte die Langzeitschäden nicht doch massiv unterschätzt hatten.

11

Für Yogaübungen fehlte mir nun die innere Ruhe, immerhin hatte mich gerade ein kräftiger Koch, der bestimmt über eine Menge langer Messer verfügte, verdächtigt, ein Auftragskiller zu sein. Als Matador hatte Herrera wie viele, hundert?, zweihundert?, Stiere getötet, irgendwann verwischt sich möglicherweise die Grenze zu kleineren Säugetieren wie dem Menschen, ich war leicht beunruhigt. Ich fand, dass ein zahlender Gast in einem Kloster der Zisterzienserinnen strengerer Observanz sich nicht nach Bewaffung sehnen sollte. Doch man durfte nicht vergessen, Herrera war von einem Stier schwer verletzt worden, in gewisser Hinsicht auch gedemütigt, dieser Unfall hatte seine Karriere beendet. Einst war er der gefeierte Matador gewesen, jetzt kochte er in einem unbedeutenden Kloster für Nonnen, die keinen Kontakt mit ihm aufnahmen, und für Gäste, die seine Gerichte in den Ziehbrunnen warfen. Vielleicht saß er in diesem Moment in seiner Klosterküche, betrank sich mit meiner Weinration, ließ sich von alkoholbefeuerten Wahnvorstellungen überwältigen und führte die Klinge über den Wetzstein.

Ich musste mal raus hier.

Auf einem Hügel in der Nähe des Klosters, von dem

aus ich Blick über die Hügellandschaft hatte, setzte ich mich auf ein dickes schwarzes Plastikrohr, das einst wohl Teil eines Bewässerungssystems gewesen war, nun lag es abgeschnitten herum. Auf dem Rohr sitzend rief ich Liliane an, ich sagte, jaja, du telefonierst nicht gern, ich weiß, aber ich wollte mal kurz Hallo sagen. Schön, deine Stimme zu hören, sagte sie. Wirklich?, fragte ich. Ja, wirklich, warum? So was ist schnell gesagt, sagte ich, oh je, sagte sie, dir geht's nicht gut.

Nein, sagte ich, das ist eben der Punkt: Es geht mir eigentlich gut. Und wie sind deine Werte, fragte sie, hast du den Puls schon runtergebracht, wirkt das Klosterleben? Die Werte, sagte ich, liegen um 90 rum. Mist, sagte Liliane. Aber ich bin ja auch erst drei Tage hier, sagte ich, und wie geht es dir? Sie sprach von Prüfungen, Elternabenden, einem Termin beim Osteopathen. Ein Geräusch erschreckte mich, ich stand auf, blickte mich um, setzte mich wieder.

Machst du deine Yogaübungen?, fragte Liliane, ich sagte, klar, jeden Morgen vor dem Frühstück. Dann müsste dein Puls, sagte sie, aber niedriger sein. Machst du *Viparita Karani*? Das war der *halbe Schulterstand,* sie hatte ihn mir vor meiner Abreise beigebracht, soll angeblich das Herz entlasten, belastet dafür aber die halbe Schulter, geschenkt kriegt man beim Yoga nichts. Noch nicht, sagte ich, mach ich aber gleich morgen vor dem Frühstück.

Jetzt musste es raus. Liliane, sagte ich, du weißt ja, ich denke über einen neuen Roman nach. Hast du mir erzählt, sagte sie. Aber ich hab dir noch nicht erzählt, sagte ich, um was es geht. Arbeitest du etwa?, fragte sie.

Nicht im eigentlichen Sinn, sagte ich. Du schreibst!, sagte sie. Nein, nein, sagte ich, sie sagte, ich kenne dich doch, du langweilst dich im Kloster, und abends trinkst du Wein und schreibst, und wenn du schreibst, steigt dein Blutdruck. Quatsch, sagte ich, doch, sagte sie, du kriegst beim Schreiben rote Wangen, erzähl mir nichts, ich habe Germanistik studiert, ohne Alkohol gäbe es die Germanistik gar nicht, mangels zu studierender Werke. Du wolltest dich doch erholen!

Wovon?, dachte ich. Du hast recht, sagte ich, aber ich muss auch mal wieder was liefern, die Kritiker können ohne meine Bücher nicht leben. Es war eine Anspielung auf eine Rezension meines letzten Romans in der *Süddeutschen Zeitung*, der Kritiker hatte geschrieben, *es wäre eindeutig leichter, ohne diesen Roman als mit ihm zu leben.* Mach dir keine Sorgen, sagte ich, ich arbeite nur am Konzept, ich denke beim Spazieren ein bisschen drüber nach, bei den Yogaübungen selbstverständlich nicht, da denke ich nur an … Bei den Übungen solltest du an gar nichts denken, sagte Liliane, konzentrier dich auf deinen Atem, der Atem *ist* die Bewegung, die Bewegung *ist* der Atem. Ich bin ganz deiner Meinung, sagte ich, es ist nur so, es gibt da einige Merkwürdigkeiten im Zusammenhang mit meinem Romankonzept. Es scheint nämlich, dass … Ich stockte, wie sollte ich das denn jetzt formulieren?

Ja? Was?, fragte sie, und ich sagte, es hört sich merkwürdig an, aber es gibt da gewisse Übereinstimmungen zwischen meiner Romanidee und einer Nonne, die hier im Kloster lebt, sie ist möglicherweise keine Nonne, ja, so ist das. Vielleicht versteckt sie sich hier, und genau das ist die Kernidee meines Romans: Eine Frau im Zeugenschutzprogramm der deutschen Polizei versteckt sich in einem andalusischen Kloster. Señor Herrera, das ist der Koch hier, er war von Anfang an überzeugt, dass mit Schwester Ana María, so heißt die angebliche Nonne, dass mit ihr etwas nicht stimmt. Offenbar hat er recht, es gibt Hinweise darauf, dass sie verheiratet ist, du hast richtig gehört: verheiratet. Und woher wissen wir das? Weil Señor Herrera in ihr Zimmer eingebrochen ist, du siehst, er nimmt die Angelegenheit sehr ernst. Er hat ein Foto gefunden, das sie mit einem Mann und einem Kind zeigt, ganz offensichtlich ist es ihr Ehemann, und die beiden haben ein Kind. Er war übrigens früher Matador, ich meine Herrera, und das Merkwürdige ist, dass in meinem Konzept ein Gemüsehändler vorkommt, der ebenfalls Matador war, hallo? Liliane? Bist du noch da?

Ja, sagte Liliane. Hör mal, Leo, ich verstehe nicht genau, wovon du da sprichst. Aber ich höre deiner Stimme an, dass du sehr angespannt bist, noch angespannter als zu Hause. Das ist nicht unüblich, das kommt sogar relativ häufig vor. Leute, die an einem Yoga-Retreat teilnehmen oder sich für eine Weile in ein Kloster zurückziehen, sind in den ersten Tagen oft noch gestresster als vorher, der Stress wird erst nach vier oder fünf Tagen abgebaut, das braucht seine Zeit. Ich sagte, das kann ich mir gut vorstellen, nur glaube ich nicht, dass diese Leute gestresst sind, weil der Koch des Yoga-Retreats sie für einen Auftragskiller hält. Das tut Herrera nun aber, er denkt, dass ich ein Killer bin, ich kann's ihm nicht mal übel nehmen, der Gedanke an einen Killer ist mir nämlich auch gekommen, als ich über die Geschichte nachdachte. Jetzt sagt er, er will mich im Auge behalten. Ach Leo, sagte Liliane, du und deine Fantasie, ich liebe das!

Sie riet mir, an einem schönen Ort im Kloster den *halben Schulterstand* zu üben, danach sollte ich eine halbe Stunde joggen, danach etwas Gutes essen – an dieser Stelle lachte ich bitter – und danach sollte ich mich unter einen Baum legen, in sein Blätterwerk hochsehen und nur beobachten, wie der Wind die Blätter bewegt, nur den Geräuschen horchen, die der Baum macht – also dem Kreissägengeräusch der Zikaden, dachte ich.

Sie sagte mir, dass sie mich liebe und hoffe, dass ich zur Ruhe komme, und ich sagte, das Gespräch mit ihr habe mir gutgetan, was hätte ich denn sonst sagen sollen? Ich versprach ihr, nun ins Kloster zurückzukehren und an der erstbesten Wand *Viparita Karani* zu üben.

12

Ich entschied mich für den Säulengang, weil das Licht hier gerade mild war und ein leichter Windzug mich im halben Schulterstand kühlen würde. Die Steinplatten waren für Yoga eigentlich zu uneben, die Füße der siebenhundertfünfzig Nonnen hatten in tausend Jahren Kuhlen in den Stein geschliffen, Kuhlen, an deren Abstand man den kontemplativen Gang der Klosterfrauen erkennen konnte. Aber wenn ich an der Übung sowieso scheiterte – und das stand fest –, dann wenigstens auf Steinplatten, über die, theoretisch, einst Thomas von Aquin gewandelt war, ein Mann, der für einen Yoga-Anfänger Verständnis gehabt hätte. Für Viparita Karani benötigte ich außerdem noch das Kissen aus meinem Zimmer als Rückenstütze und etwas, um die Augenlider zu beschweren. Liliane hätte spezielle Augensäckchen aus dem Yogabedarf dabeigehabt, mir blieb nur, im Zitronengarten eine der unreifen Früchte zu pflücken und mit dem Taschenmesser in zwei Hälften zu schneiden.

Vor der Übung konsultierte ich den Tracker: Ruhepuls 89 – wie vor meiner Abreise auf dem Zahnarztstuhl. Nun legte ich mich rücklings auf die Matte, rückte meinen Hintern möglichst nahe an die Klosterwand heran und brachte meine Beine an der Wand in die Vertikale. Ich legte mir die zwei Zitronenhälften auf die Augen, dann breitete ich seitwärts die Arme aus und dachte, *Ich atme ein, ich atme aus, ich atme ein.*

Doch mein Gehirn dachte, *warum soll ich* ich atme ein *denken, wenn ich's ja schon tue, bin ich etwa wie die Leute, die Harald Schmidt mal mit den Worten charakterisierte:* Die sagen immer, was sie gerade tun. Der Körper kommt bei Viparita Karani schnell zur Ruhe, er ist ein träges System, Fleisch und Knochen sind nicht weit vom Anorganischen entfernt, das einzige definitiv nicht Anorganische am Menschen ist das Elektronengewitter, das das Gehirn erzeugt. Da es dieses Gewitter fortwährend erzeugt, ist das Gehirn ein grundsätzlich rastloses Organ. Die schier nicht zu bewältigende Aufgabe jedes Yogatreibenden besteht darin, ein Organ zur Ruhe zu bringen, das sich dagegen wehrt wie ein Wildpferd, weil das *Zur-Ruhe-kommen* seiner Natur fundamental widerspricht. Die Konzentration auf einen einzigen sinnlosen Gedanken ist kein artgerechter Zustand für ein Gehirn, aber nicht in dem Sinn, wie der Entzug von Schnaps kein artgerechter Zustand für einen Schluckspecht ist.

Ich konzentrierte mich auf den Druck der Zitronenhälfte auf meinen Augenlidern, plötzlich sah ich vor dem inneren Auge eine Fahnenstange. Wieso eine Fahnenstange? Ich dachte, *ist das alles, was mein Unterbewusstes hervorbringt – eine Fahnenstange? Hat man dafür zwei Semester Psychologie studiert?* Der Ablauf war nun der: Fahnenstange – Fahne – welche Fahne? – amerikanische Fahne – nein, zu gewöhnlich – Fahne mit Kreuz, wir sind schließlich in einem Kloster – skandinavische Fahne – dänisch? – schwedisch? –

jedenfalls skandinavisch – Fahne mit Kreuz, das sich auf den einen Balken abstützt, wie bei *Vasishtasasana,* einer Übung, die Liliane morgens manchmal aus dem Handgelenk stemmte. Von Skandinavien bis zu Schwester Ana María war es für mein Gehirn nicht weit und von ihr zu Herrera nur ein Synapsensprung.

Erpressung! Ich hob den Kopf, die Zitronenhälften fielen mir von den Augen: Was, wenn Herrera erpresst wurde? Wäre das nicht – nur einmal auf mein Konzept bezogen – eine Wendung mit Triebkraft gewesen? Der Gemüsehändler, da er Zugang zum Kloster hat, wird von der Mafiaorganisation erpresst. Der Auftragsmörder muss ja ins Kloster gelangen und nahe genug an Lena Seidel herankommen, für die Mordattacke. Was läge näher, als dem Gemüsehändler damit zu drohen, seinen Kindern Gift in die Schokoladenflocken zu mischen, wenn er dem Auftragsmörder nicht Zugang zum Kloster verschafft? Das war die Tragik der Figur des Gemüsehändlers: Er hat sich in Schwester Ana María verliebt, doch er muss sie verraten, um seine Kinder zu schützen. Vielleicht entscheidet er sich aber auch gegen seine Kinder und für die Liebe zu dieser Frau, die unerfüllt bleiben wird, denn Lena Seidel, die Zeugin, ist viel jünger als er, außerdem Textildesignerin, eine Ästhetin, sie findet Männer, die aussehen wie Fernandel, nicht bekleidungswürdig.

Mein Tracker zeigte einen Ruhepuls von 85, nur vier Schläge weniger als vor Viparita Karani, insofern musste man von einem Misserfolg des halben Schulterstandes sprechen. Aber die Idee mit der Erpressung war es wert – was heißt hier Idee: die Erkenntnis.

13

Unter einem gelben Sonnenschirm saß ich an dem Marmortischchen im Zitronengarten, es war Zeit fürs Mittagessen. Herrera brachte in einer Schale aus Olivenholz ein gelbes Reisgericht, er behauptete, es sei Paella, doch waren weder Fleisch noch Meeresfrüchte drin, dafür Artischockenherzen aus der Dose. Herrera sagte, es handle sich um seine Interpretation des klassischen Rezepts, das Safrangelb stehe für Spanien, die Artischocke für die muslimische Provinz al-Andalus, die etwa zu der Zeit, in der das Kloster erbaut worden sei, von Alfons VI. von Kastilien zurückerobert worden sei. Also ein historisches Gericht, sagte ich. Nun, es gibt Gäste, sagte Herrera, die sich für die Geschichte Andalusiens interessieren, und ich möchte gern Koch und Reiseleiter in einem sein. Der Hotelleriekurs in Córdoba, sagte ich, und Herrera sagte, richtig, alles, was ich tue, habe ich dort gelernt, außer das Kochen natürlich. Das habe ich mir selbst beigebracht. Learning by doing, sagte ich.

Señor Herrera, darf ich Sie etwas fragen? Was denn, sagte er, wollen Sie mich bitten, Sie in die Küche zu lassen, damit Sie durch die Durchreiche ins Refektorium einbrechen können? Ich betrachte das als einen Scherz, sagte ich, er sagte, nur war es keiner. Können wir das Thema Auftragskiller jetzt bitte beenden, sagte ich, es steht nämlich unserem Kennenlernen im Weg. Ich glaube, ich kenne Sie schon recht gut, sagte Herrera. Dann geht das bei Ihnen schneller als bei mir, sagte ich, ich weiß über Sie noch so gut wie nichts, wir sprechen nie über Persönliches, ich weiß nicht einmal, ob Sie Kinder haben. Nein, das wissen Sie nicht, sagte Herrera, er verschränkte die Arme und schaute auf mich herab. Wollen Sie nicht essen?, fragte er.

Natürlich, sagte ich und aß von dem Reis, den er mit einem Schuss Lebensmittelfarbe gefärbt zu haben schien, denn nach Safran schmeckte er nicht, hingegen war er verpfeffert. Herrera hatte es geschafft, so etwas Einfaches wie Reis ungenießbar zu machen. Schmeckt sehr gut, sagte ich, sehr gut gewürzt, ich habe eine Tochter, sie ist fünfzehn. Sie heißt Julia. Woher soll ich wissen, sagte Herrera, ob das stimmt. Ich zeige Ihnen gern ein Foto, sagte ich, ich suchte auf meinem Handy das Album *Julia.* Ich wählte ein Foto, auf dem Julia mit mir in einem Ruderboot saß, ihr Gesicht war eine einzige Anklage gegen das Schicksal, das sie dazu zwang, mit ihrem Vater auf einen See rauszurudern, obwohl sie lieber im Schatten am Ufer ihr Buch über Paleo-Diät weitergelesen hätte. Herrera schaute sich das Foto an und nickte. Das könnte irgendein junges Mädchen sein, sagte er, vielleicht haben Sie es mit Photoshop reinkopiert. Hätte ich dann, sagte ich, das Foto eines so unzufriedenen Mädchens reinkopiert, zu einem Gesichtsausdruck wie dem von Julia hier sind nur Töchter fähig. Aber ich ahne schon, Sie selbst haben keine Kinder, sonst wüssten Sie das. Kann sein, sagte Herrera, wenn ich Kinder hätte, würden Sie es nicht erfahren, so stehen die Dinge. Nicht nur Sie haben ein Konzept, Señor Renz. Auch ich habe eins, und in meinem Konzept steht, dass Sie mich aushorchen wollen. Sie behaupten zwar, in Ihrem Konzept kommt kein Killer vor, aber in meinem sitzt er gerade vor mir und versucht herauszufinden, womit er mich erpressen könnte, damit ich ihn in die Klosterküche lasse.

Das ist absurd, sagte ich, mich zieht es überhaupt nicht in die Klosterküche. Hingegen würde ich sie gern niederbrennen, dachte ich. Señor Renz, sagte Herrera, ich will jetzt ganz ehrlich zu Ihnen sein: Mein Wissen über al-Andalus stammt nicht vom Hotelleriekurs, ich habe es mir an der Universität von Sevilla während meines Studiums der Geschichtswissenschaften angeeignet, parallel zu meiner Ausbildung zum Matador. Man lässt bei uns in Spanien keine ungebildeten Degenstecher auf die Stiere los, auch wenn Sie das zu glauben scheinen, dazu ist uns die Corrida zu heilig. Doch nun bin ich Koch, und für Sie bedeutet das, dass ich auch weiß, wie man mit kürzeren Stichwaffen als einem Degen umgeht. Falls ich Kinder hätte, würde ich jedem, der versucht, ihnen etwas anzutun, meine Künste zeigen, aber erst, nachdem ich ihm mit meiner *Ruger Magnum* beide Kniescheiben zerschossen habe. Ist das eine Pistole?, fragte ich. Ein Revolver, um genau zu sein, sagte Herrera, Kaliber .357 Magnum, durchbohrt einen Motorblock.

Seine Reaktion war beruhigend: Dieser Mann würde sich von der libanesischen Mafia nicht so einfach erpressen lassen, er zeigte einen ausgeprägten Wehrwillen. Er konnte auf sich selber aufpassen. Na gut, sagte ich, dann ist es mir eben egal, ob Sie Kinder haben oder nicht, ich werde nicht mehr fragen, könnte ich vielleicht ein Mineralwasser bekommen und etwas Eis? Es gibt bei einer Corrida, sagte Herrera, manchmal einen Moment, in dem alles aus dem Ruder zu laufen droht. Vielleicht hat man den Stier nicht richtig *gelesen,* wie wir das nennen, man hat die *capacidades* des Stiers falsch eingeschätzt, oder die Picadores führen den *puyazo* nicht sauber aus, und man erkennt es nicht, und plötzlich gerät das sorgfältig aufgebaute Ungleichgewicht aus dem Gleichgewicht, der für die *faena* notwendige Vorteil des Matadors gegenüber dem Stier zerfällt wie eine Sandburg, und in diesem chaotischen Moment gewinnt der Stier die Oberhand, genau dann, wenn kein Banderillero in der Nähe ist, der den Stier ablenken könnte. Sie wollten doch, dass ich Sie in die Kunst des Stierkampfs einweihe, für Ihren Roman, damit die Figur des Gemüsehändlers für den Leser überzeugend wird, nun, das ist die erste Lektion: Es läuft aus dem Ruder, für Sie, wenn Sie meine *capacidades* unterschätzen!

Genau das wollte ich von Ihnen hören, sagte ich, Sie sind ein Mann, der sich gegen Erpressungsversuche zu wehren weiß, das haben Sie jetzt unter Beweis gestellt. Für mich ist die Sache damit erledigt, und für Sie wird sie erledigt sein, wenn Sie sich die Mühe machen, mich im Internet zu googeln. Leo Renz, Schriftsteller, das genügt, Sie werden Fotos von mir sehen, teilweise solche, auf denen ich zwanzig Kilo mehr wiege als jetzt, teilweise aktuelle, Sie werden über meine

Bücher einige euphorische und doppelt so viele vernichtende Kritiken lesen, jedenfalls werden Sie zu der Überzeugung kommen, dass es schwierig wäre, sich eine so umfangreiche Tarnexistenz zuzulegen. Im Internet soll ich nachschauen, sagte Herrera, er lachte, im Internet kann jeder schreiben, was ihm passt, falls da euphorische Kritiken über Ihre Bücher drinstehen, wette ich, dass Sie eine davon selbst geschrieben haben, unter einem anderen Namen. Ja, sagte ich, bei Amazon habe ich tatsächlich einmal ein Buch von mir mit fünf Sternen bewertet, aber welcher Autor tut das nicht? Das Internet!, sagte Herrera und ging.

14

Ich entsorgte die historische Pfeffer-Paella im Ziehbrunnen, danach trieb mich der Hunger dazu, bei der Taxifirma in Hornachuelos einen Wagen zu bestellen, der Fußmarsch ins Dorf hätte meinem Magen zu lange gedauert. Während ich auf das Taxi wartete, dachte ich an die ranzigen Ölkrapfen in Señor Alfonsos Churros-Hölle. Noch einmal wollte ich sie nicht zu mir nehmen, aber wo bekam man im Dorf etwas zu essen, das man bei sich behalten konnte? Seit bald drei Tagen hatte ich nichts Anständiges mehr gegessen, falls ich im Dorf keine Speckseite fand, in die ich meine Zähne schlagen konnte, musste ich vielleicht den weiten Weg nach Hornachuelos fahren, ein voller Magen wäre es mir wert gewesen. Sicherheitshalber packte ich eine Unterhose und die Zahnbürste ein, um für eine auswärtige Übernachtung ausgerüstet zu sein.

Erst eine Stunde nach meiner Bestellung hörte ich es dreimal hupen. Die Frauenstimme von der Taxifirma hatte gesagt, *der Fahrer hupt dreimal, dann wissen Sie, dass er da ist. Wenn Sie nicht kommen, hupt er noch mal dreimal. Wenn Sie dann immer noch nicht kommen, fährt er weg, und wir berechnen Ihnen die Fahrt.* Auf dem Weg zum Wendeplatz vor dem Kloster hörte ich den Fahrer bereits zum zweiten Mal dreimal hupen, die letzten hundert Meter rannte ich.

Der Fahrer stand hinter der offenen Wagentür, für hiesige Verhältnisse war er groß und auf eine Weise kräftig, die nicht von Feldarbeit oder einem Nebenerwerb auf dem Bau stammte, sondern aus Plastikeimern mit der Aufschrift *Body Attack Protein.* Seine Haare hatte er sich über den Schläfen kurz rasiert, am Scheitel durften sie länger wachsen. Seine dunkle Sonnenbrille passte nicht zu dieser Gegend, die Einheimischen trugen entweder keine oder eine weniger modische Sonnenbrille. Er hätte jedenfalls der Taxifahrer sein können, den Herrera mir beschrieben hatte, als er von Schwester Ana Marías Ankunft im Kloster gesprochen hatte, ein Taxifahrer, der nicht in diese Gegend passte, ein proteingesättigter Fremdkörper.

Er fuhr ziemlich zackig, die Feldstraße knirschte unter den Reifen. Ich fragte ihn nach seinem Namen: Rodrigo. Und wie geht es Ramón?, fragte ich. Keine Ahnung, sagte Rodrigo, es heißt, er liegt den ganzen Tag im Bett, traut sich nicht mehr aus dem Haus. Auf meine Frage, warum, sagte Rodrigo, kennen Sie Ramón? Nein, sagte ich, ich weiß nur, dass sonst immer er kommt, wenn man ein Taxi ruft, seit dreißig Jahren. So war das, sagte Rodrigo, aber jetzt komme ich. Er sprach mit Akzent, ich fragte ihn, ob er Spanier sei. Baske, sagte er. Gute Antwort: Wenn ich meine Herkunft hätte verschleiern wollen, hätte ich dasselbe gesagt – wer auf der Welt kannte schon den Akzent der Basken? Ein authentischer Taxifahrer hätte mich jetzt gefragt, woher ich komme, was ich hier mache, er nicht. Er klagte über die Hitze, wahrscheinlich, um sein angebliches Baskentum plausibel zu machen. Ich sagte, mir behage die Hitze, ich sei eine Eidechse. Er sagte, ach ja? – die verlieren den Schwanz, wenn man sie daran festhält. Aber gut, wenn Sie Hitze mögen, kann ich die Klimaanlage ausschalten. Das wäre ja dann, sagte ich, unangenehm für Sie. Ich kann auf mich selbst aufpassen, sagte Rodrigo.

Für einen ländlichen Taxifahrer war er zu unfreundlich. Sind Sie früher in Madrid gefahren, fragte ich, oder in Sevilla? Warum?, fragte er, nein, ich sagte doch, ich bin Baske. Aus Bilbao, fragte ich. Nein, aus Mendiondo, das kennen Sie nicht, ist ein kleines Kaff. Gibt es dort Zisterzienserinnen?, fragte ich. Keine Ahnung, sagte Rodrigo, warum, gibt's Ihnen hier nicht genug, das ist doch ein Zisterzienserinnen-Kloster, wo Sie Urlaub machen. Nicht Urlaub, sagte ich, aber ja, es sind Zisterzienserinnen. Erstaunlich, dass er das wusste, er machte nicht den Eindruck eines Mannes, der sich für Details interessierte. Ich glaube, Sie haben vor ungefähr einem Jahr, sagte ich, eine der Nonnen ins Kloster gefahren, Schwester Ana María. Kann schon sein, sagte Rodrigo, ich fahre eine Menge Leute rum. Es würde mich nur interessieren, sagte ich, ob sie mit Ihnen gesprochen hat während der Fahrt, sie hat ja ein Schweigegelübde abgelegt, aber ich weiß nicht, ob das nur im Kloster selbst gilt. Wenn Sie's nicht wissen, sagte Rodrigo, warum sollte ich es dann wissen? Na ja, sagte ich, weil Sie sie hierhergefahren haben. Hab ich das, sagte Rodrigo, ich habe nur gesagt, kann sein, wollen Sie Musik hören? Er drehte das Radio an, ein Mann sang:

Quiero desnudarte a besos despacito
Firmar las paredes de tu laberinto
Y hacer de tu cuerpo todo un manuscrito.

Was für ein schwülstiger Text! Wie war die Frau beschaffen, die es genoss, wenn ein Mann, während er sie auszog, von Labyrinthen und Manuskripten faselte?

Von mir aus, sagte ich, können wir auf das Radio verzichten, Rodrigo sagte, wieso, ist doch gute Musik, das ist Luis Fonsi, der ist auch in Deutschland ein Star. Mich berührte eine kalte Hand im Nacken. Woher wusste Rodrigo, dass ich in Deutschland lebte? Woher wissen Sie, sagte ich, dass ich aus Deutschland komme? Wusste ich nicht, sagte er, komisch, Sie sprechen Spanisch wie ein Deutscher. Ich spreche Spanisch, sagte ich, wie ein Chilene, aber Sie haben recht, ich lebe in Deutschland. *Du vielleicht auch, nicht wahr,* sagte ich auf Deutsch. Rodrigo sagte, war das Deutsch?, ich sagte, gleichfalls auf Deutsch, *vielleicht hast du Schwester Ana María hierhergebracht, weil du für ihre Sicherheit verantwortlich bist, Stichwort Zeugenschutzprogramm, klingelt's da bei dir?* Schon gut, sagte Rodrigo, ich glaube Ihnen, dass Sie Deutsch können, aber ich verstehe kein Wort und, ganz ehrlich, schön klingt das nicht. Er ahmte deutsche Laute nach, *grachte, ortlike, ickereitz.*

Hinter uns wurde gehupt. Ich drehte mich um und

sah einen roten Pick-up in unserer Staubwolke, er berührte schon fast unsere Stoßstange. Was zum Teufel!, sagte Rodrigo, er trat aufs Gas. Der Pick-up fiel zurück, holte dann aber unter heftigem Lichthupen wieder auf. Ich konnte es nicht glauben: Eine Filmszene drängte sich in mein Leben! Eine Verfolgungsjagd, das waren genau die Filmszenen, die mich am meisten langweilten. Die Straße war zu eng für ein Überholmanöver, das außerdem nicht nötig war, denn Rodrigo war nicht so langsam gefahren, dass man hätte ungeduldig werden müssen – inzwischen fuhr er schneller, als für unser aller Leben gut war. Dieser Scheißkerl!, sagte Rodrigo, er schaltete in den dritten Gang runter, um hochtourig an Tempo zu gewinnen, der andere nahm das Rennen auf. Ich sagte, er will, dass wir anhalten, also bitte, halten Sie doch an, vielleicht braucht er Hilfe! Daran glaube ich selbst nicht. Ja, sagte Rodrigo, er hat bestimmt eine Schwangere im Kofferraum! Rodrigo lachte, zum ersten Mal, jetzt, wo etwas los war, zeigte er Anzeichen von Lebensfreude – ein weiteres Indiz dafür, dass er in Tat und Wahrheit Polizist war.

Das Gelände rechts der Straße wurde flacher, nur noch Gebüsche, keine Steineichen mehr, der rote Pick-up nutzte das Gelände sofort und schoss rechts an uns vorbei, danach fuhr er schräg vor uns wieder auf die Straße, sodass Rodrigo, der wegen einer Böschung nicht nach links ausweichen konnte, eine Vollbremsung hinlegen musste. Rodrigo bestrafte das Lenkrad für diese Schmach, indem er mit beiden Händen draufschlug.

In der Staubwolke, die die Räder aufgewirbelt hatten, zeichneten sich die Umrisse eines Mannes ab, ich erkannte ihn an seinem Hinken. Señor Renz, rief Herrera, ich sagte zu Rodrigo, keine Panik, das ist nur Señor Herrera, der Klosterkoch. Ich stieg aus, Herrera kam mit ausgebreiteten Armen auf mich zu.

Ich muss mich entschuldigen, sagte er, für alles, für das hier und für das von vorhin, für das vor allem. Ich hätte das mit der Ruger Magnum nicht sagen dürfen, ich habe Ihnen gedroht, aus Angst um das Leben meiner Familie, das bereue ich jetzt von ganzem Herzen. Er streckte mir die Hand hin, und während ich sie drückte, sagte ich, ist schon vergessen. Ich habe gesehen, dass Sie Ihre Zahnbürste mitgenommen haben, sagte Herrera, würde ein Killer so etwas tun? Würde er sich von mir einschüchtern lassen, nein. Aber Sie schon, Sie sind geflohen. Das bedeutet, Sie sind ein redlicher Mensch. Ich bin nicht geflohen, sagte ich, und warum, fragte Herrera, haben Sie dann Ihre Zahnbürste mitgenommen? Sie haben Angst bekommen, kein Wunder, so, wie ich mich verhalten habe, ich, obwohl ich den Hotelleriekurs mit der Bestnote abgeschlossen habe! Sie sind mein einziger Gast, und ich habe Sie vertrieben, deshalb bin ich Ihnen nachgefahren, und jetzt bitte ich Sie, nehmen Sie in meinem Auto Platz, ich fahre Sie ins Kloster zurück, wo Sie herzlich willkommen sind.

Herrera umarmte mich, er sagte leise in mein Ohr, wir ziehen am selben Strick, das weiß ich jetzt, Sie und ich. Aber wir müssen von nun an ehrlich sein miteinander. Ich bitte Sie, beantworten Sie mir nur diese eine Frage: Gibt es in Ihrem Romankonzept einen Killer? Ich dachte, das ist eine Versöhnung, sagte ich, und jetzt fangen Sie wieder damit an! Ich verspreche Ihnen, ich werde nicht wieder damit anfangen, sagte Herrera, wenn ich die Wahrheit erfahre. Sie haben es mir bisher verschwiegen, weil Sie Angst hatten, ich könnte Sie für den Killer halten, aber zu dieser Überzeugung bin ich ja ohnehin gekommen, das Lügen hat Ihnen nichts genützt. Aber jetzt weiß ich, dass Sie es nicht sind, das ist mir jetzt völlig klar, wir sitzen im selben Boot, Sie können mir jetzt ohne Bedenken die Wahrheit sagen, Sie riskieren damit nichts. Also?, fragte Herrera, er legte mir auf jede Schulter eine Hand.

Wenn es Sie so brennend interessiert, sagte ich, ja, okay, aus dramaturgischen Gründen wurde ein Killer zwingend erforderlich, aber genau dieses Zwingende deutet darauf hin, dass die Geschichte sich in die falsche Richtung entwickelt. Ich schreibe belletristische Romane, keine Kriminalromane, in meinen Büchern geht es um psychologische Motive, deshalb habe ich den Killer aus dem Konzept gestrichen. Ist es psychologisch genug, flüsterte Herrera in mein Ohr, wenn der Polizist, der sich als Taxifahrer tarnt, weil er die Aufgabe hat, die Zeugin vor der Mafia zu schützen, wenn dieser Mann eine Waffe auf den Gemüsehändler richtet? Vielleicht erpresst die Mafia ja den, der Schwester Ana María schützen soll, und nicht den Gemüsehändler? Das wäre doch sehr psychologisch. Nein, sagte ich, wenn schon, wird der Gemüsehändler erpresst, der Ana María liebt, also Lena Seidel, das ist der dramaturgische Sprengstoff, um es mal so zu nennen. Aber der Taxifahrer, sagte Herrera und blickte über meine

Schulter, scheint sich nicht an Ihr Konzept zu halten, ich glaube, er hat die Seiten gewechselt. Wie kommen Sie darauf?, fragte ich. Herrera sagte, weil er eine Pistole auf uns richtet, Señor Renz.

15

Einen Moment lang haderte ich mit dieser Entwicklung wegen ihres kriminalromanhaften Charakters, aber andererseits hält sich die Wirklichkeit nun mal nicht an Genregrenzen, und es besteht keinerlei Einigkeit darüber, ob für die Beurteilung einer realen Begebenheit, bei der zwei Männer mit einer Waffe bedroht werden, die Literaturkritiker aus der Sparte Krimi oder die Belletristikspezialisten zuständig sind.

Rodrigo zeigte mit dem Revolver auf mein Gesicht, dann auf das von Herrera, er sagte, ihr solltet mal eure Scheißgesichter sehen! Dachtet wohl, ihr seid besonders schlau! Aber euer Scheißplan funktioniert nicht! Ich bin nicht Ramón, ich lass mich nicht von Straßenkötern wie euch verprügeln, nur damit ihr mit hundertzwanzig Euro abhauen könnt. Hundertzwanzig lausige Euro, sagte Rodrigo, mehr hatte Ramón nicht dabei, dafür liegt er jetzt mit einer Metallplatte im Kopf den ganzen Tag im Bett rum, und wenn seine Frau ihm die Medikamente bringt, schlägt er sie ihr aus der Hand, weil er denkt, dass die Regierung ihn vergiften will! Ramón hat ein Trauma, ihr Idioten, schon mal was davon gehört, und was hat's euch gebracht? Hundertzwanzig beschissene Euro! Señor Rodrigo, sagte ich, hier liegt ein Missverständnis vor, mein Name ist Leo Renz, ich bin Schriftsteller, googeln Sie mich, mein Foto ist im Internet weit verbreitet. Und das hier, das ist Juan Carlos Herrera, er arbeitet im Kloster Santa María de Bonval als Koch … Und Gästebetreuer, sagte Herrera. Und Gästebetreuer, sagte ich, warum sollte er Sie überfallen, er verdient mit seinen … Kochkünsten genug Geld, und ich … nun, meine Frau ist Deutschlehrerin, ihr Gehalt reicht für zwei, sie hat bei Sharon Gannon Yoga studiert, legen Sie einfach die Waffe weg.

Ah, die Zigeuner haben studiert!, sagte Rodrigo, neuerdings macht ihr Yoga, bevor ihr anständigen Leuten den Schädel einschlagt, was für einen Scheiß erzählst du mir da! Herrera sagte, lassen Sie mich mit ihm reden. Er trat mit erhobenen Händen einen Schritt auf Rodrigo zu. Rodrigo, sagte er, ist das Ihr Name? Vielleicht, vielleicht nicht. Aber eins steht fest: Wir stehen hier alle auf derselben Seite. Wir möchten alle, dass Schwester Ana María nichts zustößt. Das ist doch so, Rodrigo? Vielleicht stehen Sie unter Druck, vielleicht versucht man, Sie zu etwas zu zwingen, das Sie nicht tun wollen, und aus Sorge um Ihre Familie sind Sie vielleicht zu einem Verrat bereit, ich würde es verstehen. Aber ich kann Ihnen versichern: Es gibt immer die Möglichkeit, das Richtige zu tun. Bis zum letzten Moment kann man das Richtige tun, ja *gerade* im letzten Moment ist es am leichtesten. Deswegen sage ich es noch einmal, denn ich glaube, das ist im Augenblick das Wichtigste für Sie: Dieser Mann hier, Señor Renz, und ich und Sie, uns allen liegt nur das Wohl von Schwester Ana María am Herzen.

Rodrigo sagte, ja sicher, bla, bla, bla, so zwitschert der dümmste Vogel im Käfig. Ich werde jetzt in meinen Wagen steigen, und ihr bleibt stehen, wo ihr seid. Ich werde losfahren, und ihr werdet hier stehen bleiben, ist das klar, habt ihr Zigeunerärsche das verstanden? Wir haben verstanden, sagte Herrera, wir werden uns nicht rühren. Und weißt du, was mein Vater immer gesagt hat, sagte Rodrigo, er sagte, gewisse Leute muss man nur sich selbst überlassen, die erledigen den Rest von ganz allein.

Rodrigo stieg ein, fuhr los, wir schauten eine Weile seiner triumphalen Staubwolke nach. Ein Polizist, sagte Herrera, der wie er aussieht, seine Waffe und dieser Akzent, das ist kein Spanier. Ein Baske, sagte ich. Das ist kein Baske, sagte Herrera. Kennen Sie einen Basken?, fragte ich. Niemand kennt einen Basken, sagte Herrera, aber mit einem solchen Akzent sprechen die bestimmt nicht. Er sieht aus wie ein Ausländer, er hat eine Waffe, spricht wie ein Ausländer, und Sie haben gemerkt: Als ich sagte, dass wir auf derselben Seite stehen, hat er sich beruhigt. Das wollte er hören. Er beschützt sie, und jetzt weiß er, wir sind keine Gefahr. Ich dachte, er wird erpresst?, sagte ich. Nein, das glaube ich nicht mehr, sagte Herrera, wir haben uns getäuscht, aber was heißt wir, Sie. Es ist Ihr Romankonzept. Ich sagte, in meinen Konzept wird der Gemüsehändler erpresst, das mit dem Taxifahrer war Ihre Idee! Das zeigt nur, sagte Herrera, dass Ihr Konzept einen Haken hat, denn der Gemüsehändler wird ja auch nicht erpresst, das muss ich ja am besten wissen. Früher waren Sie ein Fan meines Konzepts, sagte ich. Wie auch immer, sagte Herrera, lassen Sie uns jetzt ins Kloster zurückfahren. Das geht nicht, ich muss ins Dorf, sagte ich. Warum?, fragte Herrera. Ich muss mal wieder ein bisschen unter die Leute, das wird mich beruhigen, sagte ich. Unter Leute, die mir was zu essen geben, dachte ich.

Herrera sagte, wie Sie wünschen, *el cliente es el rey*. So ist es, sagte ich. Er hielt mir sogar die Tür auf. Während der Fahrt ins Dorf trackte ich meinen Puls. Es waren nur 92 Schläge pro Minute: Nicht viel mehr als nach dem Yoga. Ich hatte doch soeben in die Mündung eines Revolvers geblickt, ein einziges Fingerzucken von Rodrigo, und meine Schädelfragmente wären sechs Stunden später von Forensikern aus Córdoba in kleine Plastiktütchen mit der Aufschrift *Cráneo de un turista* gesteckt worden. Aber mein Herz schien dieses lebensbedrohliche Ereignis unter der Kategorie *Power Yoga* zu verbuchen! Es machte zwischen einem Revolver und Viparita Karani keinen Unterschied. Vielleicht sandte mein Herz mir eine in der Pulsrate codierte Botschaft? Versuchte es, mir durch den stoisch hohen Puls, der sich von der Wirklichkeit abgekoppelt zu haben schien, etwas mitzuteilen? Ja gut, aber was, bitte schön! Konnte dieses seltsame Herz sich nicht deutlicher ausdrücken?

16

Wir saßen draußen vor Señor Alfonsos Bar, Herrera faltete eine Papierserviette zu einem Puffer und steckte ihn unter eins der Tischbeine, doch nun wackelte eben das andere. Die Frage war, sollte ich mir heimlich drei Chipstüten besorgen und sie auf der Toilette der Bar verzehren, damit Herrera nicht merkte, wie hungrig ich war, trotz seiner historischen und philosophischen Gerichte? Oder sollte ich die Chips vor Herreras Augen essen? Ach Quatsch, ich machte es mir zu kompliziert, was ging es ihn an, wenn ich Chips aß, das taten Millionen Menschen, es war ein internationales Phänomen. Señor Alfonso war mit meiner Chipsbestellung nicht zufrieden, er sagte, er habe ein Hähnchen im Ofen, ich sprang fast vom Stuhl auf, ja! Ja, ich wollte das Hähnchen, aber dann hätte ich Herrera erklären müssen, weshalb ich nach seiner Paella, die noch keinen ganzen Verdauungszyklus zurücklag, schon wieder Hunger auf ein Hähnchen hatte. Hähnchen, wiederholte Señor Alfonso, mit Rosmarinkartoffeln, Herrera berührte unter dem Tisch mit der Schuhspitze mein Bein.

Ich bin nicht sehr hungrig, sagte ich zu Señor Alfonso, mir reichen ein paar Chips. Ja, und wovon soll ich leben?, sagte Señor Alfonso, heute schienen ihn

Existenzsorgen zu quälen, für die ich mich aber nicht verantwortlich fühlte. Chips bitte, sagte ich, aber schnell, dachte ich, mein Magen machte bereits Geräusche.

Er kennt die Garzeiten für Hühner nicht, sagte Herrera, als Señor Alfonso weg war, ich habe es ihm hundertmal zu erklären versucht, aber er dreht den Backofen immer auf das Maximum, das Resultat ist ein zähes, trockenes Fleisch, von der Hygiene will ich gar nicht reden, Alfonso denkt, die Salmonellen seien eine Inselgruppe in der Südsee.

Ich riss die Chipspackung mit den Zähnen auf, Herrera beobachtete mich sehr genau. Sie sollten so etwas nicht essen, sagte er, das besteht nur aus Fett und Salz, es ist nicht gut für einen Schriftsteller. Ich schreibe auch nicht besser, sagte ich, wenn ich Obst esse. Wie gern hätte ich mir ganze Gruppen von Chips in den Mund gesteckt! Doch Herrera zuliebe aß ich sie einzeln, so als geschehe es nur aus Langeweile. Wenn Sie das nächste Mal einen Ausflug machen, sagte er, werde ich für Sie als Wegzehrung ein *Sandwich Pessoa* zubereiten, dann müssen Sie keine Chips essen. Ein Sandwich Pessoa? Das ist ein Sandwich mit Sardinen, sagte Herrera, Pessoa, der portugiesische Dichter, Sie kennen ihn doch bestimmt, er hat Sardinen geliebt, weil er in einem Haus am Meer wohnte, das oft überschwemmt wurde, deshalb habe ich mir ein Rezept ausgedacht, mit klein gehacktem Rosmarin und Dill, es ist eine Hommage an Pessoa, so nennt man es doch, Hommage? Sie lesen Pessoa?, fragte ich. In meiner Jugend, sagte Herrera, möchten Sie noch eine Tüte

Chips? Woher wissen Sie das!, sagte ich. Weil Sie ein winziges Stück Chips von Ihrem Hemd gezupft und es gegessen haben, sagte Herrera, aber bitte, es ist Ihr Leben, ich bestelle für Sie gern noch mehr gesalzenes Fett, geht alles auf mich, Sie sind eingeladen.

Einen Moment lang deprimierte es mich, in einer Welt ernährungsbewusster Stierkämpfer zu leben, ich sagte, übrigens wollten Sie mich doch in den Stierkampf einweisen, Señor Herrera, ich würde mich freuen, wenn das klappen würde. Wird es, sagte Herrera, ich habe es nicht vergessen, es braucht aber noch seine Zeit, der richtige Stier, die richtige Gelegenheit, Sie werden nicht enttäuscht sein. Er rief, Alfonso, der Herr möchte noch eine Tüte deiner Chips, Sie schmecken ihm besser als alles, was er bei mir bisher gegessen hat. In diesem kräftigen schwarzhaarigen Mann versteckte sich ein Mimosengarten. Ich sagte, ganz und gar nicht, ich freue mich schon auf Ihr Abendessen.

Nein, ich glaube, sagte Herrera, ich konnte Sie noch nicht von meiner Kochphilosophie überzeugen, deren Ziel es ist, meinen Gästen ungewöhnliche aromatische Kombinationen beizubringen wie eine neue Sprache. Denn was sind Gerichte anderes als die Sprache, die wir mit dem Gaumen verstehen? Diese Chips hier, was sagen sie Ihrem Gaumen, sie sagen, friss mich, ich bin verdammt ölig, ich bin megasalzig, ich bin scheißknusprig, du Idiot. Es ist die Sprache der Gosse, sagte Herrera, Hamburger, Hot Dogs, Churros, das sind Gerichte, die mit Ihrem Gaumen in der Gossensprache sprechen, *na los, du alter Wichser, mach den Magen breit für uns!* Doch heute Abend werde ich eine *Salmorejo* zubereiten. Und sie wird mit Ihrem Gaumen sprechen wie Pessoa, wie Cervantes, wie eine Frau, die aus einem Gedichtband zitiert. Meine Salmorejo spricht gebildet mit Ihrem Gaumen, nicht wie ein Hamburger. Ich verstehe, sagte ich, Lyrik des Gaumens, Poesie der Geschmacksknospen, Ihre Küche ist sehr anspruchsvoll. Davon werde ich Sie noch überzeugen, sagte Herrera. Doch nun müsse er mich leider für eine Weile allein lassen. Er entschuldigte sich, er habe noch Besorgungen zu erledigen, in einer Stunde werde er mich hier abholen und ins Kloster zurückbringen, *está bien?*

Está muy bien! Kaum sah ich Herreras Hinterräder verschwinden, bestellte ich bei Señor Alfonso ein halbes Hähnchen. Na endlich, sehr gut, sagte Señor Alfonso, mit Wein? Mit Wein, sagte ich. Vom Guten?, fragte Señor Alfonso. Vom Teuren, ja, sagte ich. Ich streckte die Beine aus und blickte in die staubigen Äste des Dorfplatzbaums, dessen Stamm verdreht war, so als presse er den letzten Rest Wasser aus sich selbst heraus. In der Hitze des Nachmittags zeigte mein Tracker 88 an, mein Herz war mir wirklich ein Rätsel. Ich verstand nicht, was in ihm vorging. Gleichmütig schlug es zu schnell, egal, was geschah, egal, ob etwas geschah oder nicht. Was war die Botschaft? Vielleicht lag sie näher, als ich gedacht hatte, eine triviale Botschaft vielleicht: Was war ich? Ein Schriftsteller. Folglich war mein Herz das eines Schriftstellers. Koronare Adaption an den Beruf. Zog da gerade eine Erkenntnis herauf? Ich schaltete sicherheitshalber die Diktierfunktion meines Handys ein.

Jeder Beruf, sagte ich zu meinem Handy, der über Jahre hinweg ausgeübt wird, verändert den Körper des Ausübenden, und zwar stets zum Nachteil. Der Zahnarzt, der jahrelang kleinräumige Zahngebiete sehr genau betrachten musste, bekommt kleine, harte Augen. Der Sachbearbeiter, der sein Berufsleben vor einem Bildschirm verbracht hat, steht eines Tages vom ergonomischen Bürostuhl auf, der seine Wirbelsäule über die Jahre nach seinem eigenen Ebenbild geformt hat, nämlich im Hundert-Grad-Winkel gekrümmt. In dieser Krümmung steht der Sachbearbeiter nun in der Praxis des Osteopathen. Der Börsenmakler, dessen Herz die Amplituden und Talwerte der Aktienkurse nachvollzogen hat, wird sich ans Herz greifen, wenn die Zeit gekommen ist, so wie sich Liliane abends an die geschwollenen Fußknöchel greift, weil Goethe, Hölderlin und Kafka letztlich für eine im Stehen unterrichtende Deutschlehrerin einfach nur ein Gewicht darstellen, das auf die Gelenke drückt. Der Beruf, sagte ich ins Handy, formt den Körper um wie sonst nur ein Unfall oder eine Krankheit, und was ist in meinem Fall die Umformung? Ein stoisches Herz.

Es war einfach die *déformation professionnelle* eines Schriftstellers. Patricia Highsmith schrieb einmal, wenn sie in ihrem Leben etwas erlebe, das sie stark in Mitleidenschaft ziehe oder belaste, rede sie sich vor Beginn ihrer Arbeit ein, dass dieses Geschehnis nicht sie selbst betreffe. Wenn sie zum Beispiel die letzte Aufforderung zur Einreichung ihrer Steuererklärung erhielt, beunruhigte sie das. Doch sie konnte sich nicht in eine entscheidende Szene ihres neuen Romans einfühlen, wenn sie beunruhigt war. Sie musste, um ihre Figuren durch ein schreckliches Schicksal zu führen, selber frei und sorgenlos sein – die Einfühlung in ihre Figuren gelang ihr nur, wenn sie sich selbst als Person im Moment des Schreibens nicht wahrnahm. Um sorgenfrei zu werden, redete sie sich also ein, den Brief der Steuerbehörde habe jemand anders erhalten, jedenfalls nicht sie.

Das ist es, was man als Schriftsteller tut, dachte ich, während Señor Alfonso mir einen Teller mit einem blassen Hühnerschenkel und drei Kartoffeln hinstellte. Man strebt eine größtmögliche Ereignislosigkeit des eigenen Lebens an, um sich ungestört in die dramatischen Verstrickungen seiner Figuren hineinbegeben zu können. Als Kafka die Verwandlung Gregor Samsas in einen Käfer beschrieb, saß er dabei an einem Schreibtisch, und wenn ihm jemand dabei zugesehen hätte – was nicht der Fall war, denn Kafka hatte seine Frage *Leben oder schreiben* für sich selbst beantwortet –, hätte er einen Mann gesehen, der in fast völliger Ruhe etwas auf ein Blatt Papier schreibt – mehr geschah nicht, und das war das Entscheidende. Das Entscheidende war, dass in Kafkas Leben während der Niederschrift der *Verwandlung* nichts geschah, das ihn von Gregor Samsas Schicksal ablenkte. Balzac schloss sich am helllichten Tag bei Kerzenlicht und verdunkelten Fenstern in sein Arbeitszimmer ein, durchs Schlüsselloch hätte man einen fetten Hünen gesehen, der stundenlang auf einem unter seinem Gewicht knarrenden Stuhl saß, während er seine Figuren einem bewegten, lodernden Schicksal aussetzte. Keine Zahnschmerzen, keine unerfüllte Liebe, keine Gerichtsvollzieher, die an der Tür klingeln: Das sind die Voraussetzungen für dramatische Romane. Mein Herz hatte sich ganz einfach der berufsnotwendigen Ereignislosigkeit meines Lebens angepasst, der *conditio sine non qua* der Literaturproduktion: FÜHRE EIN RUHIGES LEBEN. Um jeden Preis. Mein Herz hatte die Lektion gelernt, es ließ sich sich nicht einmal mehr durch einen auf es gerichteten Revolver aus der Ruhe bringen. Mein Herz war nicht teilnahmslos, es reagierte nur, aus der Sicht des Schreibers, *dramatically correct.*

Schöne Überlegungen, doch sie beantworteten nicht die Frage, weshalb mein Herz stoisch zu schnell schlug – und nicht stoisch zu langsam, wie es bei einem ereignisarmen Leben zu erwarten gewesen wäre? Und wie lange hatte ich, abgesehen davon, schon keine Frau mehr gesehen, die kein Gelübde abgelegt hatte? Das fragte ich mich, als auf dem Dorfplatz eine Frau auftauchte, die einen kleinen blauen Rollkoffer hinter sich herzog.

17

Sie trug einen großen gelben Hut mit ausschweifender, durchbrochener Krempe, niemals zuvor, da war ich mir sicher, hatte dieses Dorf einen solchen Hut gesehen. Dazu weiße, kurze Hosen, die ich nicht mal in Gedanken *Hotpants* nennen wollte, Tennisschuhe und Sonnenbrille. Es erstaunte mich, dass um die Frau herum nicht spontan Souvenir-Shops mit bunten Keramiktellern und Teetassen mit der Alhambra drauf entstanden. Die Frau setzte sich grußlos an einen der anderen Tische vor der Bar, nein, zuvor wischte sie die Stuhlfläche sauber, dann erst setzte sie sich, streckte die Beine aus und blickte auf ihr Handy. Señor Alfonso schien ihre Anwesenheit mit seinen Schnurrbarthaaren sensorisch erspürt zu haben, er war sofort zur Stelle, wischte mit einem Lappen über den Tisch und sagte *For eating?* Sie sagte, *yes, please, do you have vegetarian dishes? Dishes?*, fragte Señor Alfonso, *what is dishes?* Essen, sagte ich auf Spanisch, sie möchte etwas ohne Fleisch. Wie ich befürchtet hatte, pries er ihr nun seine Churros an, dabei drehte er mir den Rücken zu, sodass ich die Frau mit einer abwehrenden Handbewegung warnen konnte. Sie blickte mich fragend an, ich schüttelte den Kopf: KEINE CHURROS. *Churros six or double six?*, fragte Señor Alfonso, die Frau fragte mich, ob ich übersetzen könnte? Ich fragte sie, woher sie komme, sie sagte, aus Deutschland. Ich sagte auf Deutsch, nehmen Sie nicht die Churros. Das habe ich verstanden, sagte sie, und der Salat, ist der gut hier? Er kennt Salat nicht, sagte ich, und ganz generell ist die Ernährungssituation hier prekär.

Sie bestellte einen Orangensaft und Erdnüsse, Señor Alfonso warf mir einen schwarzen Blick zu, weil er seine Churros nicht losgeworden war. Ich fragte die Frau, ob sie hier Urlaub mache und wo genau, sie sagte, nein, nicht Urlaub, es sei ein Retreat, in einem Kloster. Ich sagte, Santa María de Bonval? Ja, sagte die Frau, kennen Sie es? Oh ja, sagte ich, und jetzt erinnerte ich mich, dass Herrera gestern die Ankunft eines neuen Gastes erwähnt hatte. Sie sagte, sie habe dort ein Zimmer gebucht, ich sagte, ja, das schönste, mit einem Fenster vorne raus, sehr schöne Aussicht. Und Ihres, fragte sie, ist es nicht so schön? Ich nehme an, Sie sind auch Klostergast? Ja, Klostergast, sagte ich, doch, ich bin ganz zufrieden mit meinem Zimmer, es verfügt über ein Kruzifix über dem Bett, das hat man ja nicht mehr oft. In einem Kloster hätte ich so eine Deko gar nicht erwartet, sagte sie ohne die Spur eines Lächelns.

Es war schwierig, ihr Alter zu schätzen, der umfangreiche Hut, die Sonnenbrille, vielleicht vierzig? Ein Retreat also, sagte ich, weil sie nichts mehr sagte, der Hektik entkommen, zur Ruhe kommen, dafür eignet sich die Gegend hier sehr, *wenn man davon absieht,* dachte ich, *dass die Taxifahrer beim geringsten Anlass den Revolver zücken und das Kloster möglicherweise ein*

Fluchtort vor der Mafia ist. Sie fragte mich, wie sie nun von hier ins Kloster komme, ob es ein Taxi gebe, ich sagte, der Gästebetreuer des Klosters, Señor Herrera, werde in Kürze mit dem Auto hier sein, dann fahren wir gemeinsam hoch. *Gemeinsam.* Ich musste mich an die neuen Umstände erst mal gewöhnen: Von nun an würde ich nicht mehr in gemütlicher Einsamkeit im Zitronengarten essen. Ein zweiter Gast bedeutete Konversation bei allen Mahlzeiten, also dreimal täglich, das war eine hohe Dosis für zwei Ruhesuchende, ich war überzeugt, sie war an Tischgesprächen auch nicht interessiert. Vielleicht fanden wir einen *modus vivendi,* sie machte auf mich nicht den Eindruck, als sei sie von der Vorstellung belangloser Tischgespräche begeistert. Für mich ergab sich aber durch ihr Auftauchen noch ein anderes Problem: Von jetzt an gab es eine Zeugin für die Entsorgung von Herreras Gerichten im Ziehbrunnen. Ich musste den Teller also entweder leer essen oder mich mit ihr verbünden – das war mir alles zu viel, zwischenmenschlich zu kompliziert.

Señor Alfonso brachte keine Erdnüsse, sondern seine Churros, er setzte alles auf eine Karte, er sagte, *very sorry, but no peanuts, only Churros, but good, try, try!* Glücklicherweise rollte in diesem Moment Herreras Pick-up auf den Dorfplatz. Lassen Sie uns gleich gehen, sagte ich zu der Frau, Sie kriegen im Kloster ein *Sandwich Pessoa,* wenn Sie möchten, und heute Abend eine *Salmorejo,* Señor Alfonso, die Dame möchte die Rechnung, aber ohne die Churros, sie ist Anwältin!

18

Die Frau und ich saßen auf den zwei Beifahrersitzen des Pick-ups, ich neben Herrera, sie neben mir. Durch die offenen Fenster strömte Backofenluft. Hat der Wagen keine Klimaanlage, fragte ich Herrera, er sagte, doch, aber die verbraucht Benzin. Ich habe Sie erst für morgen erwartet, sagte Herrera auf Spanisch zu der Frau. Er hat Sie erst für morgen erwartet, übersetzte ich. Die Frau sagte, sie habe sich spontan entschlossen, einen Tag früher zu kommen, es sei ihr wichtig gewesen, ihr Retreat mit einer spontanen Entscheidung zu beginnen. Sie ist einen Tag früher gekommen, sagte ich zu Herrera, wegen der Spontaneität. Und sie kommt also aus Deutschland?, rief er, denn der Wagen machte auf dem unasphaltierten Holperweg eine Menge Lärm. Ja, sagte ich. Ich will es von ihr hören, sagte er. Er fragt, ob Sie aus Deutschland kommen, sagte ich. Aus Karlsruhe, sagte sie, sie hielt sich am Fenstergriff fest. Sie kommt aus Karlsruhe, sagte ich. Ist das eine große Stadt?, fragte Herrera. Geht so, sagte ich, warum? Ich habe meine Gründe, sagte er, spricht sie wirklich kein Spanisch, weißt du es oder glaubst du es nur? Oh, er duzte mich! Das hatte lange gedauert! Ich verstehe deine Frage nicht, sagte ich, warum sollte sie uns etwas vormachen? Sag ihr auf Spanisch, dass sie stinkt wie ein Eimer Gülle, sagte Herrera. Was soll das, sagte ich, pass lieber auf die Straße auf, du fährst zu dicht am Abgrund. Das ist kein Abgrund, sagte Herrera, das ist nur Gefälle. Er beugte sich an mir vorbei und rief der Frau auf Spanisch zu, du stinkst wie ein Eimer Gülle! Keine Ahnung, was er damit bezweckte, sie verstand es jedenfalls nicht, sie war nur irritiert, weil er so laut sprach. Warum schreit er so, fragte sie mich, ist etwas nicht in Ordnung? Doch, doch, sagte ich, er wollte sie nur darauf aufmerksam machen, dass man das Kloster von hier aus schon sehen kann. Die Frau schwieg, der Blick auf das Kloster, das in der Ferne kurz zu sehen war, bevor es hinter ansteigenden Hügeln wieder verschwand, schien sie aber nicht zu interessieren.

Bist du jetzt zufrieden, sagte ich zu Herrera, du hast sie erschreckt, jetzt ist sie sauer. Es tut mir leid, sagte er, es war unhöflich, aber es war nötig. Eine Vorsichtsmaßnahme. Ach ja, sagte ich, und warum? Du weißt, warum, sagte er, und jetzt frag sie bitte, wie sie heißt. Ich fragte sie und erfuhr: Sie hieß Liliane. Wie meine Frau, sagte ich. So heißen viele, sagte Liliane. Sie heißt Liliane, sagte ich zu Herrera, er sagte, das weiß ich, ich habe mir heute morgen die Buchung angeschaut. Frag sie nach ihrem Nachnamen. Er hat Ihren Nachnamen vergessen, sagte ich zu Liliane, sie sagte, Renz. Hatte ich das richtig verstanden? Ich sagte, Sie heißen Liliane Renz? Ja, warum nicht, sagte sie, ist das auch wieder nicht recht? Nein, nein, sagte ich, es überrascht mich nur, weil ich auch Renz heiße, Sie heißen wie meine Frau, Liliane Renz. Was soll ich dazu sagen, sagte sie.

Nichts, sagte ich, es ist einfach ein kurioser Zufall. Ist es noch weit?, fragte sie.

Sie heißt wie ich, sagte ich zu Herrera, beziehungsweise wie meine Frau, das wusstest du also. Nein, ich wusste nicht, dass deine Frau Liliane heißt, sagte er, aber ich wusste, dass sie Renz heißt, wie du, wegen der Buchung. Zuerst dachte ich, dass ihr Deutschen vielleicht alle Renz heißt, ihr seid ja für euren Exportüberschuss berühmt, nicht für eure Fantasie. Aber ich habe im Internet nachgeschaut, Renz heißt bei euch nicht jeder. Ein exklusiver Name ist es aber auch nicht, sagte ich. Ich wollte nur, dass du es weißt, sagte Herrera. Ein Zufall, sagte ich, was denn sonst? Frag sie, ob sie Vegetarierin ist, es geht um die Salmorejo, die ich heute Abend für euch koche, mit Schinken oder ohne für sie? Ohne, sagte ich.

19

Im Kloster zeigte Herrera ihr das Zimmer, sie sagte zu mir, das Kruzifix ist mickrig. Ich lachte, sagte, wir sehen uns dann nachher beim Abendessen. Sie sagte, sie sei nach der Reise müde, sie werde heute auf das Abendessen verzichten, überhaupt jeden zweiten Tag, sie wolle intervallfasten. Sie isst heute Abend nichts, sagte ich zu Herrera, sie will intervallfasten, jeden zweiten Abend. Jeden zweiten Abend, sagte Herrera, das ist kein Intervall! Wenn sie fasten will, soll sie es vierzig Tage lang tun, *das* ist ein Intervall!

Wir standen draußen vor ihrem Zimmer und konnten hören, dass sie versuchte, die Tür zu verriegeln. Das Schloss ist rostig, sagte Herrera, das ist aber kein Problem, niemand schließt hier die Tür ab, schließt du etwa ab? Nein, sagte ich, aber sie hält uns für merkwürdig, dich vor allem, du hast sie angeschrien. Aber doch nur auf Spanisch, sagte Herrera, und aus gutem Grund, hörst du das, jetzt rückt sie den Tisch vor die Tür. Das hast du ja gut hingekriegt, sagte ich, er sagte, morgen werde ich dich in den Stierkampf einführen, es ist alles vorbereitet, du wirst nicht enttäuscht sein, das steht fest.

Eine gute Nachricht. Die schlechte war die Salmorejo, die kurz vor Sonnenuntergang auf dem Marmortischchen im Zitronengarten stand. Die dicke, kalte Suppe glich von den Zutaten her der *Gazpacho*, aber Herrera besaß ein Talent für die Dearomatisierung traditioneller Gerichte, die Generationen von Menschen bis zu Herreras Erscheinen am Kochhimmel geschmeckt hatten. Lilianes Ankündigung – ich musste mir immer noch einen Ruck geben, die Frau so zu nennen –, auf jedes zweite Abendessen zu verzichten, kam mir deshalb sehr entgegen, denn so konnte ich die Salmorejo wie gewohnt dem Ziehbrunnen opfern. Außerdem entfiel die Konversation, und was gibt es Schöneres als eine erzwungene Konversation, die einem erspart bleibt.

Ich saß hungrig bei einem Glas Wein an meinem Tischchen, blickte hinauf in die Sterne und dachte über mein Romankonzept nach. Lena Seidel, die sich als Trappistin getarnt in einem Kloster vor der Mafia versteckte. Zuvor hatte sie als Textildesignerin ein hektisches, atemloses Leben geführt, ohne dass sie aus der Atemlosigkeit einen anderen als finanziellen Gewinn gezogen hatte. Doch da der Markt mit talentierten, innovativen Textildesignern förmlich geflutet wurde, konnte von Gewinn keine Rede mehr sein: Lena musste atemlos arbeiten, um keine Verluste zu machen. Obwohl sie sich bis zum Äußersten anstrengte, konnte sie damit doch immer nur den Status quo mit Mühe und Not bewahren, und es war für sie abzusehen, dass in Bälde selbst eine 24-Stunden-Präsenz im Büro nicht mehr ausreichen würde, um das letztjährige Einkommensniveau zu halten. Lena verausgabte sich, ohne dadurch vorwärtszukommen, die Verausgabung war die eines Wanderers, der auf schmalem Pfad vom Weg abrutscht, und der nun mit allen Kräften versucht, sich – mit den Beinen schon über dem Abgrund hängend – an einer Baumwurzel wieder hochzuziehen. Doch dann wird Lena zufällig Zeugin einer Erschießung, die das Oberhaupt eines Familienclans im Affekt selbst durchführt, im Gegensatz zu ihr kann der Clanchef sich Affekte leisten. Lena gerät wegen ihrer unfreiwilligen Zeugenschaft in ein Kloster in Andalusien, und da der Justiz die gesetzlichen Mittel fehlen, aktiv gegen eine Bedrohung von Zeugen vorzugehen, muss sie sich auf eine lange Zeit des Versteckens einstellen. Sie ist also gezwungen, von einem Tag auf den anderen ihr Leben völlig zu ändern. Wenn der Roman nicht in einen Krimi abrutschen oder meinetwegen zu einem solchen aufsteigen wollte – denn es ist gegen Kriminalromane nichts einzuwenden –, musste er die Frage behandeln, was Lena Seidel aus diesem apodiktischen Angebot des *Du musst dein Leben ändern* machte. War sie am Ende glücklicher als vorher oder nicht? In einer Gesellschaft der Atemlosen, die sich abstrampelten, um ihren zunehmenden Bedeutungsverlust für die Ökonomie durch mehr Leistung auszugleichen, galt es als Tugend, wenn jemand sein Leben änderte, man ging davon aus, dass dies zu größerem Glück führte – doch womöglich war dies nur eine Durchhalteparole für die, denen es nicht gelang, ihr Leben zu ändern, womöglich führte es, wenn jemand sein Leben änderte, genauso oft zu Unglück wie zu Glück, nur war an dieser Wahrheit niemand interessiert. Mein Roman hätte hier einen Fuß in die Tür stellen können.

Schön und gut, aber als ich unter dem Sternenhimmel darüber nachdachte, drängte sich der ungeliebte und von mir aus dem Konzept bereits entlassene Killer wieder in meine Überlegungen. Die Schilderung der Innenwelt Lena Seidels, die versuchte, aus der ihr aufoktroyierten Lebensveränderung das Beste zu machen, würde den Leser sicherlich hundert Seiten weit tragen, doch dann drohten ihm möglicherweise die Augen zuzufallen. Wenn jetzt keine dramatische Wendung den Leser wieder weckte, drohte der Roman den Büchner-Preis zu gewinnen, womit die Chancen auf eine Verfilmung durch Netflix gegen null sanken. Durch den Einbruch primitiver Gewalt ins klösterliche Refugium konnte ich Lena Seidels Schicksal noch einmal ganz neue Facetten abgewinnen, ein Narr, der hier nicht zugriff! Aber es durfte natürlich kein handelsüblicher Killer sein, der mit einem Geigenkoffer im Kloster ankam, die libanesische Mafia ging ja auch mit der Zeit: Die schickten nicht einen Mann ins Trappistinnenkloster, sondern eine Frau. Eine als Touristin getarnte Exekuteuse, die die innere Alarmanlage des Bewachers von Lena Seidel (Rodrigo?) nicht auslöste, weil selbst in Zeiten der Gleichberechtigung das Wort *Killer* männlich konnotiert ist. In der Chefetage der für Zeugenschutzprogramme zuständigen Polizeistelle mochte die Bereitschaft, Frauen für die besseren Pilotinnen zu halten, inzwischen überwältigend sein, aber wenn es darum ging, eine Zeugin vor einem Killer zu schützen, hielten die Bewacher unweigerlich nach einem Mann Ausschau – das wird sich wohl erst ändern, wenn die Frauen sich in der Kriminalstatistik nach oben gemordet haben, wovon sie im Augenblick noch weit entfernt sind.

Vollkommen klar, dachte ich, die schicken eine Frau. Oder haben sie schon geschickt. Eine Frau mit einem kleinen blauen Rollkoffer – ein Zwergenköfferchen für acht Tage eines angeblichen Retreats! Herrera hatte es heute irgendwann erwähnt: Die Frau, die sich Liliane nannte, hatte für acht Tage gebucht. Selbst einem Holzfäller, dem es nichts ausmachte, seine Körperhygiene zu vernachlässigen, hätte ein so kleiner Koffer für acht Tage nicht genügt. Und diese Liliane machte nicht den Eindruck einer Frau, die in Bequemanzügen rumläuft. Sie war heute sorgfältig gekleidet gewesen, vor allem dieser Hut! Sorgfältig geschminkt auch, sie hatte also bestimmt eine Kosmetiktasche dabei, die allein beanspruchte doch schon ein Fünftel des Volumens eines solchen Köfferchens. Zwei Paar Schuhe, Unterwäsche für acht Tage, eine lange Hose, ein Rock, fünf Shirts oder Blusen, im heißen Klima Andalusiens wurde geschwitzt, bei siebenunddreißig Grad, und sie wusste, es gab hier keine Möglichkeit, die Wäsche zu waschen, das wurde auf der Website des Klosters mit Ausrufungszeichen mitgeteilt. Und dann doch sicherlich noch ein Buch oder ein Kindle-Reader und andere kleine Dinge, die immer dann am unentbehrlichsten sind, wenn man verreist – nein, ihr Koffer war eindeutig zu klein. Was bedeutete das? Dass sie vorhatte, ihren Auftrag spätestens in drei Tagen zu erledigen?

Ich trank den letzten Schluck Wein, wollte gerade aufstehen, als ich in der Dunkelheit eine Bewegung sah. Ich hielt eins der Teelichter hoch, dieses bisschen

Licht genügte, um die Augen einer Ratte zum Glühen zu bringen. Aus dem Ziehbrunnen stieg wohl ein für ihre Nase paradiesischer Geruch hoch. Ich veränderte durch mein negatives Essverhalten die mikroevolutionäre Umgebung des Zitronengartens. Wenn es so weiterging, würde die Rattenpopulation sprunghaft zunehmen, zum Schaden der Amseln und Mäuse, aber *c'est la vie,* ihr Loser.

20

In dieser Nacht fand ich keinen Schlaf, ich lag abgedeckt auf dem Bett, schwitzte das Laken nass, der Deckenventilator nahm das Kühlen weniger ernst als das Quietschen. Die Hitze spielte möglicherweise eine Rolle bei meiner gedanklichen Erschaffung des Autocephalons.

Ich stellte mir vor, dass vor dreihunderttausend Jahren, zu einer Zeit, in der die ersten anatomisch modernen Menschen gelebt hatten, in der Gegend des heutigen Marokko sich eine Gehirnart entwickelt hatte, die Autocephaloiden. Sie waren eukaryotische Lebewesen aus der Familie der *Fungi,* komplexe pilzige Verflechtungen aus Millionen nur wenige Moleküle dicken Fäden. Die einzelnen Kolonien schlossen sich im heißen, trockenen Klima zu eusozialen, kommunikativen Systemen zusammen, um die wenige Feuchtigkeit, die zur Verfügung stand, in die Region ihrer Kolonien zu pumpen, die am meisten von der Austrocknung bedroht war. Im Verlauf der Zeit erwies sich die Zentralisierung der Wasserversorgung als am effizientesten und setzte sich durch: Milliarden zuvor eigenständiger, mikroskopisch kleiner Kolonien bildeten nun ein einziges Autocephalon, das nicht viel größer war als eine Haselnuss, das aber über mehr interne Verbindungen verfügte als die Großhirnrinde des Homo sapiens Synapsen besaß. Im Verlauf Tausender von Jahren liefen immer wieder einmal kleine Gruppen von Großhirnrinden in der Nähe des im Savannenboden verborgenen Autocephalons vorbei, kleine Sippen von Homo sapiens, die den Wasserstellen und der Beute folgten, und da eine gewisse Wahrscheinlichkeit dafür bestand, dass ein Homo sapiens irgendwann einmal zu Fall kam und unmittelbar beim Autocephalon stürzte, geschah dies auch, nämlich etwa zweihundertzwanzigtausend Jahre vor unserer Zeit.

Das Autocephalon nutzte seine Chance sofort. Zwar konnte das Gehirn des Homo sapiens es nicht mit den Fähigkeiten des Autocephalons aufnehmen, aber einen entscheidenden Vorteil besaß es: Es war, im Gegensatz zum Autocephalon, mobil. Immobilität war für ein intelligentes Wesen wie das Autocephalon eine Höllenstrafe, deshalb entwickelte es im selben Moment, als sich die Gelegenheit zu einem *Überspringen* ergab, eine Methode, dies auch tun zu können: Es erfand das Überspringen während des Überspringens. Es drang durch die Nüstern in den Schädel des Homo sapiens ein und verkoppelte sich mit dessen Großhirnrinde. Im selben Moment, als es dies tat, hatte das betreffende Homo-sapiens-Weibchen die Eingebung, dass das weiße Zeug, dass die Männer beim Zusammensein mit ihnen verspritzten, etwas mit dem Entstehen neuer Kinder zu tun hatte. Dieses Weibchen entdeckte als erster Mensch den Zusammenhang zwischen Geschlechtsverkehr und Zeugung und leitete damit den Niedergang des bisher herrschenden

Matriarchats ein, denn nun wollten die Männchen natürlich ein Wort mitreden. Das war eins der vielen Nebenprodukte der Symbiose zwischen Autocephalon und Großhirnrinde.

An dieser Stelle meiner Vorstellungen schlief ich voller Zufriedenheit über meine Fähigkeit ein, mich auf so hohem Niveau selbst unterhalten zu können.

Am nächsten Morgen erwachte ich mit dem Gedanken, dass das Autocephalon in der Großhirnrinde jener Homo-sapiens-Frau die Fähigkeit der parasitären Reproduktion entwickelte. Heute bildet es ein Netzwerk von acht Milliarden Großhirnrinden. Seiner Entdeckung durch die Neurologie entgeht es durch sein Dasein im Mikroskopischen: Es legt sich um jedes menschliche Gehirn wie ein Schleier, doch dieser ist keine drei Moleküle dick. Dieser mit dem Gehirn untrennbar verbundene Schleier ist das, was wir *Intelligenz* nennen. Ohne das symbiotisch-parasitär mit uns lebende Autocephalon hätte der Homo sapiens nie eine größere Intelligenz entwickelt als der Schimpanse. Wir sind, was wir sind, dank des Autocephalons, zu unseren schönsten Bauwerken, unseren melancholischsten Liedern und fantasievollsten Geschichten hat das Autocephalon uns befähigt, wir erkaufen uns unser Gefühl der Überlegenheit über alle anderen Affen aus seinem geistigen Reichtum – aber das hat natürlich einen Preis: Es kontrolliert uns. Und wenn es uns manchmal so vorkommt, als würde die Menschheit Dinge tun, die sie besser lassen würde, so liegt das daran, dass in Wirklichkeit das Autocephalon unsere Handlungen steuert.

Ich dachte, das schreib ich vielleicht mal auf, denn der Leser wird nicht genau wissen, was gemeint ist, aber die Idee hört sich komplex an, deshalb wird der Leser die Schuld bei sich suchen, er wird denken, *ich kapier' einfach nicht, was er da schreibt, aber das muss ja keiner merken.* Also wird der Leser den Text gegen die Kritik anderer Leser, die etwas selbstbewusster sind, verteidigen. Nicht schlecht.

21

Jetzt freute ich mich auf einen neuen andalusischen Morgen, auf das optimistische Licht, die noch zahme Wärme des jungen Tags, ja sogar auf Herreras Spezial-Rührei, denn mein Hunger war größer als meine kulinarischen Befürchtungen. Ich war gut drauf wie schon lange nicht mehr, das Kloster schien sein Geld wert zu sein. Voller Zuversicht verließ ich mein Zimmer und sah den *heraufschauenden Hund.* Die Frau Liliane befand sich soeben auf einer blauen Yogamatte in dieser Stellung. Sie wechselte in die *Kobra* und gleich wieder in den *heraufschauenden Hund,* dann wieder in die *Kobra.* Ich dachte, das ist kein Yoga, das sind Liegestütze. Sie atmete nicht im Fluss mit den Übungen, dafür ließen ihr die rastlosen Stellungswechsel keine Zeit: So waren die Übungen nur Sport und keine *Asanas.* Meiner Liliane hätte das jedenfalls nicht gefallen, so was nannte sie *Hip-Hop-Yoga.* Und warum absolvierte die Frau ihre Übungen ausgerechnet hier, direkt vor den hinbetonierten Gästezimmern, es lag noch Bauschutt herum? Yogaleute suchten sich schöne Orte, wenn sie's draußen machten, die gab es hier auch, den Zitronengarten, die Hügel vor dem Kloster. Ich blickte hinüber zu der Stelle, an der Herrera und ich vorgestern auf die Klostermauer gestiegen waren, um

Schwester Ana María zu beobachten – *eine verwundbare Stelle,* dachte ich. Liliane musste die kurze Steintreppe, die auf die Mauer führte, aufgefallen sein, sie konnte sie von ihrer Yogamatte aus sehen, wenn sie beim *heraufschauenden Hund* ein wenig nach rechts blickte. Die Treppe war auffällig, man sieht nicht oft Treppen, die an Mauern gebaut sind. Sie hätte da einfach raufsteigen können, und dann: freies Schussfeld.

Ja?, sagte Liliane, ist etwas? Stört es Sie, wenn ich hier Yoga mache? Wie kommen Sie darauf, sagte ich, nein, natürlich nicht, guten Morgen. Weil Sie mich so anschauen, sagte sie, guten Morgen. Wie denn?, fragte ich. Ich weiß nicht, sagte sie, grimmig, so als würde Sie etwas stören eben. Ich mache selber Yoga, sagte ich. Ja, klar, sagte sie und stand auf. Sie streckte die Arme seitlich aus, machte mit dem einen Bein einen Schritt nach vorn und bog es im Neunzig-Grad-Winkel. Krieger 2, sagte ich, sie antwortete nicht. Na gut, wenn ich Yoga machte, konnte ich auch auf Leute verzichten, die danebenstanden und *Krieger 2* sagten, um zu demonstrieren, dass sie von dem, was ich gerade machte, eine Menge verstanden. Aber ich werde Sie jetzt in Ruhe lassen, sagte ich, Sie wollen sich bestimmt auf Ihren Atem konzentrieren. Sie schwieg, wahrscheinlich hatte sie den Imperativ aus meiner Bemerkung rausgehört: *Konzentrier dich endlich auf deinen Atem!*

Im Zitronengarten war der Marmortisch für zwei Personen gedeckt, also für eine zu viel, der Tisch war zu klein für zwei, die Ränder der Teller berührten sich, das Messer links berührte die Gabel rechts. Auf einem Klapptischchen – einer Neuerung, die wegen der Überbevölkerung an diesem Tisch nötig geworden war – stand eine Karaffe mit Orangensaft aus Konzentrat. Bisher war von Herrera nur Kaffee geliefert worden, der Orangensaft ging bestimmt auf Lilianes Kundenwunsch zurück. Ich trank keine mumifizierten und danach wieder rehydrierten Orangen, allein schon das chemische Gelb hielt mich davon ab. Dieser Saft schrie mich an: *Du bist nicht mehr der einzige Gast!*

Herrera trug ein Tablett mit Brot, Käse und Joghurt heran – also kein Spezial-Rührei, das war eine gute Nachricht. Bei jedem seiner Schritte musste er das Tablett neu ausbalancieren, er hinkte heute stärker als sonst. Das Wetter, sagte er, wenn es so ist, *zieht* mein Bein. Wenn es schon morgens besonders warm ist?, fragte ich, denn die noch zahme Wärme des jungen Tags, auf die ich mich gefreut hatte, existierte nicht, die Hitze lag schon auf uns wie eins der heißen Handtücher, die in chinesischen Restaurants gereicht werden. Nein, es liegt gar nicht am Wetter, sagte Herrera, ich will dir ehrlich sagen, woran es liegt, du wirst es gleich sehen. Er sagte, er werde mich in einer Stunde auf dem Vorplatz vor dem Kloster abholen. Abholen, warum?, fragte ich, er sagte, keine Zeit, ich muss mich umziehen.

Ich wartete mit dem Essen auf Liliane, aber sie kam nicht. Die Karaffe mit ihrem Orangensaftkonzentrat und ich blieben allein, ich aß die Hälfte vom Käse und die Hälfte vom Brot, das Joghurt überließ ich ihr ganz. Wenn sie nicht mit mir essen wollte, *tant pis,* man sollte nicht gleichzeitig froh und gekränkt sein, das ist eine zu komplizierte emotionale Kombination, als dass man sie ernst nehmen könnte. Ich dachte, sie findet mich nicht sympathisch, gut, sie hat einigen Grund dazu, etwa nicht? Das Morgenlicht immerhin war, wie ich es mir erwünscht hatte, optimistisch, es funkelte frisch, wie gewaschen, auf den grünen Blättern der Zitronenbäume. Mehr konnte man vom Leben im Augenblick eben nicht erwarten.

Falls die Frau Liliane – das war aber nur ein theoretischer Gedanke – in ihrem Rollköfferchen eine Waffe mitgebracht hatte, vielleicht doch auch noch Unterwäsche, einen Ersatzrock, aber im Wesentlichen eben eine Waffe, und falls die libanesische Mafia ihr bei den Vertragsverhandlungen eine enge Deadline gesetzt hatte – *wir bezahlen dir maximal zwei Tagessätze, nein, nicht vier, zwei, Mädchen, okay, Frau, sorry, Frau* –, dann stieg sie vielleicht in diesem Augenblick auf die Klostermauer, um keine Zeit zu verlieren. Denn möglicherweise wurde ihr der Anreisetag als Arbeitstag berechnet, sie hätte ihren Job also heute erledigen müssen. Sollte ich vielleicht mal nachschauen? Ob sie auf der Mauer war? Aber warum ich, warum machte das nicht Herrera, er war doch immer so besorgt um Schwester Ana María, und jetzt, wo es möglicherweise tatsächlich Grund zur Sorge gab, hatte er keine Zeit, weil er sich umziehen musste! Nein, ich beschloss, sitzen zu bleiben, in aller Ruhe zu frühstücken, mit Betonung auf *in aller Ruhe*. Der Tracker zeigte beim Verzehr des Käsebrots einen Puls von 92 an, so viel wie bei Viparita Karani und der Bedrohung durch Rodrigos Revolver. Käse, Yoga, Schusswaffe: Mein Herz schlug in gerechter Weise bei allem zu schnell.

22

Auf dem Vorplatz des Klosters empfing Herrera mich im Gewand des Matadors, der *Traje de luces*, dem *Lichtgewand*. Ich verstand, dass der Name nicht metaphysisch gemeint war, sondern sich auf die Pailletten bezog, die in der Sonne funkelten, allerdings männlich gedämpft, man war ja keine Cabaretsängerin. Herrera sah in dem Gewand aus wie der Tenor einer erfolgreichen Drachenoper, der zuvor in der Garderobe festgestellt hatte, dass die *Chaquetilla*, das Jäckchen, und die *Taleguilla*, die Kniehose, seit der Uraufführung der Oper nicht ebenso an Umfang zugenommen hatten wie er selbst. *Montera*, sagte Herrera, er zeigte auf seine schwarze Kopfbedeckung, *Camisa*, das weiße Hemd unter der *Chaquetilla*, *Medias*, die in der Tat rosafarbenen Kniestrümpfe, *Zapatillas*, die schwarzen Schuhe, auf denen ein Schleifchen saß. Kannst du dir das merken?, fragte er, ich sagte, ja, vielen Dank, alles im Kopf. Bis auf den Begriff *Camisa* hatte ich alles bereits wieder vergessen, aber wer wusste denn schon, ob ich die Figur des Gemüsehändlers und früheren Matadors tatsächlich verwenden, ja, ob ich den Roman über die Zeugin überhaupt je schreiben würde. Dann steig ein, sagte er.

Wir fuhren in seinem Pick-up los, meine Frage, wohin, beantwortete er nicht. Das prächtige Gewand kontrastierte mit seinem betrübten Gesichtsausdruck, ich wusste nicht, ob seine Niedergeschlagenheit mit den zu engen Kniehosen zu tun hatte, er fingerte jedenfalls während der Fahrt an der Bundschlaufe herum, die offenbar nicht leicht zu lockern war.

Am Ende einer Feldstraße hielt er vor einem Gatter an. Dahinter war der Stier schon zu sehen, ein schönes Tier mit glänzendem schwarzen Fell. Falls das Autocephalon, dachte ich, die Raben dereinst zu religiösen Wesen upgradet, machen sie diesen Stier wegen der farblichen Ähnlichkeit mit ihrem Gefieder vielleicht zu ihrer Gottheit, wie früher die Minoer den weißen Stier. Das ist er, sagte Herrera, ich habe ihn Renzino getauft, dir zu Ehren, Renz, wie dein Name, verstehst du? Es ist mir eine Ehre, sagte ich, und übrigens, es genügt mir, wenn du mir erklärst, wie eine Corrida abläuft, du musst es mir nicht zeigen, wir wollen Renzino nicht stören. Das Stören des Stiers, sagte Herrera, ist bei einem Stierkampf unvermeidlich. Er holte von der Ladefläche des Pick-ups ein Gewehr und setzte eine Patrone ein. Ich fragte ihn, was er denn mit dem Gewehr vorhabe, er sagte, was soll ich damit schon vorhaben, ich werde ihn betäuben. Betäuben? Warum denn? Mit Ketamin, sagte Herrera. Von mir aus ist das nicht nötig, sagte ich. Ach, sagte er, und wie soll ich deiner Meinung nach den Stier töten, wenn er nicht betäubt ist? Beschreib es mir einfach, sagte ich, das reicht. Beschreiben!, sagte Herrera. Was soll das bringen, entweder man macht es, oder man macht es nicht. Und ohne Ketamin kann ich es nicht machen, denn siehst du hier *Banderilleros?* Siehst du *Picadores,* ich nicht. Soll ich etwa allein zu dem Stier ins Gehege steigen? Renzino ist ein *Toro de lidia,* mein Freund, der wiegt sechshundertfünfzig Kilo, und sie haben ihn nicht für Kindergartenfeste gezüchtet, sondern für Kämpfe, das heißt, er kriegt sehr schnell schlechte Laune. Pass auf, ich zeig's dir.

Herrera kletterte mit einem Ächzen auf das Gatter, er legte nur ein Bein auf die andere Seite, schon donnerte Renzino auf vier kleinen Staubwolken heran, der Speichel spritzte von seinen Nüstern. Herrera warf sich mit Schwung wieder auf die sichere Seite, Renzino steckte seine Hörner durch das Gatter und bewegte sie wütend mit ruckartigen Halbkreisbewegungen, er schien sich mit Anatomie auszukennen, denn durch diese Hornbewegungen hätte er Eingeweide sehr effektiv beschädigen können. Wenn ich allein da reingehe, sagte Herrera, nur ich und mein *Estoque* – er deutete auf den Degen, den er in die Erde gesteckt hatte –, dann werde ich sein Genick nicht treffen, denn er wird es mir nicht freiwillig hinhalten. Ich würde also Banderilleros brauchen, die ihm spitze Haken in die Schultermuskeln stecken, damit er seinen Kopf nicht mehr heben kann. Ich würde Picadores brauchen, die ihn mit der Lanze verwunden, damit er Blut verliert. Das ist Stierkampf, sagte Herrera, zehn Männer, die einen Stier schwächen, bis er so erschöpft ist, dass der Matador ein geringes Risiko eingeht, wenn er ihm mit der Estoque entgegentritt. Ich habe lange darüber nachgedacht, sagte Herrera, und ich mache mir keine Vorwürfe. Ich war ein junger Mann, ich hatte die Wahl, jeden Tag ins

Büro zu gehen und meinen Arsch in einen Stuhl mit Rädchen zu drücken, mit dem man vom Computer zum Telefon rollt und vom Telefon wieder zurück zum Computer. Wollte ich das? Nein, ich wollte ein Leben führen, in dem mir das Herz bis zum Hals pocht, ich wollte mein Blut in den Ohren rauschen hören und den Applaus, *He-rrera!, He-rrera!,* so haben sie gerufen! Ich wollte keinen Anzug mit Krawatte tragen, sondern das hier. Er strich mit der Hand über sein Lichtgewand.

Ich habe die richtige Entscheidung getroffen, damals, sagte er, aber den Preis dafür haben die Stiere bezahlt, so ist das. Am Schluss Formalito II, er hat mir die Rechnung präsentiert. Herrera löste die Bundschlaufe seiner Taleguilla, er ließ die Samthose runter, um mir die Narbe an seinem Oberschenkel zu zeigen, sie sah frisch aus, rötlich, leicht geschwollen. Das ist die Rechnung, sagte Herrera, und das da auch. Er nahm die Montera vom Kopf, teilte mit beiden Händen seine Haare, denn darunter versteckte sich die Narbe wie eine Schlange im Schilf, die Kopfnarbe, die von seiner *contusio cerebri* zeugte. Das ist der Grund, warum heute mein Bein zieht, sagte er, verstehst du jetzt? Ich muss diesen Stier töten, aber es widerstrebt mir. Ich habe es zu oft getan, ich habe Stiere getötet, um mich lebendig zu fühlen. Das hat mir letztes Jahr eine Psychologin aus Holland erklärt, sie hat in deinem Zimmer gewohnt, sie sagte, der Cortex insularis in meinem Gehirn hat irgendwelche Hormonprobleme, deshalb brauche ich starke Stimulierung, so was Ähnliches, ich hab nur die Hälfte verstanden, ihr Spanisch war so schlecht, mir taten die Ohren weh.

Aber ich, sagte ich, spreche fließend Spanisch, nur hörst du nicht zu: Du musst den Stier nicht töten, ich glaube, mir ist der Ablauf einer Corrida jetzt klar, nein, nichts ist dir klar, sagte Herrera. Er lud das Betäubungsgewehr durch, setzte den Schaft an die Wange und drückte ab. Wir müssen jetzt fünf Minuten warten, sagte er.

Herrera holte aus dem Wagen zwei Mineralwasserflaschen und eine Tüte mit Proviant, er entfaltete auf dem Boden vor dem Gatter eine Picknickdecke. Wir setzten uns, Herrera reichte mir aus der Tüte ein *Sandwich Pessoa,* er selbst biss von einer Chorizo ab. Das Sandwich Pessoa war nicht gut konstruiert: Als ich reinbiss, rutschte eine Sardine raus, gefolgt von einer Tomatenscheibe. So isst man das nicht, sagte Herrera, er pflückte die Sardine von der Picknickdecke, du hältst das Sandwich viel zu locker, du musst es stärker zudrücken beim Reinbeißen. Während ich unter Herreras Anleitung lernte, ein Sandwich Pessoa richtig zu essen, stand Renzino im Gehege da, als drehe sich ihm unter den Hufen die Erde weg. Er versuchte, die Drehbewegung durch Ausfallschritte auszugleichen, doch die Erde drehte sich immer schneller. Herrera trank aus der Mineralwasserflasche, Renzino kniete auf den Vorderbeinen, einmal kam er noch hoch, doch dann kippte er auf die Seite. Es ist so weit, sagte Herrera mit vollem Mund.

Lass uns zurückfahren, sagte ich – was man eben so sagt, wenn man keinen Einfluss auf die Geschehnisse hat. Herrera setzte sich die Montera auf, ordnete insgesamt sein Lichtgewand, zog den Degen aus der

Erde und stieg wieder über das Gatter. Das ist natürlich eine Kurzfassung einer Corrida, rief Herrera mir zu, die erste und die zweite *Tercio* lassen wir aus und gehen gleich zur *Suerte de matar* über, wie du siehst, auf die *Suertes de muletas* verzichte ich. Er entfaltete die *Muleta,* das rote Tuch, er sagte, stell dir einfach vor, dass ich, wenn der Stier wach wäre, ihn mit der Muleta auf genau festgelegte Weise reizen würde, etwa so. Er führte die Muleta im Kreis, *redondos,* sagte er. Er hielt Renzino, dessen eines Auge halb offen stand, die Muleta direkt vor die Nüstern, ohne dass es Renzino im Geringsten störte, das nennt man *de frente,* sagte Herrera, er ging um Renzino herum und hielt ihm das Tuch vor den Hintern, *por la espalda,* sagte er, das mögen sie am allerwenigsten, wenn man sie von hinten überrascht. Er ist nicht überrascht, sagte ich, er möchte schlafen, ich glaube, den Rest kann ich mir jetzt vorstellen. Bei einem Stier wie ihm, sagte Herrera, der jetzt mit durchgedrücktem Rückgrat und genau bemessenen, feierlichen Schritten um Renzino herumging, würde ich bei der *Estoque,* dem Todesstoß, die *Suerte de volapié* wählen, den Angriff, ich würde nicht warten, bis er mich angreift. Er ist unbeherrscht, impulsiv, sagte Herrera, von seiner Stärke berauscht, man muss ihn überrumpeln, dann läuft seine Kraft ins Leere. Herrera zog in einer schönen Bewegung den Degen unter der Muleta hervor. So ist es ein unfairer Kampf, sagte ich, Herrera fixierte Renzinos Nacken über die Spitze des Degens, er sagte, das ist das Prinzip, wann verstehst du das endlich?

Gleich geschieht es, dachte ich und hörte Motorengeräusche. Ich drehte mich um, in einer Staubwolke näherte sich ein weißer Wagen. Wer ist das?, fragte ich. Herrera sagte mit gestrecktem Degen, der Besitzer, vermute ich, ich glaube, du hast jetzt alles gesehen, was du für deinen Roman brauchst, stell dir einfach vor, dass ich zwei-, dreimal zusteche, bestenfalls nur einmal, du hast recht, wir sollten zurückfahren.

Sehr schnell saßen wir im Pick-up, Herrera hatte Estoque, Muleta und das Betäubungsgewehr auf die Ladefläche geworfen, im nächsten Moment wendete er vor dem Gatter in scharfem Winkel und fuhr auf den anderen Wagen zu, der uns hupend auswich. Im Vorbeifahren sah ich hinter der anderen Windschutzscheibe ein typisches Besitzergesicht, ich sah darin die Empörung darüber, wie andere mit seinem Besitz umgegangen waren. Kennst du den?, fragte ich, Herrera sagte, der ist aus Sevilla, hat das Land nur geerbt, er ist Chemiker. Von Stieren weiß der nur, dass sie beim Furzen Methan produzieren. Hättest du den Stier wirklich getötet?, fragte ich. Denk doch mal nach, sagte Herrera, heute Abend gibt es übrigens *Migas Andaluzas*. Für dich und Frau Liliane Renz. Für die Schwestern, für alle. Ich koche. Ich bin der Koch von Santa María de Bonval. Glaubst du, ein so kräftiger, dominanter Stier wie Renzino lässt sich von einem Koch töten? Nicht mal mit neunhundert Milligramm Ketamin im Blut.

23

Frau Liliane Renz und ich saßen zum ersten Mal gemeinsam am Marmortisch im Zitronengarten, die Sonne war untergegangen, doch eine einzelne Zikade sägte weiter, sie erinnerte mich an jene Schriftstellerkollegen, die bei Gruppenlesungen über die vereinbarte Lesezeit hinaus lesen. Solche narzisstischen Elemente gab es also auch unter den Zikaden, interessant. Es war nach des Tages Hitze immer noch sehr warm, Liliane wedelte sich mit einem Taschenbuch von Haruki Murakami Luft zu. Ich dachte, dass ich, wenn ich ein Killer wäre und mir durch das Mitführen eines Buchs den Anschein von Harmlosigkeit geben wollte, in der Flughafenbuchhandlung einfach ein Buch vom höchsten Stapel bei der Kasse mitnehmen würde, es wäre mit hoher Wahrscheinlichkeit ein Murakami.

Wir warteten auf die *Migas Andaluzas*. Liliane sagte, sie habe von dem Gericht gehört, es sei für die Gegend typisch, ursprünglich ein Hirtengericht aus zerbröckeltem Brot, Knoblauch, Paprika, und wer weiß, sagte sie, was Herr Herrera sich noch alles einfallen lässt. Er steckt als Koch voller Überraschungen, sagte ich. Und Sie machen also auch Yoga?, fragte Liliane, ich sagte, jaja, ich übe gerade Viparita Karani. Dieses Asana kenne ich nicht, sagte sie, tja, dachte ich. Als sie aus dem Mineralwasserglas trank, fielen mir ihre sportlich kurz geschnittenen Fingernägel auf, die kräftigen Finger, war sie Handwerkerin? Auf die Berufsfrage antwortete sie, sie sei Lehrerin. An einem Gymnasium. Deutschlehrerin. Ich dachte, was soll denn das jetzt, sie heißt wie Liliane, macht Yoga wie Liliane, und sie ist auch noch Deutschlehrerin wie Liliane? Ich fand es ein wenig impertinent. Und Sie?, fragte sie. Schriftsteller, sagte ich, das ist merkwürdig, meine Frau ist auch Deutschlehrerin. Warum ist das merkwürdig?, fragte sie. Ich hätte nicht *merkwürdig* sagen sollen, ich sagte, nun, es ist nicht merkwürdig, es ist kurios, ein kurioser Zufall. Es gibt in Deutschland, sagte sie und schaute dabei weg, so als langweile sie das Gespräch, achthunderttausend Lehrerinnen, und Deutsch würde ich nicht als seltenes Fach bezeichnen, so zufällig ist das also nicht. Na ja, in der Kombination schon, sagte ich.

Sie stützte die Stirn auf ihre Hand, nur ganz kurz, dann schaute sie mich an und sagte, ich weiß nicht, warum ich bei Ihnen andauernd das Gefühl habe, dass ich mich für alles rechtfertigen muss. Sie finden es merkwürdig, dass ich Deutschlehrerin bin, Sie finden es merkwürdig, dass ich zufällig so heiße wie Ihre Frau, und mit meinem Yoga stimmt auch etwas nicht. Wie würden *Sie* das finden, umgekehrt? Ich habe nie behauptet, dass mit Ihrem Yoga etwas nicht stimmt, sagte ich, Sie haben eine sehr hochwertige Yogamatte, das war nur ein Scherz, aber im Ernst: Was würden Sie denn denken, wenn ich so heißen würde wie Ihr Mann oder Freund, denselben Beruf hätte wie er und wie er ein begeisterter Golfer wäre, würden Sie das nicht auch kurios finden? In Wien, sagte Liliane, im Café Eiles in der Josefstädter Straße, setzte sich einmal eine Frau an den Nebentisch, die genauso aussah wie ich. Der Kellner kam ganz durcheinander, er dachte, wir seien Zwillinge, er sagte, ja wollen die Damen sich denn nicht an denselben Tisch setzen, das ist doch gemütlicher! Und wissen Sie, wie die Frau hieß? Liliane, sagte ich. Nein, nicht Liliane, sagte sie, aber Renz, Sophie Renz. Aber sie war nicht Deutschlehrerin, sagte ich. Nein, war sie nicht, das war auch gar nicht mehr nötig, sagte Liliane, aber ich sehe schon, Sie haben Ihre eigenen Ansichten. Ah, da kommt Señor Herrera, sagte ich, mit dampfenden Töpfen voller Migas Andaluzas.

Mit einem großen Holzlöffel belud Herrera unsere Teller, er erklärte uns, er benutze für die Migas Andaluzas nicht etwa trockenes Weißbrot, sondern Knäckebrot, und warum? Weil er mit dem Gericht an die Völkerwanderung erinnern wolle, damals seien die Vandalen durch Spanien gezogen, das Knäckebrot erinnere an deren nordeuropäische Herkunft, außerdem verleihe es dem Gericht Biss, ebenso wie die Mandeln, die er als Symbol für die iberische Urbevölkerung beigemengt habe. Señor Herrera kocht nämlich gern historisch, sagte ich zu Liliane, ich ließ ihr beim ersten Bissen den Vortritt. Herrera wartete auf unser Urteil, Liliane sagte, es schmeckt sehr gut, hm, herzhaft gewürzt ist es, ich mag Knoblauch. Ich probierte jetzt auch und dachte, was für Knoblauch, in diesem mit Liebe verkochten Brei ist doch wieder kein einziges Aroma enthalten. Hervorragend, sagte ich, um das erwartungsvolle Strahlen in Herreras Gesicht nicht durch die Wahrheit auszuknipsen. Es ist kein Knoblauch drin, sagte Herrera, ach nein?, sagte Liliane. Macht nichts, sagte ich, ein gutes Gericht zeichnet sich durch die hohe Bandbreite der Interpretationsmöglichkeiten aus.

Aber das ist doch Knoblauch!, sagte Liliane, nachdem Herrera gegangen war, sie fischte mit der Gabelspitze etwas aus dem Brei und zeigte es mir. Hauptsache, es schmeckt Ihnen, sagte ich, es schmeckt Ihnen doch? Sie sagte, ja sicher, warum denn nicht, es ist das Richtige für einen warmen Sommerabend. Sie aß mit Appetit, am Schluss schabte sie mit der Gabel die Breireste vom Tellerrand, um nichts zu verpassen. Vielleicht verstand ich Herreras Kulinarik nicht? Vielleicht waren seine Gerichte zu raffiniert für mich? Mag sein, dass Herreras Gerichte etwas Ähnliches waren wie Deutscher Expressionismus, aber den hätte ich auch in den Ziehbrunnen geworfen.

Nun klingelte das Handy von Liliane, sie stand vom Tisch auf und entfernte sich, um ungestört zu sprechen. Ich handelte schnell und entschlossen, ein Nahrungssegen regnete auf die Ratten im Ziehbrunnen nieder. Nach einer Weile kehrte Liliane an den Tisch zurück, sie entschuldigte sich, ihre Tochter habe angerufen. Sie ist zum ersten Mal verliebt, sagte Liliane, und natürlich ganz aufgeregt, fünfzehn halt. Haben Sie auch Kinder? Ihre Tochter ist fünfzehn? Meine auch, sagte ich, es würde mich nicht wundern, wenn Ihre Tochter Julia heißt? Oh je, sagte Liliane, nicht das auch noch, jetzt wird es mir auch allmählich zu viel, ja, sie heißt Julia, es tut mir leid, wenn ich Sie damit in eine

Ecke mit einer Million anderer Leute stelle, die ihre Töchter Julia genannt haben. Ich dachte, hier stimmt doch was nicht, das ist gespenstisch! Alles in Ordnung mit Ihnen?, fragte Liliane. War da etwas Lauerndes in ihrem Tonfall? Sie schlug die Beine übereinander und schaute mich an, erforschte mein Gesicht, so kam es mir vor, sie stützte den einen Arm auf den Tisch, der andere hing lässig über die Stuhllehne, diese Haltung sollte wohl heißen, *ich bin ganz entspannt, aber du nicht.* Alles in Ordnung, sagte ich, ich legte meinen Arm auch über die Stuhllehne, ich bin nur ein wenig erstaunt über die vielen biografischen Übereinstimmungen. Vielleicht ist man nicht so einzigartig, wie man denkt?, fragte sie. Damit hat das nichts zu tun, sagte ich, ich schlug auch die Beine übereinander. Sie schob ihren Teller weg, um ihren Arm noch besser auf den Tisch stützen zu können, ich schob meinen Teller auch weg. Das ist lächerlich, sagte sie, sie lachte kurz. Andererseits, vielleicht haben Sie ja recht, sagte sie, sie blickte in den Himmel, ich auch, die Dunkelheit kroch von den Rändern hoch. Womit?, fragte ich. Vielleicht ist es ja merkwürdig, sagte sie, vielleicht hat es etwas zu bedeuten.

Mit diesen Worten stand sie auf, wünschte mir eine gute Nacht, langsam, genießerisch ging sie an den Zitronenbäumen vorbei zum Torbogen, der aus dem Garten führte.

24

Hoffentlich war Herrera noch nicht nach Hause gefahren! Spät genug wäre es dazu allerdings gewesen, man sah am Himmel schon den großen Wagen, das einzige Sternbild, das ich von einer Lichterkette unterscheiden konnte. Falls Herrera noch hier war, saß er bestimmt in der Klosterküche, seinem *Institut für historische Mahlzeiten.* Wie aber gelangte man in die Klosterküche? Das gotische Haupttor führte in den Klostertrakt, das wusste ich, dieses Tor war aber Gästen und Klosterköchen verschlossen, da es in die Schweigezone der Trappistinnen führte. Ein anderer Eingang war mir bisher nicht aufgefallen. Ich rief die Telefonnummer an, die auf der Website des Klosters unter *Contactos* verzeichnet war, ich hatte Glück, Herrera meldete sich, *Kloster Santa María de Bonval, mein Name ist Juan Herrera, was kann ich für Sie tun?* Hotelleriekurs, dachte ich, ich sagte, ich bin's, dein Gast aus Zimmer 1, ich muss sofort mit dir sprechen.

Jetzt? Ich wollte gerade nach Hause fahren, sagte Herrera, es ist dringend, sagte ich. Und was ist mit meiner Ehe, sagte er, wann soll ich sie vollziehen, wenn meine Gäste mitten in der Nacht etwas Dringendes haben? Endlich war er mal ein bisschen witzig, ich sagte, es dauert nur drei Minuten, das Vorspiel lasse ich weg. Er sagte, er sei in der Küche, ich solle zum Lieferanteneingang kommen, die Tür rechts neben dem Haupttor.

Herrera winkte mich rein und führte mich eine schmale steinerne Treppe hinunter. Wenn du den Gästen das Essen bringst, sagte ich, musst du es dann jedes Mal hier hochtragen? Muss ich, sagte er, und dann noch mitten in der Nacht mit ihnen reden! Er stieß eine breite, niedrige Tür auf, wir mussten den Kopf einziehen, deshalb erwartete ich, eine enge, kleine Küche zu sehen – doch es war ein riesiger kulinarischer Kerkerraum mit gewölbter Decke, von der geschwärzte Haken herabhingen, an denen früher wohl die Kessel aufgehängt wurden. Die aus großen Steinquadern gefügten Mauern erzeugten in mir Bilder von Mägden in knöchellangen Röcken, die mit Holzstangen in großen Kupferkesseln rührten, auch tagsüber im Halbdunkel, denn es gab nur zwei halbkreisförmige, vergitterte Fenster, hoch oben, nahe der Decke, an der Abschrägung der steinernen Simse erkannte man die Dicke der alten Mauern. Der Boden war mit den gleichen Steinplatten ausgelegt wie der Säulengang, ich wunderte mich, dass das andalusische Gesundheitsamt in einer Küche einen solchen Boden zuließ, in den tiefen Spalten der teilweise schief gegeneinanderstehenden Platten ging es bakteriell bestimmt hoch zu und her. Der hölzerne Rüsttisch war von Jahrhunderten der Zwiebelhackerei zernarbt wie Herman Melvilles weißer Wal, Herrera schob mit dem ganzen Arm einen Haufen Zucchini und Auberginen zur Seite, um auf dem Rüsttisch Platz zu schaffen für zwei Weingläser und eine Flasche. Und was ist so wichtig, sagte er, dass du mich vom Schlafen abhältst?

Mit der Frau stimmt etwas nicht, sagte ich, ich listete die Indizien auf: der zu kleine Koffer, die biografischen Übereinstimmungen, heißt wie meine Frau, ist Deutschlehrerin wie sie, macht Yoga wie sie, hat eine Tochter, die so heißt und gleich alt ist wie meine, und sie hat mir gedroht, sagte ich, *vielleicht haben Sie ja recht, vielleicht hat es ja etwas zu bedeuten.*

Das erstaunt mich alles gar nicht, sagte Herrera, ich habe dich gleich am Anfang gewarnt, dass mit dieser Frau etwas nicht stimmt. Aber du wolltest es nicht glauben. Jetzt machst du dir Sorgen um deine Familie, das ist verständlich, aber ich kann dich beruhigen: Es gibt zwei Dinge, die dagegen sprechen, dass sie die Killerin ist. Gleich zwei, sagte ich. Erstens, sagte Herrera, wird in deinem Roman – Verzeihung, Romankonzept – der Gemüsehändler von der Mafia erpresst und nicht der Autor. Herrera, sagte ich, von diesem Romankonzept will ich nichts mehr hören, es steht mir bis hier! Ich zeigte ihm mit der flachen Hand, bis wohin genau es mir stand. Hier geht es nicht um irgendein Konzept, sagte ich, es geht um Fakten. Was ich dir gerade über die Frau erzählt habe, sind Fakten. Warum muss ich dir das erklären, du selbst hast doch das Foto gefunden, das Schwester Ana María mit ihrem Mann und ihrem Sohn zeigt. Und dann ihre Haarfarbe, dieses finnische Blond, sie ist keine Spanierin! Also, warum ist sie hier? Es ist absolut unüblich, sagte ich, dass Trappistinnen in ein ausländisches Kloster eintreten, eine Freundin hat es mir versichert, sie ist Spezialistin für katholische Orden. Mit Schwester Ana María stimmt etwas nicht, und wenn nun eine Frau hier auftaucht, mit der gleichfalls etwas nicht stimmt, dann sehe ich da einen Zusammenhang, du etwa nicht? Bist du jetzt plötzlich anderer Meinung?

Nein, sagte Herrera, ich bin nur nicht so hysterisch wie du, weil ich ja weiß, was bei zweitens kommt. Hysterisch!, sagte ich, zweitens, sagte Herrera, hat Señora Renz keine Waffe. Du denkst, sie könnte die Killerin sein, aber sie ist ohne Waffe hierhergekommen. Woher willst du das wissen? Na woher wohl, sagte Herrera, ich habe in ihrem Koffer nachgeschaut, im Schrank, sie ist unbewaffnet. Ich wette, du hast auch mein Zimmer schon durchsucht, sagte ich. Ein wenig, sagte Herrera, aber nur am Anfang, als ich nicht sicher war, ob nicht vielleicht du der Killer bist. Bitte Wein, sagte ich. Während er mir einschenkte, knipste ich den Tracker an: Ruhepuls 88. Ich war mir ein Rätsel. Möglicherweise hatte mir die libanesische Mafia soeben durch den Mund der angeblichen Liliane Renz zu verstehen gegeben, dass man die Namen meiner Frau und meiner Tochter kannte, sogar ihr Alter und wo meine Frau arbeitete. Was erhofften sie sich davon? Ich hatte keine Ahnung. Aber es schnürte mir den Hals zu, wenn ich an die Gefahr dachte, in der Liliane und Julia sich befanden – doch meine Emotionen schienen mein Herz nicht zu erreichen, denn es klopfte im immer gleichen Tempo, unabhängig davon, ob über mir die Wellen zusammenbrachen oder ich nur den Hummeln beim Flug zuschaute. Ich streifte den Tracker ab und schmiss ihn in den Eimer mit Küchenabfällen, der neben dem Tisch stand. Ich stopfte ihn mit dem Stiel eines Kochlöffels zwischen Kartoffelschalen tiefer in den Eimer hinein, um ihn nie mehr sehen zu müssen.

Ich habe überall nachgeschaut, sagte Herrera, auch unter der Matratze, ich habe die Matratze abgetastet, nichts, keine Waffe. Sei mir nicht böse, sagte ich, aber glaubst du, die sind blöd? Das sind Berufsverbrecher, die haben auf ihrem Gebiet dieselben Fachkenntnisse wie dein Zahnarzt, und am Schluss löst der die Probleme ja auch mit Gewalt, wenn er dir einen Zahn reißt. Die haben herausgefunden, wo Schwester Ana María sich versteckt, das allein ist schon eine Leistung. Sie haben meine Familie ausspioniert, *chapeau!* Sie schicken eine Frau als Killer, eine Frau mit einem großen gelben Hut! Du solltest diese Leute nicht unterschätzen, Herrera, die lassen ihre Killerin nicht mit einer Waffe im Koffer hier reinspazieren. Du hast ja früher deinen *Estoque* dem Stier auch nicht offen gezeigt, du hast ihn unter der *Muleta* versteckt, und erst im letzten Moment hast du den Degen unter dem Tuch hervorgeholt. Genau so werden sie es auch machen. Vielleicht haben sie sich sogar vom Stierkampf inspirieren lassen. Es ist leicht, irgendwo in der Nähe des Klosters eine Waffe zu verstecken, und falls Rodrigo ein Aufpasser der Polizei ist, ist es sogar noch leichter, er würde es meiner Meinung nach nicht mal merken, wenn jemand vor dem Kloster eine Haubitze in Stellung bringt.

Herrera legte die Hand auf meine Schulter. Du hast recht, sagte er, da sieht man es, du bist ein Schriftsteller, du denkst um zwei Ecken, ich nur um eine. Sie haben die Waffe irgendwo versteckt. Das sind schlechte

Neuigkeiten. Die Frau geht einfach zum Versteck, holt sich die Waffe, wie wollen wir das verhindern, sagte er. Wir müssen mit Schwester Ana María sprechen, sagte ich, wir müssen rausfinden, was hier los ist. Unmöglich, sagte Herrera, denk an das Schweigegelübde. Aber wir wissen doch jetzt, sagte ich, dass sie vermutlich keine Trappistin ist, es gibt kein Schweigegelübde. Du bist doch schon mal in den Klostertrakt eingedrungen, es dürfte dir nicht schwerfallen, es noch mal zu tun! Niemals wieder werde ich das tun, sagte Herrera, ich will Koch bleiben, es gefällt mir zu kochen, es ist mein Leben, ich setze nicht meine Anstellung aufs Spiel. Ich hätte es das erste Mal schon nicht tun dürfen, ein zweites Mal werde ich es erst recht nicht tun. Ach so, sagte ich, auch nicht, um das Leben von Schwester Ana María zu retten? Doch, ihr Leben will ich retten, sagte er, aber auf andere Weise, ich werde improvisieren, das ist meine Stärke, Improvisation. Was macht einen guten Matador aus? Dass er improvisieren kann, dasselbe gilt für Köche, *alle Köche sind beschissen, die sich nicht zu helfen wissen.*

Zeig mir, wie die Durchreiche funktioniert, sagte ich. Ich kann es dir zeigen, sagte Herrera, aber wenn du dort durchklettern willst, werde ich es verhindern. Du bist selbst durchgeklettert, sagte ich, als du in Schwester Ana Marías Zimmer wolltest. Aber ich will gar nicht ins Kloster, ich will mir nur die Durchreiche ansehen. Herrera lachte.

Ein niedriger, kurzer Korridor führte aus der Küche zur Durchreiche. Herrera zog die hölzerne Lade hoch, man hörte das dumpfe Gerumpel eines schwerfälligen

Mechanismus. Der Laderaum war geräumig genug, um eine halbe Kuh reinzuschieben. Hier lege ich die Speisen rein, sagte Herrera, du siehst, dass die Lade auf der anderen Seite jetzt geschlossen ist. Sie öffnet sich erst, wenn ich die Lade auf unserer Seite wieder runterschiebe. Damit du die Trappistinnen nicht siehst, wenn du das Essen reinstellst. Und sie mich nicht, sagte er. Wenn sie ihre Lade öffnen, kann ich meine nicht mehr öffnen und umgekehrt. Aber du bist trotzdem durch die Durchreiche ins Refektorium gelangt, wie?, fragte ich. Das brauchst du nicht zu wissen, sagte Herrera, geh schlafen, beruhige dich, überlass es einfach mir, ich werde weder dich noch deine Familie noch Schwester Ana María im Stich lassen, ich werde improvisieren, kein Problem.

25

Es war zu spät, um Liliane noch anzurufen, sie schlief bestimmt schon, sie ging zeitig zu Bett, denn ihre Schüler warteten um acht Uhr früh schon begierig darauf, mehr über die dramaturgische Struktur des *Faust I* zu erfahren. Ein Anruf um diese Stunde hätte mir eine Erklärung abverlangt, aber das Gespräch musste beiläufig wirken, *ich wollte dich einfach mal wieder anrufen, deine Stimme hören, verschließ Türen und Fenster und lass niemanden rein außer der Polizei* – nein, so eben nicht. Es war besser, ich rief sie erst morgen an, wenn ich mich etwas beruhigt hatte.

Es folgte eine Nacht, in der ich entweder nicht schlafen konnte oder dann so unruhig, dass es auf dasselbe rauskam. Um halb vier überlegte ich mir, am leeren Zimmer 2 vorbei zum Zimmer 1 der angeblichen Liliane zu schleichen und mein Ohr an ihre Zimmertür zu legen. Um halb sechs verwarf ich den Gedanken. Um sieben rief ich Liliane an, aber nicht von meinem Zimmer aus, um sechs hatte ich mich schon auf den Weg zu dem schwarzen Plastikrohr auf dem Hügel in der Nähe des Klosters gemacht. Von hier aus hatte ich gestern – oder vorgestern? – schon einmal mit Liliane gesprochen, der Empfang war hier gut, vier Balken, und so früh am Morgen war es den Zikaden noch zu kühl, sie kratzten ihre Triebklänge noch ganz verschlafen aus ihren Chitinpanzern. Vor dem Anruf erfolgte aber noch eine Selbsttranceübung, ich wollte am Telefon nicht so beunruhigt klingen, wie ich war, ich versuchte, mich durch *Vipassana* in einen Zustand der Gelassenheit zu versetzen, wie Liliane es mir beigebracht hatte. Konzentration auf den Atem, spüre, wie der Atem in dich fließt, spüre, wie er durch deine Nasenlöcher eintritt, deine Lungen füllt, erspüre deine Fingerspitzen, atme in die Fingerspitzen, in die Zehen, atme aus, spüre, wie der Atem deinen Körper verlässt.

Mein Hasenbrot, sagte Liliane, schön, dass du anrufst, ich habe gerade an dich gedacht. Hasenbrot war einer ihrer Kosenamen für mich, so nennt man ein Pausenbrot, das die Kinder nicht essen und abends wieder nach Hause bringen, ich hatte Liliane nie nach dem emotionalen Zusammenhang von Hasenbrot und mir gefragt, und jetzt war weiß Gott nicht der richtige Zeitpunkt dafür. Ich habe auch an dich gedacht, sagte ich, ist bei euch alles in Ordnung, sie fragte mich, ob ich schon ein wenig zur Ruhe gekommen sei, bei deinem letzten Anruf, sagte sie, klang es noch gar nicht so. Ja, da war ich noch nicht zur Ruhe gekommen, sagte ich, du hast recht, aber jetzt bin ich es, sag mal, hast du zufällig irgendetwas Ungewöhnliches bemerkt in letzter Zeit, irgendwelche Leute vor dem Haus oder Autos, in denen Leute sitzen? Wieso denn, nein, sagte sie, aber sie habe nachgedacht. Sie habe mich heute auch anrufen wollen, um es mir zu sagen. Es sei ihr gar nicht bewusst gewesen, aber dass ich für drei Wochen in ein Kloster verschwunden sei, das habe sie gekränkt.

Vielleicht nicht gekränkt, sagte sie, aber ich habe es zuerst nicht wirklich verstanden. Du hast ja, bitte versteh mich jetzt nicht falsch, einen viel ruhigeren Alltag als ich, ich gönne dir das auch, du stehst auf, wann du willst, du richtest dir deine Arbeitszeit nach deinem Biorhythmus ein, hast nur ganz wenige Termine und großzügige Abgabefristen für deine Manuskripte, und wenn du mal nicht fertig wirst, verlängert dein Verlag die Frist einfach mal so um ein halbes Jahr, das sind ja schon luxuriöse Bedingungen, wenn ich da an meinen Job denke! Sie sagte, ihr sei anfangs nicht ganz klar gewesen, weshalb jemand mit so privilegierten Arbeitsbedingungen sich drei Wochen lang in einem Kloster erholen müsse, wovon denn eigentlich. Aber das war ungerecht von mir, sagte sie, ich war nicht empathisch, wenn du dich gestresst fühlst, ist das für dich real, und es ist nicht dein Problem, wenn dein Stress für mich schwer nachzuvollziehen ist. Sie sagte, sie merke, dass es ihr besser gehe, seit sie bereit sei zu akzeptieren, was ich tue, ohne es zu verstehen. Danke, sagte ich, das weiß ich zu schätzen, Liliane, ich liebe dich, und bei euch ist alles in Ordnung, Julia ist auch nichts aufgefallen, etwas Ungewöhnliches?

Liliane sagte, eine verspätete Rückgabe von Klassenarbeiten, meine Schuld, eine Rüge der Rektorin, zum Glück geht sie nächstes Jahr in Pension, die Stinkdrossel, eine Schlägerei zwischen Schülerinnen auf dem Pausenhof, aber sonst alles okay. Sie habe sich für einen Yogaworkshop im Oktober in der Nähe von Florenz angemeldet, darauf freue sie sich sehr. Und sonst also nichts?, fragte ich. Liliane lachte. Wieso, was sollte denn sein?, fragte sie. Sie merke allerdings, dass es ihr gefalle, die Wohnung auch mal für sich zu haben, mal ein bisschen Abstand zu gewinnen. Wieso hast du die Wohnung für dich, sagte ich, Julia ist doch da? Sie ist für ein paar Tage weg, sagte Liliane, sie übernachtet bei Celine, Celines Eltern sind im Urlaub. Das passt mir gar nicht, sagte ich, nicht prinzipiell nicht, nur jetzt nicht, wo ich nicht da bin, mir wäre wohler, wenn Julia zu Hause übernachten würde, bis ich wieder da bin.

Mir lief ein Schweißtropfen ins Auge. Ich sagte, sie soll wenigstens ihre Zimmertür abschließen nachts, und du solltest bitte die Haustür abschließen, das würde mich beruhigen. *Und leg ein Küchenmesser unter dein Kopfkissen.* Nein, das sagte ich nicht, Liliane hätte das Küchenmesser sowieso nicht benutzt, wenn einer von der Mafia bei ihr eingestiegen wäre, hätte sie versucht, mit ihm über seine Kindheit zu reden. Eigentlich hätte ich zurückreisen müssen, mit dem nächsten Flugzeug. Aber war denn ein Küchenmesser in meinen Händen effektiver als in denen Lilianes? Wie und womit hätte ich sie und Julia vor einer nächtlichen Attacke schützen sollen? Von körperlicher Gewalt, so gern ich sie manchmal auch angewendet hätte, verstand ich nichts, meine Stärke waren Kafka-Zitate. Wenn mir einer auf den Sack ging, schaute ich ihm in die Augen und sagte: *Ein erstes Zeichen beginnender Erkenntnis ist der Wunsch zu sterben.* Bei Arschlöchern aus der Literaturbranche funktionierte das, aber ein Mafiamitglied hätte darauf mit *Das kannst du haben!* geantwortet und mir ein Ohr abgeschnitten. Zu Hause konnte ich noch weniger für Lilianes und Julias Schutz tun als hier. Aber hier saß ich wenigstens an der Quelle des Übels, die Frau namens Liliane saß dort oben im Kloster, sie hatte mir die Botschaft übermittelt, dass Julia und Liliane in ihrer Reichweite waren, doch die Botschaft war ja auch ein Angebot an mich zu kooperieren und damit die Gefahr abzuwenden. Ich musste in der Nähe der Verhandlungspartner bleiben.

Und du solltest bitte die Haustür abschließen, sagte ich also, Liliane sagte, wieso, wir schließen nie ab, es ist doch ein Knaufschloss. Verriegeln, bitte, sagte ich, und leg ein Küchenmesser unters Kopfkissen. Ja, ich weiß, das klingt übertrieben, und ich wollte es eigentlich nicht sagen, aber ich würde mich einfach sicherer fühlen, wenn ich wüsste, dass die Türen bei euch verschlossen sind und du ein Küchenmesser in Griffnähe hast. Vielleicht hilft es dir, wenn du versuchst, das, was ich sage, einfach zu akzeptieren, ohne es zu verstehen? Das klingt nicht nach Entspannung, sagte Liliane, machst du denn die Yogaübungen nicht? Doch, sagte ich, Viparita Karani, Vipassana, alles. Andere, die ins Kloster gehen, sagte Liliane, sind nach ein paar Tagen heiter und gelöst, aber du rufst mich an und möchtest, dass ich ein Küchenmesser unters Kopfkissen lege. Es gibt eben solche und solche Klöster, sagte ich, wenn du im 15. Jahrhundert im Kloster Kirchheim bei Nördlingen Ruhe gesucht hättest, hättest du stattdessen die ganze Nacht das Lustgeschrei der Nonnen und Patres bei ihren Orgien gehört.

26

Nach dem Telefongespräch, das mit Lilianes schönem Gelächter endete, weil sie mich für einen süßen, überspannten Luftikus hielt, überlegte ich, was ich von hier aus als Nächstes zum Schutz meiner Familie tun konnte. Es lag auf der Hand: Schwester Ana Marías polizeilicher Bewacher musste über die Ankunft der Frau Liliane informiert werden, und wer sollte das sein, wenn nicht Rodrigo. Rodrigo, dem es meiner Meinung nach an Intuition, Intelligenz und Beobachtungsgabe mangelte: Von sich aus kam er nicht zu Erkenntnissen. Wahrscheinlich lag er gerade in Hornachuelos mit den Schuhen auf dem Bett seines Zimmers und löste ein Kreuzworträtsel, *kriminelle Vereinigung*, fünf Buchstaben, hm … hm … *Clan?* Nein, das sind nur vier. *Clane?* Passt nicht zu Fluss in Portugal. Entweder man knipste Rodrigo an, dann unternahm er vielleicht etwas, oder man knipste ihn nicht an, und dann zermarterte er sich den Kopf über einer simplen Kreuzworträtselfrage, während die libanesische Mafia unter der Korkeiche vor dem Kloster ein Scharfschützengewehr vergrub.

Die Dame von der Taxifirma fragte mich, ob ich der Klostergast sei, der vor drei Tagen ein Taxi bestellt habe, ich fragte, warum, sie bat um einen Moment Geduld. Nun hörte ich, wie sie an einem anderen Telefon vermutlich mit Rodrigo sprach, *jetzt stell dich nicht so an … nein, du wirst den Kunden fahren … wen soll ich denn sonst schicken, du bist der einzige Fahrer!*

Eine halbe Stunde später kratzte Rodrigo mit den Reifen bei einer sportlichen Bremsung Spuren in den Vorplatz des Klosters, er stieg sofort aus und sagte, wenn Sie mir wieder Schwierigkeiten machen, lade ich Sie auf der Stelle aus, damit das gleich klar ist. Ich versichere Ihnen, sagte ich, es wird nicht nötig sein, dass Sie wieder eine Pistole auf mich richten.

Nachdem das geklärt war, bat ich ihn, mich zu einem Bauern zu fahren, der *Iberico* verkaufte, oder sonst was zu essen, sagte ich, Chorizo, Honig, Eier. Nach Tagen der Versenkung meiner Vollpension im Ziehbrunnen lief mir schon beim Aussprechen dieser Nahrungsmittel das Wasser im Mund zusammen. Er sagte, er kenne einen Bauern in der Nähe von Hornachuelos, der verkaufe selbst geräucherten *Jamón de pata negra.* Er wollte mich für dumm verkaufen: Pata negra wird luftgetrocknet, nicht geräuchert. Ich sagte, dann fahren Sie zu diesem Räucherbauern, Señor Rodrigo, vielleicht hat er ja auch was Luftgetrocknetes! Und Ihr Freund, fragte er mich, wird er wieder versuchen, mich von der Straße abzudrängen? Nein, sagte ich, obwohl es zu dem passen würde, was ich vorhin in der Zeitung gelesen habe. So, sagte Rodrigo, und was wäre das? Da stand, dass sich kürzlich eine Frau in einem Kloster versteckte, im Rahmen eines Zeugenschutzprogramms. Eines was?, fragte Rodrigo. Er stellt sich dumm, dachte ich, das fällt ihm ja sicherlich nicht schwer. Zeugenschutzprogramm, sagte ich, sie hatte in einem Mordprozess gegen einen Clanchef ausgesagt, und der schwor, die Zeugin umzubringen, aus Rache. Tatsächlich fand die Mafia heraus, sagte ich, wo die Frau sich versteckt, sie schickten einen Killer, genauer eine Killerin, die sich als harmloser Klostergast ausgab. Doch ein anderer Gast des Klosters fand heraus, dass seine Zimmernachbarin in Wirklichkeit eine Killerin war, und dieser kluge und wachsame Gast nahm Kontakt zum Verbindungsmann der Polizei auf, um ihn zu warnen. Denn dieser Verbindungsmann war schwer von Begriff, er hatte von der Ankunft der Killerin nicht das Geringste mitbekommen. Der Verbindungsmann tarnte sich übrigens als Taxifahrer.

Soso, sagte Rodrigo, na ja, Papier ist geduldig. In der Zeitung steht eine ganze Menge. Ich werde Ihnen jetzt mal sagen, was *ich* kürzlich gelesen habe. Da stand nämlich, dass immer mehr deutsche Manager und – was sind Sie von Beruf? Schriftsteller, sagte ich. Und Schriftsteller, sagte Rodrigo, in spanischen Klöstern Ruhe suchen, weil sie total gestresst sind. Doch nach drei Tagen kriegen sie den Klosterkoller. Es ist ihnen zu still im Kloster, das ertragen sie nicht. Einer dieser Manager hat in einem Kloster bei Granada die Tür des Abts eingetreten, um an sein Notebook zu kommen. Er hatte es freiwillig dem Abt gegeben, weil er süchtig nach Arbeit war, jetzt wollte er es mit Gewalt zurück. Ein anderer hat sich heimlich eine Nutte ins Kloster bestellt, hat mit ihr am Sonntag gevögelt, als die Mönche zur Messe gingen, die haben alles gehört. Diese Leute sind unfähig, sich zu entspannen, sie verbreiten Hektik wie Ratten die Pest. Die laufen mit Heavy-Metal-Musik in den Kopfhörern im Klostergarten herum und bilden sich ein, dass sie von Killern gejagt werden. Das kommt vom Kokain, sie sehen Dinge, die nicht da sind, diese deutschen Manager und Schriftsteller. Señor Rodrigo, sagte ich, ich bitte Sie, nehmen Sie es nicht auf die leichte Schulter. Meine Familie wird bedroht, so stehen die Dinge. Wenn Sie nichts unternehmen, liegt das in Ihrer Verantwortung, ich kann Sie nicht dazu zwingen, zu tun, wofür Sie bezahlt werden. Aber ich bitte Sie, informieren Sie wenigstens Ihre Dienststelle. Sagen Sie Ihren Vorgesetzten, dass eine fremde Frau im Kloster aufgetaucht ist, die mir zu verstehen gegeben hat, dass sie alles über meine Frau und meine Tochter weiß.

Rodrigo hielt an, mitten auf einer Feldstraße. Ich hab Sie gewarnt, sagte er. Er streckte sich nach meiner Tür und stieß sie auf. Señor Rodrigo, sagte ich, oder wie immer Sie heißen, in Ihrem eigenen Interesse sollten sie die Frau überprüfen, die vorgestern hier angekommen ist. Ja, ich werde sie überprüfen, sagte Rodrigo, und wenn sie bestanden hat, heirate ich sie, raus, sagte Rodrigo, aussteigen. Hören Sie endlich mit dieser Maskerade auf, sagte ich, jeder hier weiß, wer Sie sind! Zum letzten Mal, raus!, sagte Rodrigo. Da war nichts zu machen, er hatte offenbar irgendwelche Befehle von oben oder war einfach zu faul, um seinen Job zu machen, wahrscheinlich Letzteres. Ich bin eigentlich ein Freund der Polizei, aber jetzt reichte es mir. Ihr blöden Bullen, sagte ich, wenn man euch mal braucht, rührt ihr keinen Finger! Mit diesen Worten stieg ich aus, ich knallte die Tür zu, und er fuhr mit durchdrehenden Reifen weiter.

Ich stand eine Weile da, die Sonne brannte sich ins Blau des Himmels ein, der Wind wehte mir das Kreischen der Zikaden in Wellen ans Ohr, in der Ferne stieg von einem Feld eine weiße Rauchsäule auf. *Habemus stercus*, dachte ich.

27

Eine halbe Stunde verärgerten Gehens brachte mich zu einer Straße, zwei Bauern in einem zerbeulten blauen Renault nahmen mich mit ins Dorf, sie sprachen die ganze Zeit über die Batterie, die sie im Dorf abholen wollten, eine Starterbatterie für einen Kleinlaster, sie rieten mir dringend, bei meiner Autobatterie darauf zu achten, dass die Spannung nicht unter 12,4 Volt fiel. Ich versprach ihnen, fortan darauf zu achten.

Señor Alfonso trug einen schwarzen Anzug mit Krawatte, er sagte, sein Schwager sei gestorben. Ich kondolierte und bestellte Chips und Rotwein. Señor Alfonso brachte mir die Chips, er sagte, das sei die letzte Tüte, er habe auch keine Erdnüsse mehr, erst morgen könne er neue besorgen, er könne mir aber Kekse bringen, mit Käsegeschmack. Ich sagte, nur zu. Der Wein war schwer, stieg mir zu Kopf, dort gehörte er hin. Ich fühlte mich erledigt.

Herrera rief mich auf dem Handy an und fragte mich, wo ich sei. Er sagte, er habe eine gute Nachricht: Ich weiß jetzt, wie ich es mache. Wie du was machst?, fragte ich, er sagte, wie ich euch schütze, Schwester Ana María, dich, deine Familie – ich werde improvisieren. Ich weiß, sagte ich, improvisieren, das hast du gestern schon gesagt. Von Improvisieren reden die

Leute, wenn sie keinen Plan haben. Bei mir ist es das Gegenteil, sagte Herrera, ich rede davon, weil ich einen Plan habe, du wirst schon sehen, mach dir keine Sorgen, in ein, zwei Tagen ist alles vorbei.

Gut. Ich trank Wein, aß nach den Chips die Käsecracker, die ich schwer aus der Packung kriegte, weil sie im Alter mit ihr verwachsen waren, ich musste Papierfetzen von ihnen entfernen, bevor ich sie verschlingen konnte. Aber der Wein war vorzüglich, von meinem Schwager, sagte Alfonso, er hat eine Bodega. Der, der gestorben ist?, fragte ich. Nein, sagte Alfonso, der andere Schwager, der, der bald sterben wird, er hatte letztes Jahr den dritten Infarkt.

Wenige Tage zuvor noch hätte ich Lust gehabt, dieses kleine Gespräch mit Alfonso zu notieren, es später in einem Roman zu verwenden. Denn vor wenigen Tagen war mein Leben noch langweilig gewesen, dementsprechend hatte ich ein unstillbares Bedürfnis gehabt zu schreiben. Wie sich die Dinge geändert hatten! Jetzt war mein Leben aufregend, wenn auch in fürchterlicher Weise, wenn ich an Liliane und Julia dachte, aber eben doch aufregend. Als Folge davon hatte ich nicht das geringste Bedürfnis zu schreiben, ich wollte im Moment nur den Wein sein Werk tun lassen. Wenn ich ein Bedürfnis hatte, dann das zu beten, der Herr möge meine Familie beschützen und mir eine Psychologin schicken, ich hatte das Bedürfnis, in ihrer Praxis in einem Ledersessel zu versinken und planlos über alles zu reden, das mir gerade durch den Kopf ging. Aber schreiben, nein, ich hätte keine Zeile hingekriegt, dazu war ich zu involviert ins Leben. *Schreiben oder leben* – hinter diese Frage hatte Kafka, als er sie sich stellte, kein Fragezeichen gesetzt, denn es war eben keine Frage, es war ein Diktum: Lebe oder schreib! Im Doppelpack war es nicht erhältlich. Wenn man lebte, wollte man nicht schreiben, wenn man schrieb, durfte man nicht leben.

Herrera holte mich ab, er sagte, du riechst nach Wein. Alles andere, sagte ich, wäre merkwürdig angesichts der Menge, die ich getrunken habe. Du bist besoffen, sagte Herrera, schnall dich an, und greif mir während der Fahrt nicht ins Lenkrad. Ich habe über die Ereignislosigkeit nachgedacht, sagte ich, als *conditio sine non qua* beim Schreiben. Mein Schwager, sagte Herrera, stammt aus Madrid, aber wenn er besoffen ist, denken alle, dass er andalusischen Dialekt redet, weil er *hablao* anstatt *hablado* sagt oder *Universía* anstatt *Universidad.* Und bei dir klingt der Zungenschlag wie Lateinisch. Habt ihr Andalusier eigentlich auch Freunde, fragte ich, oder nur Schwager? Mach das Fenster runter, sagte Herrera, falls dir schlecht wird. Ich sagte, hör doch mal zu! Es gibt kein Drama ohne Ereignislosigkeit. Ein Schriftsteller, der ein spektakuläres Leben führt, kann nur eine Autobiografie schreiben. Aber für ein Drama musst du wie ein Teich sein. Ein Teich tut gar nichts, und plötzlich sind eines Tages Molche drin, die alle möglichen Molchsschicksale durchleben, in diesem stillen Teich, der selber kein Schicksal hat. Aber das stimmt nicht, sagte ich, er hat eben schon auch ein Schicksal: Er muss ein ereignisloses Leben führen, damit die Molche in ihm die gesamte Gefühlsskala eines Geschöpfs der Ordnung der

Schwanzlurche durchexerzieren können. Sie hat mich gefragt, sagte Herrera, ob sie an einem Stundengebet teilnehmen darf, wie findest du das?

Herrera erzählte mir, die Frau Liliane habe die Namen der Stundengebete gekannt: Vigilias, Laudes, Tercia, Sexta, Nona, Vísperas, Completas. Sie habe gewusst, dass die Vigilias um 5.00 Uhr stattfinden, die Completas um 20.45 Uhr. Herrera, sagte ich, das weiß sie, weil in ihrem Zimmer ein Zettel mit den Gebetszeiten an der Tür hängt, in meinem Zimmer ist das jedenfalls so. Ach so, sagte Herrera, ja stimmt. Aber das heißt nicht, sagte ich, dass sie nicht danach gefragt hat, weil sie an Schwester Ana María rankommen will. Vielleicht glaubt sie, dass ich das arrangieren könnte, vielleicht ist das der Grund, warum die meine Familie ausspioniert haben. Die denkt vielleicht, dass ich sie ins Kloster reinbringen kann. Was ich ja nicht kann, sagte ich. Und auch nie tun würde, wie du weißt. Eigentlich liegt die Frau Liliane nicht mal so sehr daneben, dachte ich, ich weiß ja von der Durchreiche. Wenn sie mich erpresst, führe ich sie sofort dahin, ich kenne mich, ich halte Druck nicht lange stand, schon gar nicht, wenn's um Liliane und Julia geht, ich führe sie sofort dahin. Und wenn sie erst mal die Durchreiche kennt, dachte ich, ist sie im nächsten Moment im Refektorium, Herrera hat es ja auch geschafft. Ich weiß, was du denkst, sagte Herrera, und du weißt, ich werde es nicht zulassen. Das ist deine gottverdammte Pflicht, sagte ich, weil mir dieser Satz gefiel.

Herrera wechselte das Thema, sprach von *Cordero a la miel,* einem Lammfleischgericht, das werde er mir und der Señora Renz heute Abend servieren, für sie ohne Lamm, dafür mit Süßkartoffeln, oh, sagte ich, das klingt interessant. Es ist nicht interessant, sagte er, es ist köstlich, du wirst sehen, köstlich und erleichternd. Erleichternd?, fragte ich. Erleichternd, sagte er.

28

Nach der Ankunft im Kloster hätte ich mich gern mal ein Stündchen hingelegt, aber die Frau namens Liliane stand auf der Mauer über dem Anbau mit den Gästezimmern, sie winkte mir zu. Was machen Sie da oben?, fragte ich, sie sagte, ich wollte mich einfach mal umsehen, da ist eine Steintreppe, auf der kann man auf die Mauer steigen, das weiß ich, sagte ich. Ich möchte mir den Turm da drüben ansehen, sagte sie. Sie meinte den verfallenen Turm, von dem aus man *Bellevue* auf den Klostergarten hatte – und auf Schwester Ana María. Das ist eigentlich nicht erlaubt, sagte ich. Warum nicht?, sagte sie, sie hatte einen Stock in der Hand, wozu? Señor Herrera möchte es nicht, sagte ich, Sie stören die Schwestern, das hier ist ein Zisterzienserinnenkloster strengerer Observanz. Eine Waffe hatte sie, soviel ich erkennen konnte, nicht dabei. Ich störe nie jemanden, sagte sie, sie ging auf dem Mauergrat weiter, bis ich sie wegen des spitzen Blickwinkels aus den Augen verlor. Eingreifen? Nichts tun? Herrera alarmieren? Wozu hatte sie einen Stock dabei? Warum trug sie ein blaues Kopftuch und nicht ihren berühmten Hut?

Plötzlicher Entschluss: *Du musst eingreifen!* Ich stieg auf die Mauer, rutschte auf Geröll aus, kämpfte um mein Gleichgewicht, sie rief, passen Sie auf! Ja, rief ich zurück, genau das werde ich tun, dachte ich. Sie hatte den Turm erreicht, sie griff in ihre Hosentasche, oh nein, dachte ich. Was zog sie hervor? Ich konnte es nicht sehen. Kommen Sie jetzt bitte zurück!, rief ich, während ich auf der Mauer balancierte, die mir heute schmaler vorkam als beim ersten Mal, weil ich schneller ging. Die Frau Liliane drehte sich nach mir um, sie legte den Finger an die Lippen und zeigte in Richtung des Klostergartens. Als ich bei ihr war, flüsterte sie, schauen Sie, da drüben ist eine Nonne. Das weiß ich, sagte ich, wir kauerten nebeneinander hinter dem Rest einer früheren Zinne. Hoffentlich hat sie Sie nicht gesehen, flüsterte die Frau Liliane, ich sagte, und Sie sind transparent? Seien Sie doch nicht immer so aggressiv, flüsterte Liliane. Falls sie eine Killerin war, war das ein köstlicher Scherz, bitte, sagte ich, unsere Anwesenheit hier oben ist unerwünscht. Nur einen Moment noch, flüsterte Liliane. Sie schattete die Augen ab. Wie hübsch sie ist, und wie jung, sagte sie. Das kann man ohne Fernglas nicht beurteilen, sagte ich. In Ihrem Alter vielleicht nicht mehr, sagte Liliane, sie lachte kurz, entschuldigen Sie. Na ja, sagte ich. Sie ist höchstens dreißig, sagte Liliane, aber ist sie eine Spanierin, kann das sein, schauen Sie mal, sie ist strohblond! Erstaunt Sie das?, fragte ich, sie blickte mich an, ja natürlich, sagte sie. Ich dachte, Sie wissen das schon, sagte ich. Das war mutig von mir, aber jetzt reichte es auch, spiel hier nicht den Helden, dachte ich. Sie hätte mich leicht von der Mauer stoßen können, die war fünf, sechs Meter hoch, kein tödlicher Sturz, aber auch keiner, der meine Lebensqualität verbessert hätte. Woher hätte ich das denn wissen sollen, fragte Liliane mich, was meinen Sie damit? Lassen Sie uns jetzt einfach gehen, sagte ich, gleich, sagte Liliane, sie zog ihr Handy aus der Hosentasche, ich möchte nur noch ein Foto machen, für Julia, sie interessiert sich für Extremisten. Was für Extremisten, sagte ich, für Leute, sagte Liliane, die ein extremes Leben führen, sie nennt das Extremisten, Bergsteiger, Kriegsreporter, Sterbebegleiter, Fakire, eine Nonne, die ihr Leben lang freiwillig schweigt, Julia sammelt Berichte über solche Leute. Ein alter Trick, dachte ich, lüge immer detailliert, so wird die Lüge plausibler, *Liebling, ich musste auswärts übernachten, weil der letzte Zug wegen eines Brandes nicht weiterfahren konnte, drei betrunkene Jugendliche haben auf der Zugtoilette ein Feuer gemacht, um die Kohlen für ihre Shisha heiß zu machen, wenn man so was in einem Roman schreiben würde, würde es niemand glauben, aber jetzt bin ich ja wieder bei dir.* Müsste sie nicht eine Haube tragen?, fragte Liliane beim Fotografieren, bei der Gartenarbeit nicht, sagte ich, obwohl ich keine Ahnung hatte. Und so lange Haare, sagte Liliane, ihr Handy machte *klick, klick*, ich dachte immer, sie schneiden es kurz? Bitte, sagte ich, beenden Sie jetzt Ihr *Shooting* – auf das makabre Wortspiel war ich einen Moment lang stolz. Wie sie sich bewegt, sagte Liliane, sie hüpft, sehen Sie das? Sie tanzt, und ich glaube, sie singt dazu! Sie hat kein Radio, sagte ich, deshalb singt sie selbst, kommen Sie jetzt. Finden Sie das nicht auch irgendwie traurig, sagte Liliane, eine so lebendige junge Frau, und dann verkriecht sie sich hier, ohne Freunde, ohne Liebe, sie liebt Gott, sagte ich, sie hat dieses Leben gewählt. Woher wollen Sie das wissen, fragte Liliane, ich habe mein Leben auch nicht gewählt, ich habe mich nur darin eingerichtet, so als hätte ich es gewählt. Nicht schlecht, dachte ich, muss ich nachher aufschreiben. Wie auch immer, sagte ich, ich appelliere an Ihren Anstand.

Endlich gelang es mir, Liliane von der Mauer zu schaffen. Unten angekommen, warf sie den Stock weg, ich fragte, wozu war der gut? Wegen der Schlangen, sagte sie. Ich sagte, Schlangen kriechen nicht auf Mauern herum. Zu dumm, dass die Lanzenotter das nicht wusste, sagte Liliane, die mich in Peru gebissen hat, sie fiel von der Schutzmauer des Hotels auf meinen Teller runter. In Peru vielleicht, sagte ich. Ich glaube, sagte Liliane, uns beiden würde jetzt Yoga guttun. Sie fragte mich, ob ich Lust hätte, ihr eine meiner Übungen zu zeigen, sie sei Anfängerin. Ich sagte, ich auch. Ja, aber Sie sind ein Mann, sagte sie, ich verstand nicht, warum sie lachte. Sie fragte mich, ob ich den *Baum* kenne, was der Fall war, Liliane hatte mir die Stellung gezeigt, *du musst den rechten Fuß im Boden verwurzeln, nicht auf ihm stehen, verwurzeln, sonst kannst du das Gleichgewicht nicht halten.* Selber ausprobiert hatte ich den *Baum* noch nie.

Wir rollten unsere Yogamatten nebeneinander aus, ihre war eine blaue der Firma *Jade Yoga*, Naturkautschuk, mich wunderte nichts mehr: Ich hatte Liliane zu Weihnachten eine *Jade Yoga*-Matte geschenkt, genau dieselbe, es war eine Profimatte, eine Anfängerin kaufte sich so was nicht. Ich selbst benutzte eine

PVC-Matte für Angehörige des Yoga-Fußvolkes. Nun also der *Baum*. Ich stellte mich auf meine Matte, zog den linken Fuss an den rechten Schenkel und streckte die Arme locker aus. Sie müssen den rechten Fuß im Boden verwurzeln, sagte ich, nicht auf ihm stehen, verwurzeln, sonst können Sie das Gleichgewicht nicht halten. Ich verlor das Gleichgewicht, sehen Sie, sagte ich, genau das geschieht, wenn man den Fuß nicht verwurzelt. Der Atem, sagte ich, muss in den rechten Fuß strömen, damit er zum Zentrum wird, das den Körper trägt, ja genau, so, Sie machen das schon sehr gut. Sie stand in ruhiger Baum-Haltung da, mit geschlossenen Augen, ihr linker Fuß ruhte an der Innenseite ihres Schenkels, die Hände schwebten frei und mühelos zu Seiten des Kopfes. Ich versuchte es nun selbst auch noch mal, doch mein Baum stand nicht, er fiel dauernd, meinen Füßen wollten keine Wurzeln wachsen, ihnen wuchsen kleine Räder wie einem Rollkoffer. Liliane bemerkte meine Beinahe-Stürze nicht, das ist ein Vorteil beim Yoga: Die anderen schließen bei den Übungen die Augen und sehen nicht, wie schlecht man es selbst macht. Sehr gut, sagte ich, atmen Sie ein, atmen Sie aus, halten Sie die Augen geschlossen. Es gab nur zwei Erklärungen dafür, dass sie den *Baum* im ersten Anlauf schon beherrschte: Sie war keine Anfängerin. Oder aber sie hatte die innere Sammlung, ohne die diese Übung nicht gemeistert werden konnte, beim Schießtraining gelernt, bei ihrer Ausbildung zur Todesschützin. Schießen und Yoga sind gleichermaßen meditative Tätigkeiten, sie unterscheiden sich nur in der Wirkung auf andere.

Die Frau verharrte in der Stellung des *Baums* länger, als Liliane es schaffte, doch sie sagte, mit geschlossenen Augen, mein Körper kann es, aber mein Geist nicht, meine Gedanken kommen nicht zur Ruhe. Ich muss die ganze Zeit an die Nonne im Kräutergarten denken, ich würde sie gern fragen, was sie sich vom Leben in einem Kloster erhofft, warum sie dieses Leben gewählt hat. Ich finde es einfach schade, dass das nicht möglich ist. Man kann nicht mal an den Stundengebeten teilnehmen, keine gemeinsamen Essen, mir kommt das vor wie ein Gefängnis. Liliane löste sich aus der Baumstellung, schüttelte die Arme, sie sagte, ich will in dieses Kloster rein! Was soll denn das, sie wollen Gäste, aber sie lassen sie nicht rein, davon steht aber nichts auf der Website. Ich dachte, man wohnt im Kloster, und nicht in irgendeinem ... ich weiß nicht mal, wie ich das nennen soll, sagte sie mit Blick auf den Anbau. Sie wollen ins Kloster, sagte ich, sie sagte, ja, will ich, Sie nicht? Der Gemüsehändler kam mir in den Sinn, seine Liebe zu Lena Seidel, die er nur von fern gesehen hat, trotzdem verliebt er sich in sie, mit schlechtem Gewissen, denn sie ist eine Frau Gottes, das respektiert der Gemüsehändler, er empfindet seine Gefühle als ungebührlich, nicht als Sünde, dazu hat er sich zu sehr von seiner katholischen Herkunft gelöst, aber das Ungebührliche ist nichts als die säkulare Form der Sünde. Und nun droht ihm die Mafia, seiner Frau und seinen Kindern etwas anzutun, wenn er die Killerin nicht ins Kloster führt. Und Sie glauben, sagte ich, dass ich das bewerkstelligen kann?

Ich war nicht der Gemüsehändler. Ich war nicht in

die Frau verliebt, die im Kräutergarten tanzte und vor sich hin sang. Mit Schwester Ana María verbanden mich nur die äußerst dünnen Fäden der abendländischen Ethik. Man fühlt sich selbstverständlich verpflichtet, sich in die Flugbahn einer Kugel zu werfen, die unterwegs zu einem unschuldigen Mitmenschen ist, doch gegen die Gewissensschmerzen bei Nichterfüllung dieser Pflicht gibt es eine Menge heilsamer Tinkturen und ein Überangebot an Psychologen. Wenn Schwester Ana Marías Tod, so leid er mir getan hätte, das Überleben von Liliane und Julia garantierte, war ich bereit, die Kosten für den Exorzismus meiner Schuldgefühle durch einen Traumatherapeuten zu übernehmen. Die Frau Liliane wollte ins Kloster? Bot sie mir an, meine Familie zu verschonen, wenn ich ihr den Weg zur Durchreiche zeigte? Gab es einen Deal? Wenn ja, konnte ich die Gefahr für meine Lieben mit einem Wort beenden, aber es musste ein offenes Wort sein, die Karten mussten auf den Tisch.

Sie wollen also ins Kloster, sagte ich, angenommen, ich zeige Ihnen, wie Sie reinkommen, dann will ich eine Garantie, dass Sie meine Familie in Ruhe lassen, kein Versprechen, eine Garantie! Die Frau sagte, Ihre Familie? Wie meinen Sie das? Bitte, sagte ich, lassen Sie doch jetzt das Theaterspielen, es ist überflüssig, ich will verhandeln, Sie wollen rein, ich will eine Garantie, so einfach ist das. Eine Garantie, dass ich Ihre Familie in Ruhe lasse?, fragte die Frau Liliane, ich sagte, was soll das, wollen Sie den kleinen Machtrausch auskosten, das ist nicht gerade professionell, ich meine, ich habe erwartet, dass Sie professionell reagieren. Ich bemühe mich, sagte die Frau, sie rollte ihre Yogamatte zusammen, professionell zu reagieren, wir können über alles sprechen, alles ist in Ordnung, regen Sie sich bitte nicht auf, es ist ein schöner Tag heute, wir haben gemeinsam Yoga gemacht, oh, da ist Herr Herrera. *Mister Herrera,* rief sie, *I'm so glad you're here!*

29

Herrera war gekommen, um sie zu fragen, ob sie Milchprodukte isst, denn essenzielle Zutat für *Cordero a la miel* sei Sahne, jedenfalls in seiner *Interpretación* des Gerichts. Sie sagte, sie sei Pescetarierin, ich übersetzte. Du könntest in einem Topf mit Sahne Fischbabys langsam erhitzen, sagte ich, es würde sie nicht kümmern, und sie war heute auf der Mauer, an der Stelle, du weißt schon, der Klostergarten. Verstehe, sagte Herrera, überlass das mir, kein Problem. Bitte fragen Sie ihn, sagte die Frau zu mir, ob er heute Abend vielleicht mit uns isst, mir fehlt der Kontakt zu Einheimischen hier, ich möchte mehr über das Land und die Kultur erfahren. Sie möchte, dass du mit uns isst, sagte ich, angeblich, um die andalusische Kultur kennenzulernen, sie möchte aber nur nicht mit mir allein sein, ich habe sie nämlich mit der Wahrheit konfrontiert. Du meinst, mit *der* Wahrheit?, fragte Herrera, ich sagte, ja genau, mit *der*. Das war mutig, sagte Herrera, und dumm, jetzt ist sie misstrauisch, du vermasselst noch alles. Tu mir den Gefallen und entspann dich endlich, sagte er, deswegen bist du ja hier. In zwei Stunden tische ich auf, es geht leider nicht früher, bis dahin hältst du am besten einfach den Mund. Das Abendessen wird erst in zwei Stunden serviert, sagte ich zu Liliane, mit uns essen wird er nicht, sie wissen vielleicht, dass Woody Allen sich seine eigenen Filme nie anschaut, so ähnlich ist das bei Señor Herrera.

Ich zog mich in mein Zimmer für einen *power nap* zurück, ein Wort, das Liliane bei uns eingeführt hatte, sie sagte, *seit der Finanzkrise ist die Zeit der Nickerchen vorbei.* Ich verriegelte die Tür und rückte den Tisch davor, dessen Beine auf dem Steinboden quiekten. Dasselbe Quieken hörte ich von drüben aus dem Zimmer der Frau Liliane, sie verbarrikadierte ihre Tür also auch, nun, wer das Schwert zieht … sie kannte bestimmt dieses Zitat und wollte gewappnet sein, sie wusste ja nicht, ob Herrera und ich nicht die Polizei herbeiriefen. Wieso taten wir es eigentlich nicht? Es war noch zu früh dazu, es fehlten die handfesten Beweise, das war eine fatale Situation: Viele Verbrechen werden nicht verhindert, weil die Polizei erst einschreiten darf, wenn sie geschehen sind. *Warum ich anrufe? Weil diese Frau, Señor Comisario, meiner Meinung nach eine Berufskillerin ist. Nein, sie hat niemanden umgebracht, noch nicht, aber sie wäre nicht hier, wenn sie es nicht vorhätte. Was heißt das, Sie können erst eingreifen, wenn ein Verbrechen unmittelbar bevorsteht? Schon mal was von Prävention gehört?* Und so weiter. Ein Gespräch mit der örtlichen Polizei hätte in gegenseitigem Gebrüll geendet, im Rechtsstaat sind immer alle unzufrieden, die Polizisten, die Bürger, die Verbrecher, weil jeder das berechtigte Gefühl hat, dass der andere zu sehr geschont wird.

Immerhin genoss ich das Sicherheitsgefühl, das mein einziges Zimmerfenster mir jetzt verschaffte, da zwischen ihm und der Klostermauer nicht einmal eine schwer anorektische Berufskillerin durchgepasst hätte – vom Fenster her drohte also kein Angriff, im Falle von Kampfhandlungen musste ich nur die Tür verteidigen. Das waren natürlich hypothetische Überlegungen, ich rechnete nicht ernsthaft mit einer Attacke – ich schloss nur nicht aus, dass das naiv war. Um trotzdem in den *power nap* zu gelangen, legte ich mich in der Stellung *Supta Baddha Konasana,* dem *liegenden Schmetterling* aufs Bett. Es war eine relativ einfache Übung, bei der man die Entspannung als eine aktive Energie wahrnahm, die aus dem Kontrast zwischen *nichts machen* und *ein bisschen mehr als nichts machen* entstand. Nach einer Stunde *liegender Schmetterling* schlief ich zehn Minuten lang, das zeitliche Verhältnis ließ sich bestimmt noch verbessern.

30

Die Frau Liliane war vor mir da, sie saß bereits im Zitronengarten am Marmortisch, auf dem eine langhalsige Vase mit einer einzelnen blauen Zistrose stand. Liliane trug ein vorn durchgeknöpftes weißes Kleid und rote Schuhe mit flachen Absätzen, *overdressed?* Im Vergleich zu mir schon. Schöne Blume, sagte ich, von Herrn Herrera, sagte sie, für die Gäste. Es ist also auch meine Blume, sagte ich. Richtig, sagte Liliane. Aber kein Gedeck, sagte ich, nein, sagte sie, das Essen dauert noch eine Weile, das hat Herr Herrera mir gerade mit Händen und Füßen erklärt. Er ist sehr beschäftigt, sagte ich, nicht ahnend, wie recht ich damit hatte.

Eine Flasche Wein stand auf dem Tisch, Liliane hatte sich bereits bedient, sie führte das Glas in einem Balanceakt zum Mund, sie hatte es bis zum Rand gefüllt wie die britischen Urlauber auf Kreta, wenn sie mal mit Wein anstatt mit Bier zurechtkommen müssen. Ja, so ist das, sagte ich nach einer Weile. Das Essen kommt sicher bald, sagte Liliane. Sie zog ihr Handy hervor und benutzte es wie eine Decke, die man sich über den Kopf zieht, wenn man von der Welt nichts wissen will.

Das Essen kam nicht bald. Wir saßen schweigend nebeneinander, ich las das Etikett des Weins. In den

Zitronenbäumen flatterten zwei Vögel herum. Sollte ich das erwähnen, um das Schweigen zu brechen? Nein. Ich beschloss, Herrera zu gehorchen und den Mund zu halten, eine innere Haltung anzunehmen, die dem *liegenden Schmetterling* entsprach oder, vielleicht noch besser, der Taktik von Kafkas Sancho Pansa: Er ließ seinen Teufel, sein Schicksal *unter Beistellung einer Menge Ritter- und Räuberromane* vor sich hertrotten. Anstatt sich von ihm jagen zu lassen, drehte Sancho Pansa den Spieß um: Er ließ den Teufel an sich vorbeirennen und folgte ihm dann in sicherem Abstand – so richtet das Schicksal wesentlich weniger Schaden an.

Die Frau Liliane legte ihr Handy weg. Sie atmete ein wie eine, die zum Sprechen ansetzt, doch stattdessen trank sie einen tiefen Schluck Wein. Das wiederholte sich mehrmals, es glich dem Stottern eines Motors, der im Winter nicht anspringt. Ja?, sagte ich. Ich habe darüber nachgedacht, sagte sie endlich, diese Nonne, die wir heute gesehen haben, Sie sagten, sie hat sich für Gott entschieden, sie liebt ihn, und deshalb führt sie ein Leben, für das ich sie in diesem Moment bedauert habe, ein Leben in der Einsamkeit, ohne Freunde. Und ihr Gott, sagte Liliane, sie räusperte sich, ihr Gott zeigt sich ihr ja auch nicht, er hat zu viel zu tun, wie Herr Herrera. Sie lachte trocken, trank ihr zweites Glas leer. Ich habe sie bedauert, sagte sie, weil es mir genauso geht. Keine Ahnung, warum ich Ihnen das erzähle, vielleicht, weil Sie mir ein bisschen unheimlich sind. Das ist kein Vorwurf, vielleicht werden Sie aus mir ja auch nicht schlau, ich wirke wahrscheinlich auf Sie genau so, wie ich mich fühle, und ich fühle mich nicht besonders gut.

Ich bin in diesem Kloster, sagte sie, weil der Mann, den ich liebe, seinen Sommerurlaub mit seiner Familie in Griechenland verbringt. Diese Nonne betet jeden Abend zu Gott, und ich schreibe dem Mann, den ich liebe, jeden Abend eine Whatsapp, der einzige Unterschied ist, dass er mir zurückschreibt, aber vielleicht erlebt die Nonne ja etwas Ähnliches. Sie bekommt vielleicht auch eine Rückmeldung, wenn sie betet. Darüber habe ich heute Nachmittag nachgedacht: Es gibt keinen Unterschied zwischen ihr und mir. Denn das Entscheidende ist, dass wir beide allein hier sind. Ihr Gott sagt ihr, ich bin bei dir, und der Mann sagt es mir auch. Aber wo ist Gott? Vielleicht in den Pflanzen im Garten, vielleicht in den Wolken oder in der Klosterkapelle. Ist er da, wenn sie sich einsam fühlt, wenn sie ihren Kopf an eine Schulter legen möchte, wenn sie jemandem erzählen möchte, was sie erlebt hat? Nein, ist er nicht. Ihr Gott ist genauso wenig da wie der Mann, den ich vermisse. Er ist auf Kos in einem *Beach Resort,* er ist bei seiner Frau und seinen zwei Kindern. Diese Nonne verbringt ihren Tag mit Gebeten, mit der Arbeit im Garten, und ich gehe spazieren, mache Yoga, lese, wir tun das alles, weil wir die Zeit totschlagen müssen, bis er uns endlich erhört, bis er endlich bei uns ist. Sie glaubt vielleicht, dass er nach ihrem Tod bei ihr ist, und ich glaube, dass er nach seinem Urlaub bei mir sein wird, sie ist sogar in der besseren Position, denn sie wird nie erfahren, ob es stimmt. Ich erfahre es aber seit zwei Jahren immer wieder, ich warte auf ihn, er kommt, dann geht er, und ich warte wieder. Er verspricht mir, dass er im Januar Weihnachten mit mir nachholt, er will mit mir für fünf Tage nach Lanzarote zu einem Yogaworkshop fahren, darauf habe ich letztes Jahr, sagte sie, fünf Monate gewartet, und drei Wochen vorher sagt er die Reise ab, weil seine Kinder ihn so gebeten haben, mit ihnen im Februar in den Skiurlaub zu fahren, und er kann nicht zweimal in zwei Monaten Urlaub machen, er ist beruflich so unentbehrlich wie Gott.

Sie erzählte, und ich dachte, was ist das? Mimikry? Die Tarnung einer Kupferkopfviper als welke Laubblätter? Ich verstehe, sagte ich. Ich glaube, sagte sie, Sie sind ein sensibler Mensch. Sie haben gleich bei unserer ersten Begegnung gemerkt, dass ich unglücklich bin, ich wollte Ihnen nur erklären, warum ich nach außen hin vielleicht unsympathisch wirke, distanziert, das sagen die Leute immer, distanziert, aber es hat mit meiner Situation zu tun. Das ist mir heute Nachmittag klar geworden, als ich diese junge, hübsche Nonne gesehen habe. Es geht mir einfach nicht gut, sagte sie, sie umfasste mit der Hand ihr Weinglas, einfach nicht besonders gut, sagte sie und trank. Ich dachte, was mache ich, wenn sie weint?

Zwei Tränen rannen ihr über die Wangen, sie wischte sie mit beiden Händen weg, und das war es: diese Bewegung. Wie sie mit den Fingerspitzen die Tränen wegwischte. Die Tränen selbst hätten mich nicht überzeugt, weinen lernt man in Schauspielkursen. Aber diese Handbewegung. Man kann die Leute mit allem täuschen, mit Blicken, mit Worten, aber nicht mit Bewegungen. Ich dachte, so wischt sich keine Berufskillerin die Tränen weg, ich hacke mir die Hand ab, wenn das nicht echt ist. Sie biss sich auf die Unterlippe, schüttelte den Kopf, stand vom Tisch auf, sagte, es tue ihr leid, ich war nahe dran, sie zu trösten. Nein, ich war schon dabei, es zu tun, ich sagte, es wird schon wieder. Ob das hilfreich war, weiß ich nicht, aber aus meiner Sicht war es ein gewaltiger Meinungsumschwung: Diese Frau war nicht hier, um eine Zielperson zu töten, diese Frau war aus Herzensnot Gästin im Kloster Santa Marìa de Bonval, eine mir übrigens bekannte Herzensnot, denn ich war selbst einmal Geliebter einer verheirateten Frau gewesen, ich hatte mich in dem Dreieck gefühlt, als würden sich mir alle drei Winkel ins Fleisch bohren. Diese Frau eine Killerin? Lächerlich.

Doch genau genommen hatte nicht ich mich in ihr getäuscht, sondern Herrera, mir war nur vorzuwerfen, dass ich mich von seinem Misstrauen hatte anstecken lassen, kein Wunder, denn er hatte mit Verdächtigungen nicht gespart, von Anfang an, schon auf der Fahrt in seinem Pick-up hatte er sie Sprachtests unterzogen, *du stinkst wie ein Eimer Gülle*. Ja, sie hieß auch Renz, wie ich, und Liliane, wie Liliane, aber wer hatte mir eingeflüstert, dies sei die Finte einer Mafiakillerin? Herrera! Ich hätte mich von ihm nicht beeinflussen lassen dürfen, aber da es nun mal geschehen war, legte ich meine Hand auf den Arm von Liliane, ich sagte, Sie müssen sich nicht entschuldigen, ich muss es tun, ich war unfreundlich zu Ihnen, das bedauere ich jetzt, denn jetzt weiß ich, dass es ungerecht war. Es hatte nichts mit Ihnen zu tun, sondern mit Señor

Herrera, er hat eine lebhafte Fantasie, bildet sich allerlei ein, möchten Sie noch einen Schluck Wein, ich war übrigens auch einmal in Ihrer Situation, sie hieß Roswitha, möchten Sie die Geschichte hören? Liliane saß mit verschränkten Armen am Tisch, sie schüttelte den Kopf, sie zog die Nase hoch, schob mir das leere Weinglas hin, ich füllte es. Ein bisschen viel auf leeren Magen, sagte ich, und sie begann wieder zu weinen. Es war genauso falsch, sie in den Arm zu nehmen, wie es nicht zu tun, also tat ich es. Es wird alles gut, sagte ich. Dann kam Herrera mit zwei Töpfen.

31

Cordero a la miel. Herrera lüftete den Deckel des Topfs mit nur *a la miel sin cordero* für Liliane, es war ein Kupfertopf, den Herrera mit einem X gekennzeichnet hatte, wohl um ihn nicht mit dem Topf *con cordero,* mit Lamm, zu verwechseln? Mit einem Holzlöffel schaufelte er einen Klumpen Brei auf Lilianes Teller, über dem Brei zerpflückte er einige Blätter Basilikum. Alles pescetarisch, sagte er zu mir, ja sogar mehr als pescetarisch, ohne Fisch. Alles vegetarisch, sagte ich zu Liliane. Er gibt sich solche Mühe, sagte sie, ich möchte mich bei ihm bedanken. Sie bedankt sich bei dir, sagte ich, für den Basilikum. Und das hier ist dein Essen, sagte Herrera, es war derselbe Brei, ohne Basilikum, aber mit drei Lammkoteletts. Ich aß kein Lamm, ich hatte versäumt, ihm das mitzuteilen, ich esse den Tieren nicht ihre Kinder weg, sie haben unter der Fuchtel der Menschen schon genug um die Ohren, nun gut, die Ratten des Ziehbrunnens hatten bestimmt weniger moralische Vorbehalte gegen die industrielle Massentierhaltung. Es ist dein Gericht, verstehst du, sagte Herrera, iss, was auf deinem Teller liegt, probier nicht von ihrem, das ist mir sehr wichtig, es geht um einen Test. Was für ein Test?, fragte ich. Kulinarischer Art, sagte er, was ist mit ihr los, sie hat verheulte Augen. Guten Appetit, sagte Liliane, sie aß einen Bissen: Noch bevor sie zu Ende gekaut hatte, sagte sie, bitte übersetzen Sie ihm, dass es ganz wunderbar schmeckt, ich mag auch diese leichte Bitternote. Es schmeckt ihr gut, sagte ich, vor allem das Bittere. Auf meinem Teller rutschte eins der Koteletts langsam vom Breiklumpen runter, es sah aus wie der Fluchtversuch eines Stücks Fleisch aus einem missratenen Gericht. Sie hat geweint, sagte ich, warum denn?, fragte Herrera. Eine unglückliche Liebe, sagte ich. Das ist doch ein Trick, sagte Herrera, das glaubst du doch wohl nicht?

Doch, ich glaube es, sagte ich, sie ist nicht das, wofür wir sie gehalten haben. Ich schnitt ein Stück Fleisch ab, nein, ich sägte, ich hätte ein Messer mit winziger Kettensäge geschätzt. Weißt du, was dein Problem ist, sagte Herrera, du lässt dich von jedem beeinflussen, du änderst deine Meinung wie eine Fliege die Richtung, mal will die Frau deine Familie auslöschen, mal ist sie eine unglückliche Verliebte, schau dir an, wie sie isst! Liliane aß lächelnd große Mengen des Breis, zweifellos Herrera zuliebe, um ihm für seinen vegetarischen Einsatz zu danken. Glaubst du, das Leben ist ein Spiel!, sagte Herrera, ich verstand nicht, weshalb er plötzlich glühte, er stützte die Hände auf den Tisch, um mir direkt ins Gesicht sprechen zu können. Wir waren uns einig, was sie ist, sagte er, du kamst zu mir und hast mich um Hilfe gebeten, hast du das schon vergessen, und jetzt kriegst du deine Hilfe! Wenn du glaubst, dass sie nur eine Touristin ist, hättest du dir das früher überlegen müssen, mein Freund! Herrera stapfte davon, über seinem Kopf ging der Abendstern auf.

Seine letzte Bemerkung verstand ich nicht, warum hätte ich es mir früher überlegen müssen? Uff, sagte Liliane, sie schob den Teller von sich. Uff, weil er weg ist?, fragte ich, sie nickte. Ich dachte, das Essen schmeckt dir?, sagte ich. Schmeckt es denn dir?, fragte sie, ich sagte, mein Großvater machte an den Geburtstagen meiner Großmutter immer ungarische Palatschinken für die ganze Familie. Es war eine Tradition. Er hatte das während seiner Studienzeit in Wien gelernt. Als dann meine Tante Helga sich in István, einen Ungarn, verliebte und er an den Geburtstagsessen teilnahm, sprach István aus, was wir alle schon immer gedacht hatten: nämlich, dass die Palatschinken meines Großvaters fad schmeckten. Aber wir liebten Großvater, deshalb schlossen wir uns seiner Empörung über die Bemerkung von István an, wir behaupteten, dass wir uns jedes Jahr auf die Palatschinken freuten, weil keiner sie so gut hinkriegte wie Großvater. Aus demselben Grund, sagte ich, mache ich hier jeden Abend Folgendes, sobald Herrera verschwunden ist.

Ich ging mit meinem Teller zum Ziehbrunnen und zeigte Liliane, was ich jeden Abend machte. Sie lachte hell und gelöst, es freute mich, dass ich sie ein wenig hatte aufheitern können, sie schabte den Rest ihres Breis gleichfalls in den Brunnen – darauf stießen wir mit dem süßen, schweren Wein an. Leider war es nur ein kleiner Rest, den sie dem Ziehbrunnen übergab, sie hatte aus Dankbarkeit leider eine erhebliche Dosis von dem Brei zu sich genommen.

32

Das rächte sich zwei Stunden später, Mitternacht war vorbei. Ich lag im Bett und schrieb als Gute-Nacht-Gruß eine Textnachricht an Liliane, *habe mich übrigens mit meiner Zimmernachbarin angefreundet, eine Namensvetterin von dir – anfängliche Befürchtungen, sie könnte vorhaben, meine Familie auszulöschen, haben sich als unbegründet erwiesen.* Bevor ich die Nachricht abschicken konnte, polterte jemand gegen meine Tür.

Ihr Gesicht hatte die Farbe eines gekochten Hummers. Ihre Lippen und Augenlider waren geschwollen, wie ich es nur von Fotos missglückter Schönheitsoperationen kannte, sie sagte etwas, ich verstand es nicht, sie öffnete den Mund, ihre Zunge quoll zwischen den Zähnen hervor. Sie hielt sich an meinem T-Shirt fest, der Kragen riss, ich konnte sie im Sturz auffangen, hob sie hoch, meine Hände wurden feucht, denn sie tropfte, eine braune Brühe rann an ihren Beinen runter, ihr Darm machte beängstigende Geräusche. Ich legte sie auf mein Bett, doch kaum lag sie, wollte sie sich wieder aufsetzen, diese Bewegung presste einen Schwall Mageninhalt aus ihr heraus, nun waren sämtliche Körperflüssigkeiten versammelt außer Blut.

Sie darf nicht liegen, sagte Herrera, der plötzlich im

Zimmer stand. Er stützte Liliane, damit sie auf dem Bett sitzen konnte, sie lallte, oh nein, bitte nicht, bitte nicht, Herrera wich einem weiteren Schwall aus ihrem Mund aus. Sie muss sofort ins Krankenhaus, sagte ich, ist schon erledigt, sagte Herrera, sie kommen, aber es wird dauern, das nächste Krankenhaus ist in Hornachuelos. Ich habe es im Griff, sagte er, vertrau mir, hol die Milch, ich hab sie draußen stehen lassen. Ich holte die Milch, und jetzt?, fragte ich, sie muss trinken, sagte Herrera, ich halte ihr den Mund auf. Ich flößte Liliane durch ihren von der Zunge versperrten Mundschlot die Milch ein, sie würgte sie wieder hoch, ihre weißen Augen wanderten hektisch herum, stand sie kurz vor einer Ohnmacht? Herrera tätschelte ihr Gesicht, rüttelte sie an den Schultern, professionell sah das nicht aus, wann kam endlich der Krankenwagen!

Ihre Zehen! Sie bewegten sich gegen alle Anatomie, überaus sonderbar und verwirrend, ich hielt die Zehen fest, alle zehn, um es nicht mehr sehen zu müssen. Was machst du da, sagte Herrera, ich sagte, hast du es nicht gesehen, wie sich ihre Zehen bewegen, wieso hattest du Milch dabei, wieso bist du überhaupt mitten in der Nacht hier aufgetaucht, warum bist du nicht zu Hause bei deiner Frau, hast du gewusst, dass sie krank ist? Der Kochtopf mit ihrem Essen, sagte ich, da war ein X drauf: damit du es nicht verwechselst! Damit ich nicht davon esse! Liliane keuchte, bekam sie keine Luft mehr, es klang so, vielleicht wegen der geschwollenen Zunge. Wann kam endlich der verdammte Arzt hier in Andalusien! Du wusstest, dass sie krank wird, sagte ich, stimmt das, was ist hier los, Herrera? Was hier los ist, sagte er, das siehst du doch, deine Familie wird gerettet, Schwester Ana María wird gerettet, bist du jetzt zufrieden? Gestern Nacht stand einer in meiner Küche, ein Mann, er sagte, Herrera, meine Familie wird bedroht, was soll ich nur tun, warst das etwa nicht du? Und heute Nachmittag sagte derselbe Mann zu mir, Herrera, die Frau war auf der Mauer, Schwester Ana María ist in Gefahr, denn natürlich hat die Mafia ein Gewehr versteckt, das war deine Idee, ich sagte, sie ist unbewaffnet, du sagtest, die sind doch nicht dumm, Herrera, die haben die Waffe irgendwo versteckt, gut. Und jetzt fragst du mich, was hier los ist? Was glaubst du denn, was hier los ist?

Guten Abend, sagte der Notarzt. Er klopfte an den Türrahmen, bevor er in mein verwüstetes Zimmer trat, er war für einen Notarzt zu jung, ich hätte lieber einen älteren gesehen. Ist das die Patientin?, fragte er, er strich sich mit der Hand eine Haarsträhne aus der Stirn, wie um sich für die Patientin hübsch zu machen, kann ich bitte feuchte Tücher haben, sagte er, noch lieber wär's mir, wenn Sie hier erst mal ein bisschen sauber machen würden, ich kann die Patientin so nicht untersuchen. Hinter dem Notarzt standen zwei Männer in weißen Kitteln, die zu beschmutzen sie offensichtlich nicht gewillt waren, denn sie blieben draußen stehen, einer zündete sich eine Zigarette an. Es ist eine allergische Reaktion, sagte Herrera zum Notarzt, es geht ihr nicht gut, aber es ist nicht lebensbedrohlich. Ach, sagte der Notarzt, da hat einer einen Internetanschluss! Die beiden Krankenpfleger grinsten. Sie haben also gegoogelt, sagte der Notarzt, haben einfach mal die Stichworte *Erbrechen, Diarrhö* – das ist Durchfall –, *Spasmen* eingegeben, sagte er mit Blick auf Lilianes Zehen, und schon wissen Sie mehr als ich mit meinen zwölf Semestern Medizinstudium an der Universität von Córdoba, dann kann ich ja wieder gehen, Señor *Profesor de medicina.* Gut so!, sagte einer der Krankenpfleger. Er hat's ihm gegeben, sagte der andere. Wenn Sie noch eine Stunde weiterreden, sagte Herrera, anstatt sie ins Krankenhaus zu bringen, ist sie tot. Eine Stunde, sagte der Notarzt, sind Sie sicher, haben Sie das Pulmonium der Patientin gemessen, den kataraktischen Exzerpt vorgenommen und ihr eine hypertropische Koaxialsonde gelegt? Wenn nicht, würde ich, rein vom Augenschein her, sagen, zwei Stunden haben wir noch Zeit, um uns darüber zu unterhalten, weshalb mir überall, wo ich hinkomme, irgendwelche Internetbenutzer sagen zu können glauben, was ich zu tun habe, Elektriker, Bäcker, Busfahrer, sie sind alle medizinische Koryphäen. Koaxialsonde, sagte einer der Krankenpfleger, hypertropisch, sagte der andere, sie lachten sich schief.

33

Am Ende dieser langen Nacht reinigten Herrera und ich auf den Knien den Steinboden meines Zimmers, die Spuren von Lilianes Vergiftung mussten beseitigt werden, die Flüssigkeiten, die ihr geplagter Körper in einem fast rührenden Versuch der Selbstheilung rausgeschafft hatte. Vorhin, als sie im Krankenwagen lag, sagte Herrera, was habt ihr da besprochen, du und sie? Nichts, sagte ich, ich habe ihr versprochen, sie morgen im Krankenhaus zu besuchen, warum? Sie hat dich rumgekriegt, sagte Herrera, ich weiß nicht, was sie dir vorgespielt hat, aber du hast es geschluckt. Gar nichts hab ich geschluckt, sagte ich, ich nicht, aber sie. Mach dir keine Sorgen, sagte er, sie wird nicht sterben, es war eine Mäusedosis. Ich will es gar nicht wissen, sagte ich. Für wen hab ich's denn getan, sagte er, für Schwester Ana María, ja, aber auch für dich, also spiel nicht den Unschuldigen, es war Seidelbast. Damit kenne ich mich aus, früher, als junger Matador, habe ich ab und zu Stiere damit gefüttert, vor dem Kampf, das war nicht richtig von mir, ich weiß, aber wenn ich es mit einem besonders kämpferischen und kräftigen Stier zu tun hatte, na ja, ich war noch unerfahren, ich hatte Angst, mit dem Stier nicht fertigzuwerden, wenn er keine Bauchschmerzen hat und keinen wirren

Kopf, also habe ich ihm Seidelbast ins Futter gemischt, nicht so viel, aber mehr als der Killerin! Ihr habe ich nur zehn Gramm Rinde und zwölf getrocknete Samen reingemischt. Ins Futter, sagte ich. Ich war nicht sicher, sagte Herrera, ob das Essen nicht zu bitter sein würde, aber nein, es schmeckte ihr gut, sie lobte sogar die Bitternote.

Trotzdem bin ich froh, dass sie jetzt im Krankenhaus ist, sagte er, sehr viel länger hätte sie es ohne Behandlung nicht durchgestanden, nach spätestens sechs Stunden braucht der Betreffende einen Arzt, das ist ja nun der Fall. Sie wird überleben, aber sie kommt nicht wieder, das garantiere ich dir. Noch dazu habe ich auf ihre Ernährungsgewohnheiten Rücksicht genommen: Das Gift war rein pflanzlich. Sie werden ihren Magen auspumpen, aber Seidelbast wächst hier in der Gegend wie Unkraut, jetzt im Sommer kann es leicht vorkommen, dass ein Tourist die schönen roten Beeren für Johannisbeeren hält, obwohl die bei uns gar nicht wachsen, das ist den Touristen egal, sie haben für den Urlaub hier bezahlt, also fressen sie auch jede Beere am Wegrand. Und jetzt sag mir: Stand das in deinem Romankonzept, ja oder nein? Ist das von dir oder nicht? Was?, sagte ich, Leute vergiften? Nein, das ist nicht von mir, das ist von dir! Genau, sagte Herrera, da siehst du es, die Fantasie ist kein Privileg der Schriftsteller, die Idee hatte in diesem Fall der Koch, oder der Gemüsehändler, wenn dir das besser gefällt. Verdammt, sagte ich, Herrera, sie wollte hier nur die Zeit totschlagen, bis ihr Liebhaber aus dem Familienurlaub zurück ist, sie hat mir das sehr überzeugend geschildert! Du weißt, ich habe Geschichte studiert, sagte Herrera, wie oft in der Geschichte hat nicht jemand überzeugend etwas geschildert, das nicht stimmte? Was du *überzeugend* nennst, ist nur deine Bereitschaft, nicht mehr zu zweifeln – und was ist das anderes als Bequemlichkeit.

Quatsch, sagte ich, Unsinn, ich erzählte Herrera von ihren Tränen, von der Handbewegung, ich sagte, sie hat doch geweint, das waren keine Theatertränen – noch während ich es sagte, stand mir Else Fäßler vor Augen, eine Zeugin für die Tränenproblematik. Einst hatte ich die Ehre gehabt, für eine Laientheatertruppe ein Drama zu schreiben, in dem eine Frau innerhalb eines Jahres alle ihre Verwandten und Freunde durch Krankheiten und Unfälle verlor, wenn schon Drama, dann ohne Kompromisse. Dementsprechend wurden in dem Stück reichlich Tränen vergossen, und da es in kleinen Theatern mit intimem Sichtkontakt der Zuschauer aufgeführt wurde, verteilte ich an die Schauspieler Tränenstifte auf Mentholbasis, damit die Zuschauer auch wirklich Tränen zu sehen bekamen. Nach einem halben Dutzend Vorführungen benötigte Else Fäßler den Tränenstift nicht mehr, sie kämpfte mittlerweile schon in der Garderobe, vor dem Auftritt, mit den Tränen, so sehr hatte sie sich in die Rolle eingefühlt. Das führte aber keineswegs zu einer überzeugenderen Darstellung, im Gegenteil: Je intensiver Else Fäßler den Schmerz der Figur als ihren eigenen erlebte, desto unnatürlicher wirkte ihr Weinen auf der Bühne. Ihr war das nicht bewusst, auf diesbezügliche Kritik reagierte sie empört: Ihre Emotionen waren doch echt! Was konnte daran falsch sein? Damals vermochte ich es ihr nicht zu erklären, aber jetzt, als ich in meinem nach Magensäure und Hintenraus riechenden Zimmer mit dem Wischlappen in der Hand über die Tränen der Frau Liliane nachdachte, glaubte ich es zu wissen: Fiktionale Ereignisse lösen reale Emotionen aus. Doch das ändert nichts daran, dass nichts geschehen ist. Als sich nach Erscheinen des *Die Leiden des jungen Werther* junge Leser selbst erschossen, taten sie es, weil Goethe *Wirklichkeit in Poesie verwandeln* wollte, wie er in *Dichtung und Wahrheit* schrieb, doch nun hätten seine Leser geglaubt, *Poesie in Wirklichkeit verwandeln* zu müssen. Sie starben also, weil Goethe sich an den Schreibtisch gesetzt hatte – mehr war in Wahrheit nicht geschehen. Welchen Beweis für den Familienurlaub ihres Geliebten hatte die Frau Liliane mir geliefert? Keinen. Existierte der Geliebte überhaupt? Ich hätte es nicht beweisen können, faktisch existierte er nur, weil ich an Frau Lilianes Erzählung geglaubt hatte, eine zu Herzen gehende Geschichte einer einsamen Geliebten, eine Geschichte, die mich berührt und echte, wahre Emotionen geweckt hatte – und da meine Emotionen echt waren, musste die Geschichte doch auch wahr sein! Ja, aber nur, wenn man vergaß, dass ein Kinofilm über eine einsame Geliebte in mir genau die gleichen Emotionen hervorgerufen hätte.

Jedenfalls habe ich ihr geglaubt, sagte ich zu Herrera. Ich nicht, sagte er und wrang seinen Putzlappen über dem Wassereimer aus. Es gehört zum Menschsein, sagte ich, dass man einem anderen auch mal ohne Beweise glaubt. Dazu ist man einfach nur gezwungen, sagte Herrera, er gähnte, du solltest mir danken, sie ist weg, die Gefahr ist vorüber, aber gut, dann dankst du mir eben nicht, wenn was zum Menschsein gehört, dann Undankbarkeit. Ich war hin- und hergerissen. Falls ich mich, was diese Liliane betraf, von meinen Gefühlen in die Irre hatte führen lassen, hätte Schwester Ana María gestern Abend, falls sie tatsächlich bedroht wurde, nur auf Herrera zählen können, denn ich hätte ihrer designierten Auftragsmörderin die Tränen getrocknet. Insofern, ja, danke, Herrera – aber ich sprach es nicht aus, dazu gab es zu viele *Falls.* Vielleicht hatte er Liliane und Julia gerettet? Ich wusste es nicht, wieso sich also aufs Geratewohl bedanken, ich sagte stattdessen, wohin mit den schmutzigen Putzlappen? Leg sie vor deine Zimmertür, sagte er, ich hole sie morgen früh. Und wie soll ich bei dem Gestank schlafen?, fragte ich, wohin gehst du? Ich hole Duftspray, sagte er, was willst du, Pinien- oder Zitronenduft? Ich überlegte.

34

In den kommenden Tagen geschah nichts. Nein, das stimmt nicht, die Sonne ging auf. Sie ging auf, die Zikaden begannen zu sägen, ich setzte mich in den Zitronengarten, wartete auf das Frühstück, verscheuchte Fliegen, Herrera brachte mir trockenes Weißbrot und sein Spezial-Rührei, aus dem täglich neue Flüssigkeiten rannen, er nannte das *flüssiger Kern,* sagte, er habe sich vom Schokoladenkuchen von Jamie Oliver inspirieren lassen, Übertragung des Flüssigkernprinzips aufs Rührei. Aber viel redeten wir nicht mehr miteinander, am ersten der Tage, an denen nichts geschah, hatte Herrera gerade genügend Zeit, mir mitzuteilen, dass seine Frau sich das Handgelenk gebrochen habe, nun wisse er vor Arbeit nicht, wo ihm der Kopf stehe. Am zweiten Tag ging er ins Detail, beklagte sich, kaum habe er für die Nonnen und mich gekocht, müsse er ins Dorf runterfahren zu seinen Kindern, die verwöhnt seien, schon fünfzehn und sechzehn, aber wenn man nicht selbst für sie koche, sagte er, essen sie, was der Teufel in die Kühlfächer der Supermärkte gelegt habe. Nach der Fütterung der Kinder eilige Fahrt nach Hornachuelos, um seiner Frau Marzipan ans Krankenbett zu bringen und die Bücher, die zu lesen sie nun endlich Zeit fand, allerdings nur mit einer Hand, *El principio de incertidumbre de Heisenberg* und *Desayuno con partículas.* Letztendlich, so Herrera, habe das Interesse seiner Frau für Quantenphysik zum gebrochenen Handgelenk geführt, denn dieses Interesses wegen sei sie Elektrikerin geworden, für ein Physikstudium habe das Geld gefehlt, und so sei sie beim Verlegen einer Deckenleitung von der Leiter gestürzt. Jedenfalls zwangen ihn die Umstände auch zu kulinarischer Eile, seinen Gerichten, die er mir atemlos auf den Marmortisch stellte, mangelte es nun nicht mehr nur an Aromen, sondern auch an Zutaten. Ich sah auf meinem Teller weiße Nudeln mit nichts, und bevor ich Herrera um ein Gramm Reibkäse bitten konnte, war er schon wieder auf dem Weg, eine seiner zahllosen Verpflichtungen zu erledigen.

Die Sonne ging auf, ich rollte die Yogamatte aus, übte den *heraufschauenden Hund,* doch die Konzentration auf meinen Atem geriet zum Spießrutenlauf, links und rechts blitzten Erinnerungen auf, die es darauf abgesehen hatten, meine Konzentration zu Fall zu bringen. Natürlich konnte man den *heraufschauenden Hund* auch ohne innere Beteiligung ausführen, dann aber als Sportübung, Gymnastik. *Die Konzentration führt zu den Bewegungen,* sagte Liliane, die Bewegungen waren nur das, was man von außen bei jemandem sah, der zu innerer Festigkeit gefunden hatte, manche Übungen waren ohne diesen geistigen Aspekt gar nicht zu verstehen. Aber was man alles hätte loslassen müssen, um innere Festigkeit zu erlangen! Die Festigkeit bestand nämlich im Wesentlichen aus einer tätigen Ruhe, man tat nichts, dies aber aktiv, und um aktiv nichts zu tun, durfte man nichts anderes tun, auch nicht nachdenken.

Immerhin übte ich redlich. Danach rollte ich die Yogamatte zusammen und spazierte in der Umgebung des Klosters, einmal begegnete ich dem schwarzen Hund wieder, an den ich mein Picknick verfüttert hatte, wie lange war es her, vier, fünf Tage? Ich hob einen Zweig auf und warf ihn mit Schwung ins Land, der Hund begriff aber die Absicht nicht. Rapport nennt man das, sagte ich zu ihm, ich zeigte ihm einen anderen Zweig, diesmal einen dickeren. Rapport, sagte ich, und warf den Zweig weg. Der Hund blickte ihm nach und beschnupperte dann meinen Schritt. Das erinnerte mich an meine nun schon einige Tage währende sexuelle Abstinenz. Ich hatte gehofft, zwischen mir und der Frau Liliane könnte sich vielleicht in dieser Hinsicht eine Art Seilschaft ergeben, aber nun hatte dieser Idiot von Herrera sie vergiftet. Nein, die Wahrheit ist, dass mir der Sex nicht fehlte, so ungern man das zugibt.

Am Abend erzählte mir Herrera, seine Frau müsse mit einer Titanplatte rechnen, die Ärzte wollten aber noch zwei Tage warten, ob die Knochenstücke vielleicht von selbst wieder zueinanderfanden. Er sagte, seine Frau wolle nichts *Fremdes* im Körper haben, nichts, das bei einer Kremierung übrig bleibe, auch daran müsse man ja denken: an das schreckliche Geräusch, wenn ein Angestellter des Krematoriums mit einer Stahlzange in der sogenannten Knochenpfanne rumstochert, um Metallteile aus der Asche zu entfernen. Übrigens, sagte Herrera, habe man ihm heute im Krankenhaus gesagt, dass Señora Renz schon vorgestern entlassen worden sei, da siehst du es, ich habe die Dosis perfekt berechnet, und nun gute Nacht, ich muss los.

Er musste los, ich hingegen nicht. Ich starrte in den Mond, ging zu Bett, schloss den Kreislauf, damit er neu beginnen konnte: Die Sonne ging auf, und bei Gott, in Andalusien tat sie das mit einer Entschlossenheit, die keinen Widerspruch duldete, es wurde täglich heißer, die Luft war inzwischen so trocken, dass ich mich an der Klinke meiner Zimmertür dauernd elektrisierte, ich öffnete sie schließlich mit dem Fuß – von der stärkeren Dehnbarkeit der Glieder profitiert auch der schlechte Yogi. Ich rollte die Matte aus, übte den *Baum*, ging spazieren, der Hund war nicht da, schade. Sehr schade. Ich lief mal in eine andere Richtung, die Sierra Norte ist reich an Richtungen, bei einer zerfallenen Steinhütte rastete ich, warum nicht mal wieder den Puls messen?

Den Tracker hatte ich in den Gemüseabfällen entsorgt, ich musste den Puls schätzen, das war aber einfach: Er galoppierte unter meiner Daumenspitze. Unverändert hoher Ruhepuls, egal, ob mein Leben turbulent oder langweilig war, ich fürchtete mich vor dem Moment, in dem ich die Enttäuschung in den Augen meiner Kardiologin sehen würde. Die Sonne stand direkt über mir, die Zikaden verloren in der Hitze jegliche Selbstkontrolle, sie kreischten, *will ficken!, will ficken!,* das war die wörtliche Übersetzung der Laute, die sie mit ihren Trommelorganen erzeugten. Wenn sie Glück hatten, kamen sie heute noch zur Konvulsion, jedoch in meinem Leben herrschte nach den dramatischen Vorgängen der vergangenen Tage wieder jene Ereignisflaute, die auch Max Frisch bekannt gewesen sein muss, anders ist sein Satz *Leben ist langweilig, ich mache Erfahrungen nur noch, wenn ich schreibe* nicht zu verstehen. Patricia Highsmith wurde noch deutlicher: *Vieles von dem, was ich schreibe, schreibe ich, weil mich die Wirklichkeit langweilt.*

Patrick Süskind antwortete auf die Frage, inwiefern seine Bücher von seinen Erlebnissen geprägt seien: *Ich will nichts erleben! Ich bin Schriftsteller.* Aber was hieß hier Schriftsteller, dem Universum ging es doch nicht anders! Wenn man die Entstehung des Lebens als kreativen Prozess betrachtete, so war er nur unter der Bedingung relativer Ereignislosigkeit überhaupt möglich gewesen. Wenn täglich Vulkane ausbrechen, Erdbeben ganze Kontinente erschüttern, Meeresfluten über zischendes Magma hinwegrollen, ist die Bühne zu unruhig fürs Drama biologischer Existenz. Auf einer chaotischen Bühne würden Organismen, noch bevor sie ein erstes leises *Ich fühle!* sagen könnten, ersäuft, verbrannt oder von berstenden Bergen erschlagen. Im Chaos kann kein Schicksal entstehen. Erst als die Erde sich abkühlte, die Vulkane ermüdeten, die Meere sich glätteten, erst als die Welt ein langweiligerer Ort wurde, konnten bindungsfähige Moleküle zueinanderfinden und Schicksalsgemeinschaften bilden. Oh ja, die Erde war tatsächlich ein Schriftsteller geworden, der selber kaum etwas erlebt, täglich geht die Sonne auf, täglich ziehen die Wolken, alle tausend Jahre ein kleiner Vulkanausbruch, alle siebzigtausend Jahre ein Asteroideneinschlag: Kein Vergleich mehr mit der hitzigen Anfangszeit der Erdgeschichte, als epochale Ereignisse sich überschlugen und der flüssige Erdkern durch alle Löcher seine Fontänen spuckte. Der Wind heulte nicht mehr, er säuselte, der Boden kochte nicht mehr, er trug nun Blümchen, zwischen denen Pelztierchen herumhoppelten, die Angst und Schmerz und Lust empfanden, später brachten sie sich gegenseitig um, schnitten sich die Pfoten ab, liebten die falschen Partner, meuchelten Könige, und einige unter ihnen schrieben diese dramatischen Erlebnisse auf, doch dazu mussten die Schreibenden selbst ein ähnlich ereignisloses Leben führen wie die Natur.

In der Natur, dachte ich, herrscht eine mittlere Ereignisdichte, sie ist die Voraussetzung für die Entstehung des Lebens. Ist die Ereignisdichte zu hoch, wie auf der urzeitlichen Erde oder aktuell auf der Venus, über die unablässig gigantische Stürme hinwegfegen, ist Schicksal unmöglich, ebenso auf Planeten wie dem Mond oder dem Mars, auf denen zu wenig geschieht. Kreative Prozesse sind nur bei mittlerer Ereignisdichte möglich. Mir fiel der Lyriker Claus Bremer ein, vor vielen Jahren hatte ich einen Vortrag von ihm gehört, in dem er über eine Idee, die ihm gerade gekommen war, sagte *Das ist ein Tiefsinn, der mich erschreckt.* Jedenfalls überzeugte mich meine These, denn ich war ja der Beweis dafür, dass sie stimmte: Zum ersten Mal seit Tagen hatte ich wieder Lust zu schreiben, warum? Weil nicht mehr viel geschah. Nach der hohen Ereignisdichte der vergangenen Tage herrschte nun wieder die mittlere – und schon fühlte man den Drang, einen Roman zu schreiben.

Ich hatte erst eine meiner drei Wochen Kloster abgesessen, nun frischauf ans Werk! In meiner Zelle gab es einen Tisch, einen Stuhl, mein Notebook hatte ich dabei. Wein, den aufgrund meiner ärmlichen Fantasie unverzichtbaren poetologischen Brennstoff, konnte ich mir in ausreichendem Maß bei Señor Alfonso beschaffen – nichts stand einem sofortigen Tastenklappern im Weg, der Erzählstoff war ja bereits in der Pipeline. Lena Seidel, erfolgreiche Textildesignerin, ist gezwungen, von einem Tag auf den anderen ein Leben zu führen, das zu ihrem bisherigen in maximalem Kontrast steht. Der Koch des Kloster, ein ehemaliger Matador, verliebt sich in die vermeintliche Nonne und vergiftet eine Deutschlehrerin, deren wahre Motivation ihres Klosteraufenthalts in der Schwebe bleibt, und dann … na ja, dann musste mir eben ein guter Schluss einfallen, dafür wurde ich ja bezahlt. Mir war von der Realität schon vieles souffliert worden, aber anderes war noch unklar, hier musste recherchiert werden. Die auf Tatsachen beruhende Fiktion ist die überzeugendste Wirklichkeit, die man einem Leser bieten kann, das bedeutete, ich musste die Figur der Lena Seidel anreichern mit Kenntnissen über ihr reales Vorbild Schwester Ana María. Alles, was ich bisher über sie wusste, war genau genommen Fiktion, das musste sich ändern. Da gab es zwar dieses Foto, aber zeigte es tatsächlich ihren Mann und ihren Sohn? Ihre Haarfarbe hatte ihr vielleicht ein finnischer Elternteil vererbt, und der Eintritt einer blonden Spanierin in ein spanisches Trappistinnenkloster barg überhaupt kein Geheimnis. Vielleicht war sie genau das, was sie zu sein schien: eine Zisterzienserin strengerer Observanz, allerdings mit lockerer Auffassung, was die Haarsitten betraf. Sie trug im Klostergarten keinen Velan, vielleicht war aber auch das nichts Außergewöhnliches, es herrschte vielleicht bei der Arbeit keine Haubentragepflicht? Raffaela fragen!

Gab es hier Netz? Nein, die verfallene Steinhütte, bei der ich rastete, befand sich in einem Funkloch, wahrscheinlich wohnte hier deswegen keiner mehr. Ich machte mich auf den Rückweg ins Kloster, ab und zu hielt ich mein Handy in die Luft. Als ich wieder in die Gemeinschaft der Mobilfunktantennen aufgenommen worden war, schickte ich im Gehen eine Textnachricht: *Liebe Raffaela, aus der tiefsten Sierra Norte die Frage, ob es dich als Fachmännin für katholische Orden erstaunen würde, wenn du im Klostergarten eine Trappistin ohne Haube sehen würdest, mit langem Haar?* Wie alle Spezialisten antwortete Raffaela unverzüglich, sie sind immer glücklich, wenn sie ihr Wissen teilen können. *Bei einer Benediktinerin,* schrieb Raffaela, *würde es mich jedenfalls weniger erstaunen als bei einer Trappistin. Und sie trägt ihr Haar lang? Bist du sicher?* Ich schrieb zurück: *Mehr als schulterlang.* Raffaela antwortete: *Die Haube ist ein Bekenntnis zur* unio mystica, *der Anverlobung mit Christus. Die Haube repräsentiert das Haupthaar, das nun in Gestalt der Haube geistige Bedeutung angenommen hat. Das natürliche Haar der Nonne verliert damit vollständig seine Bedeutung. Es ist zwar meines Wissens auch einer Trappistin nicht verboten, die Haare weiterhin lang zu tragen – doch zum einen ist es unbequem, lange Haare unter der Haube zu verstauen, zum anderen würde sie damit in gewissem Sinn die Gültigkeit der* unio mystica *in Frage stellen. Du schreibst, sie ist strohblond, sieht nicht wie eine Spanierin aus, lebt aber in einem spanischen Kloster, trägt die Haare lang, als Trappistin? Wenn dich das als Laien irritiert, kann ich dich trösten: Die Fachfrau irritiert es auch.*

35

Gut. Nun konnte ich das Kloster in der Ferne schon sehen, getragen von einem der Hügel, die sich wellten, stand es an der Kante der Felswand, als überlege es sich, einen Schritt nach vorn zu tun, ein dünnes Räuchlein stieg auf, wahrscheinlich von Herreras Küchenverlies. Der Turm der Klosterkapelle erhob sich bescheiden nur gerade so weit über Mauer und Dächer, dass man das romanische Mauerfenster des Glockenstuhls sehen konnte. Da fiel mir ein: die Klosterglocke! Ich hatte sie noch gar nie gehört. In all den Tagen nicht. Die Glocke wurde nie geläutet, und ich hatte doch bereits auch einen Sonntag hier verbracht, wenigstens am Sonntag zur Eucharistiefeier hätte man doch an einem so frommen Ort das Bimmeln der Glocke zu hören erwartet. *Ein Kloster, in dem die Glocke nie geläutet wird?*, schrieb ich Raffaela. *In alten Klöstern,* antwortete Raffaela, *kann es natürlich mal sein, dass der Glockenstuhl ausgebessert werden muss. Oder die Glocke hat einen Riss. Aber erlebt habe ich das noch nie. Es wird immer geläutet, zu den Stundengebeten, zur Eucharistiefeier.*

Abends wartete ich im Zitronengarten auf Herrera, er erschien *im Schweiße seines Angesichts,* sein kariertes Hemd war zu weit aufgeknöpft, so nachlässig hatte er sich mir noch nie gezeigt, er achtete sonst auf seine Erscheinung. Er stellte mir eine kleine Kupferpfanne mit einem namenlosen Gericht hin, das diesmal keinerlei Bezüge zur spanischen Geschichte besaß. Wie heißt es denn?, fragte ich, er sagte, ich weiß nicht, von mir aus kannst du's Ratatouille nennen, der Wein ist leider von gestern, ich muss mich entschuldigen, ich bin nicht dazu gekommen, neuen zu kaufen. Das reicht höchstens für ein Glas, sagte ich, hast du nicht noch was in der Küche, ich wollte heute Abend arbeiten, und dazu trinke ich gern ein bisschen was. Was denn arbeiten?, fragte er, ich sagte, nun, was wohl, rate mal! Und ich, fragte er, soll ich zum Arbeiten etwa auch trinken, dafür hätte ich gar keine Zeit.

Er erzählte mir, heute früh habe er seine Frau aus dem Krankenhaus in Hornachuelos abgeholt, danach sei er ins Kloster gerast, um das Frühstück zuzubereiten, ich weiß, ich weiß, sagte ich, er sagte, danach sei er nach Hause zurückgefahren, um für seine Frau und die Kinder ein Mittagessen vorzukochen, sie kann sich ja nicht mal mehr bekreuzigen, sagte Herrera, wegen der Titanplatte in ihrem Handgelenk. Und seine Kinder, wie gesagt, fanden es unter ihrer Würde, im Haushalt mehr zu tun, als sich über eine unsaubere Stelle in der Toilettenschüssel zu beschweren. Danach Mittagessen für die Klosterbelegschaft, danach einen verstopften Siphon reparieren, dann wieder runter ins Dorf, um Medikamente für seine Frau zu kaufen, die sich weigerte, das selbst zu tun, sie wollte nicht an den Menschenexperimenten der Pharmakonzerne teilnehmen. Danach wieder ins Kloster, um das Abendessen zuzubereiten, und jetzt sag mir, sagte Herrera, wann ich deinen Wein hätte kaufen sollen, damit der Herr Schriftsteller arbeiten kann. Cervantes hat *El ingenioso Hidalgo Don Quijote de la Mancha* nüchtern geschrieben, eine Fantasie wie die seine braucht keinen Alkohol, um in Fahrt zu kommen. Bei mir muss gar nichts in Fahrt kommen, sagte ich, im Gegenteil, ich brauche Wein, um zu bremsen – das war gelogen, es ging einzig ums In-Fahrt-Kommen. Du behauptest also, sagte Herrera, dass Miguel de Cervantes hätte bremsen müssen, um mit dir Schritt zu halten – nun, da hast du sicherlich recht. Aber ganz im Ernst: Der Einzige, der Grund zum Bremsen hätte, bin ich. Seit Tagen nur Hektik ohne Belohnung.

Auf meine Frage, was er damit meine, sagte er, nun, es gibt Hektik mit Belohnung, und es gibt Hektik ohne Belohnung. Während einer Corrida geht es oft hektischer zu, als man es sich wünscht, unter Zeitnot musst du viele Entscheidungen treffen, wenn du nicht absolut konzentriert bist, kannst du nicht spontan den Plan ändern und das Gegenteil von dem tun, was du tun wolltest, das ist aber manchmal nötig, sonst gerätst du zwischen die Hörner. Nach einer Corrida, sagte Herrera, bist du erschöpft bis auf die Knochen, du kotzt vor Erschöpfung. Es ist pure Hektik, aber diese Hektik wird belohnt! Du hörst das Publikum schreien, weil es begeistert ist. Der Applaus, die Zurufe, die Picadores klopfen dir auf die Schultern, dafür lohnt sich die Mühe. Doch wer, sagte Herrera, klopft mir auf die Schultern, wenn ich für meine Frau koche, wenn ich für sie Medikamente kaufe, wenn ich einen Siphon repariere, wenn ich für dich und die Klosterfrauen das Gemüse schäle, unter demselben Zeitdruck wie in der Corrida, weil ich ja mit meinem Sohn noch für die Mathematikklausur üben muss, obwohl ich davon noch weniger verstehe als er, und die Wäsche muss gemacht werden, und ich habe noch kein Geschenk für meine Schwester, die morgen Geburtstag hat. Das alles erledige ich, so gut ich kann, aber wenn ich es schaffe, klopft mir keiner auf die Schultern. Niemand! Das ist Hektik ohne Belohnung. Davon wird man krank, nicht von Hektik mit Belohnung, die ist gesund, auch wenn das Herz genauso schnell schlägt wie bei Hektik ohne Belohnung.

Ich stand auf und klopfte ihm auf die Schultern, das ist nicht dasselbe, sagte er. Ich meine es ernst, sagte ich, denn hatte er nicht gerade das Rätsel meines stoisch zu schnell schlagenden Herzens gelöst? Hektik ohne Belohnung. Das war eine Gleichung, sie stimmte auch umgekehrt: Belohnung ohne Hektik. Mein Herz schlug zu schnell, weil die für die Ausübung meines Berufs erforderliche mittlere Ereignisdichte meines Lebens einen Unterdruck erzeugte. Der Mangel an Erlebnissen steigerte die Pulsrate, so wie der Mangel an Sauerstoff zum Beispiel die Kiemenaktivität von Fischen steigert. Die Kiemenatmung eines Fisches in sauerstoffarmem Gewässer wird immer beschleunigt sein, egal, ob er nach einer reichlichen Mahlzeit nur dösend im Wasser hängt oder von einem Hecht durch die Schilfwurzeln gejagt wird. Ja, vielleicht stimmte diese Analogie, vielleicht auch nicht, warum läutet eigentlich die Klosterglocke nie?, fragte ich.

Was?, sagte Herrera. Die Klosterglocke, sagte ich, sie läutet nie. Soll ich das jetzt auch noch machen?, fragte er, ich habe keine Zeit, ich dachte, dass du das begriffen hast. Ist es denn deine Aufgabe?, fragte ich. Natürlich nicht, sagte er, das geschieht von Hand, im Glockenturm, mir ist der Zutritt ja nicht erlaubt, das machen die Schwestern. Und warum machen sie es nicht?, fragte ich. Ich weiß nicht, sagte Herrera, früher haben sie es gemacht. Wann früher? So genau habe ich mir das nicht gemerkt, sagte er, vor zwei Monaten? Und dann plötzlich nicht mehr?, fragte ich. Nein, sagte er, eigentlich nicht, nein, vielleicht ist das Seil gerissen. Wieso fragst du, gehört das zu deinem Roman, Verzeihung, Romankonzept?

Kommt dir das nicht merkwürdig vor, fragte ich, niemand läutet mehr die Glocken? Und sie trägt im Klostergarten keinen Velan, Schwester Ana María, ich weiß zufällig, dass das sehr ungewöhnlich ist, *unio mystica* und so weiter, das hat spirituelle Gründe. Die Inquisition hatte auch spirituelle Gründe, sagte Herrera, ich sagte, immer, wenn den Leuten eine Meinung nicht passt, reden sie von der Inquisition. Nein, sagte Herrera, immer wenn die Leute mit etwas nichts mehr zu tun haben wollen, reden sie von ihr, und ich sag's dir jetzt ganz grundsätzlich: Ich will davon nichts mehr hören! Diese Frau, von der du dachtest, dass sie eine Killerin ist, wäre fast draufgegangen, frag den Arzt im Krankenhaus von Hornachuelos, er sagte, es hätte nicht viel gefehlt und sie wäre im Frachtraum zurück nach Deutschland geflogen. Ich behaupte nicht, dass du es warst, der die Seidelbastsamen in ihr *Cordero a la miel* gemischt hat, das war ich, das will ich nicht bestreiten. Ich hab's getan, weil du Panik verbreitet hast, ich dachte, wenn ich's nicht tue, ist Schwester Ana María eine tote Frau. Ich hätte deinetwegen fast eine Unschuldige umgebracht, sagte Herrera, ich sagte, stopp mal, halt mal die Luft an, hörst du eigentlich, was du da gerade verzapfst, vor ein paar Tagen hast du deine Vergiftungsaktion noch vehement verteidigt, schon vergessen? Erinnere dich, Herrera, wer hat dir an dem Abend klipp und klar gesagt – und zwar *bevor* du ihr den Giftteller hingestellt hast –, dass sie nur eine unglückliche Verliebte ist, die hier dieselbe Art Ruhe sucht wie ich, nämlich eigentlich gar keine, sie hat hier nur auf den Tag gewartet, an dem ihr Geliebter aus Griechenland zurückkommt, ich hab dir mit deutlichen Worten gesagt, dass sie keine Killerin ist. Trotzdem hast du ihr den Teller hingestellt, ich mache dir gar keinen Vorwurf, aus deiner Sicht war es nötig, aber schieb es jetzt bitte nicht mir in die Schuhe.

Dreh es, wie du willst, sagte Herrera, ich will damit nichts mehr zu tun haben. Wenn du dich in etwas reinsteigern willst und denkst, dass Schwester Ana María sich hier versteckt, weil sie eine Zeugin ist, *no me importa,* dann tu das, aber ich werde mich davon nicht mehr beeinflussen lassen, ich habe meine Lektion gelernt, es wäre dir fast gelungen, mich zum Mörder einer unschuldigen Tänzerin zu machen. Tänzerin, sagte ich, wie kommst du auf Tänzerin? Frag den Arzt, sagte Herrera, Station B im Krankenhaus von Hornachuelos, es gibt nur zwei Stationen, er sagte, in zwei Wochen kann sie wieder tanzen. Ich fragte ihn, wieso tanzen, er sagte, weil sie Tänzerin ist. Sie ist Deutschlehrerin, sagte ich, das pure Gegenteil einer Tänzerin. Glaubst du, es wäre mir ein Trost, fragte Herrera, wenn ich erfahre, dass ich keine Tänzerin, sondern eine Lehrerin umgebracht habe?

Er bat mich, ihn fortan mit meinem Romankonzept und allen damit zusammenhängenden Beobachtungen zu verschonen, er werde auf meine *überhitzte Fantasie, die vielleicht was mit deinem Alkoholkonsum zu tun hat, meinst du nicht?*, nicht mehr reagieren, er wiederholte, er habe seine Lektion gelernt. Mach dein Yoga, sagte er, entspann dich, genieß das gute Essen. Das was?, fragte ich. Das gute Essen, sagte er, ich war nahe dran, die Auseinandersetzung auf dieses Thema auszuweiten, mach eine Wanderung zum Monasterio Nuestra Señora de la Sierra, sagte er, die Karte kannst du bei mir für acht Euro kaufen, es lohnt sich, diese Wanderung hat noch jeden von der Schönheit der Sierra Norte überzeugt. Aber hör auf, sagte er, dir Kriminalgeschichten auszudenken, nur weil das Seil der Klosterglocke gerissen ist oder weil Schwester Ana María nicht so aussieht, wie du dir eine Spanierin vorstellst. Hör auf damit, ich bin nicht der Gemüsehändler, es gibt keinen Gemüsehändler, das Gemüse kaufe ich, und dass dein Gemüsehändler früher Matador war wie ich, *y qué!*, lerne mit Zufällen zu leben, mein Freund, oder du endest bei denen. Bei wem?, fragte ich. Na, bei denen, sagte Herrera, er deutete auf den Klostertrakt. Also, sagte er, kein Wort mehr über Schwester Ana María, ich bitte dich. Tabu, verstehst du? Über alles werde ich mit dir sprechen, aber darüber nicht mehr.

Das respektiere ich, sagte ich, nur eins noch: Wusstest du, dass eine Kennerin der katholischen Ordensgemeinschaften keine Erklärung dafür hat, dass Schwester Ana María ihr Haar lang trägt und nicht kurz, wie es bei Nonnen üblich ist? Ja, ich bin ganz deiner Meinung, sagte Herrera, es ist wirklich eine besonders schwüle Nacht, wenn du nicht schlafen kannst, klemm dir zwei Zitronenscheiben unter die Achseln, *buenas noches.*

36

Die Sonne ging auf als Dirigentin, auf deren Zeichen hin sich der Lärm von zwanzigtausend andalusischen Zikaden erhob. In der Säulenhalle herrschte eine ungünstige Akkustik, hier echote das Zikadenkreischen, optisch jedoch war es der schönste Ort für Yoga, und Yoga musste sein, war ich nicht hier, um mich zu entspannen? Dazu hätte ich allerdings erst mal angespannt sein müssen. Mein Problem, wie ich nun wusste, war ja gerade Belohnung ohne Hektik, für *Belohnung* konnte man auch *Entspannung* einsetzen, und entspannt zu sein, ohne zuvor unter Hektik gelitten zu haben, war im Grunde der charakteristische Gemütszustand einer Leiche.

Ich rollte die Yogamatte trotzdem aus, vielleicht befreite mich das Yoga ja von meiner Entspannung. Ich wählte *Ananda Balasana,* das *glückliche Kind,* eine an sich einfache Übung, bei der ich mich aber stets verkrampfte. Man musste im Liegen die großen Zehen mit den Fingern greifen, aber mein Körper war widersprüchlich gebaut: Mit meinen zu kurzen Armen kam ich nicht an meine Zehen ran, obwohl sie überdurchschnittlich groß waren. Drei Minuten in der unvollkommenen Stellung des *glücklichen Kindes* genügten, um in mir eine sauertöpfische Anspannung entstehen zu lassen, ein innerliches Gemecker über die Blindheit der Natur, die Natur besitzt nämlich übrigens nur einen einzigen Sinn: den Tastsinn. Sie kann weder hören noch sehen, weder riechen noch schmecken, aber tasten kann sie. Die Moleküle der ersten Proteine fanden zueinander, indem sie sich gegenseitig ertasteten, das ist das ganze Geheimnis des Lebens. Was für ein großartiger Gedanke, und er war mir gerade jetzt, beim *glücklichen Kind,* gekommen, aber so, wie ich den Literaturbetrieb kannte, würde dieser Gedanke, wenn ich ihm in meinem nächsten Roman einen Ehrenplatz einräumte, von den Kritikern mal wieder mit hilflosem Schweigen übergangen werden. Das beförderte meine wachsende Anspannung noch, die man nun schon fast Wut nennen konnte, das ist das Tolle an Yoga: Es wirkt in beide Richtungen, der Physiker würde es *Entspannungs-Invarianz* nennen.

Jetzt war ich reif für eine entspannende Yogaübung, *die halbe Heuschrecke.* Das Liegen auf dem Bauch mit hochgezogenen Armen und Beinen half mir, die Frustrationen abzubauen, die ich mit Hilfe des *glücklichen Kinds* aufgebaut hatte. Danach Frühstück im Zitronengarten, auf dem Marmortisch standen ein Körbchen mit Knäckebrot und ein Töpfchen Honig, Butter schien Herrera heute nicht für opportun zu erachten, vielleicht war dies eine historische Anspielung auf die Lebensmittelknappheit während des Spanischen Bürgerkriegs kurz vor dem Zusammenbruch der Republik. Es war fünf Minuten vor zehn Uhr.

Ich wartete. Um 10.15 Uhr ging ich in mein Zimmer und las die Gebetszeiten, die auf einem Zettel an der

Innenseite der Tür aufgelistet waren, da stand: *10.00, Tercia.* Laut Raffaela hätte die Glocke läuten müssen. Von ihren zwei Ausschlusskriterien konnte ich eines mit Sicherheit streichen: Eine Reparatur des Glockenstuhls wäre mir aufgefallen, Handwerker, Hämmern, Sägen, das wäre mir nicht entgangen in der Stille, die herrschte, wenn man die Zikaden ausblendete. Und ein Riss in der Glocke? Vorstellbar, aber auch in diesem Fall wären doch irgendwelche Glockenspezialisten aufgetaucht, Männer mit vernarbten Armen von den Spritzern der flüssigen Bronze. Meine Lage war die: Die Ereignisdichte meines Lebens war nach der Seidelbastsache wieder auf das niedrige Niveau gefallen, das den Schreibimpuls auslöst. Ich wollte mit dem Schreiben loslegen, oder musste, wie ein Erpel, dem man einen in der Farbe weiblicher Entengenitalien bemalten Holzblock zeigt. Aber um mit derselben Leidenschaft losschreiben zu können, wie der Erpel sich auf die Rückseite des Holzblocks stürzt, musste ich mehr über die wahre Lena Seidel in Erfahrung bringen. Ich hätte es mir auch leicht machen und alles, was mir an Informationen fehlte, erfinden können, und üblicherweise war das auch – letztendlich aus Bequemlichkeit – meine poetologische Methode: Imagination, um nicht vom Bürostuhl aufstehen und die Wirklichkeit erkunden zu müssen. Aber in diesem Fall hätte ich mir das übel genommen, denn die Wirklichkeit lag vor meiner Zimmertür. Kein anständiger Schriftsteller konnte so faul sein, auf eine Wirklichkeit, die sich direkt vor seiner Nase befand, nicht wenigstens einen Blick zu werfen. Also begann ich, Schwester Ana María systematisch zu beobachten.

37

Systematisch bedeutete, dass ich einfach mal damit anfing. Ich kletterte auf die Mauer und bezog Posten hinter den Überresten der früheren Zinne, von hier aus hatte ich zuletzt mit Liliane in den Klostergarten gespäht. Es war 11.00 Uhr. Ich schrieb das auf einen Zettel: *11.00. Sie ist nicht im Garten.* Die Sonne brannte mir eine Schneise in die Kopfhaut. *Sonne brennt mir eine Schneise in die Kopfhaut,* schrieb ich, weil sich sonst nichts tat. In der Ferne bellte ein Hund, vielleicht der, dem ich vor einigen Tagen beizubringen versucht hatte, dass er als Hund einen Stock, den man wegwirft, zurückbringen musste. Ich schrieb eine Textnachricht: *Hallo Raffaela, wie lange dauern eigentlich die Stundengebete? Bist du immer noch auf Kos?* Kos, dachte ich, dieselbe Insel, auf der der Geliebte der Frau Liliane mit seiner Familie Urlaub machte, *er ist auf Kos in einem Beach Resort,* hatte sie gesagt, *er ist bei seiner Frau und seinen Kindern.* Kos als sommerliches Sammelbecken für Männer, die ihre Frauen betrügen, und für Spezialistinnen für katholische Orden, eventuell gab es da sogar Überschneidungen.

Ich beantworte zuerst die Frage, die uns beide wirklich interessiert: 15 Min., schrieb Raffaela. *Außer Laudes und Vispera, die dauern ca. 30. Min. Nachrangige*

Frage: Ja, bin noch auf Kos, jetzt mit den Kindern allein, Horst musste gestern unerwartet abreisen, ein Notfall in der Firma, schade. Jetzt muss ich mit Lydia und Franz an seiner Stelle zum Kitesurfen, sie werden ihre Mutter als Feigling erleben (weibliche Form Feigleuse?), gleich, in einer Stunde, erste Lektion. Kitesurfen macht mir wirklich Angst, aber ich muss unter Beweis stellen, dass auch Mütter zu Abenteuern bereit sind. Ich schrieb: *Verstehe deine Befürchtungen voll und ganz. Beim Kitesurfen kann eine Menge passieren, viele Todesfälle sind dokumentiert. Möchte nicht in deiner Haut stecken.*

Fünfzehn Minuten, die Tercia war also jetzt, kurz nach elf, lange vorbei, und Schwester Ana María war nicht im Garten. Das bedeutete erst mal nichts. Vielleicht saß sie gerade im Refektorium und quälte sich mit den anderen drei Schwestern durch das von Herrera zubereitete Gericht. Ich war jetzt gespannt auf 13.00 Uhr. Einfach, weil ich noch einmal ganz bewusst die Klosterglocke nicht läuten hören wollte.

Um halb eins tauchte Schwester Ana María im Garten auf, wieder ohne Velan und mit offenem Haar, das konnte ich mit bloßem Auge, ein Fernglas besaß ich ja nicht, gerade erkennen. Ich sah, sie steckte sich die Haare hoch. Sie zog Handschuhe an. Sie kniete sich hin und riss Unkraut aus. Aber das war unlogisch. Wieso steckte sie sich die Haare hoch? Sie hatte doch zuvor bestimmt den Velan getragen, und um ihre langen Haare unter die Haube zu kriegen, musste sie sie doch hochstecken? Zur Gartenarbeit nahm sie den Velan ab, gut, das erlaubte sie sich eben, aber weshalb hatte sie die Haare vor Betreten des Gartens gelöst, nur um sie jetzt wieder hochstecken zu müssen, weil sie bei der Arbeit störten? Nach dem Jäten rollte sie den Gartenschlauch aus und goss Sträucher, die an der Mauer wuchsen, vielleicht Tomaten? Herrera verwendete für seine Küche sicherlich die Erzeugnisse des Klostergartens, insofern war Schwester Ana Marías gärtnerische Mühe vergeblich: Sie zog schmackhaftes Gemüse und würzige Kräuter heran, die Herrera dann mit Leidenschaft verkochte und die ich infolgedessen in den Ziehbrunnen schabte. Aber man durfte es vielleicht nicht so sachlich sehen. Vielleicht waren die Kräuter, die Schwester Ana María anpflanzte, für sie eine Art Kommunikation mit der Außenwelt, sie stellte die Kiste mit dem Grünzeug in die Durchreiche, und nachdem sie auf ihrer Seite den hölzernen Laden heruntergeschoben hatte, hörte sie das Knarzen auf Herreras Seite, wenn er den Laden hochschob, um die Kiste rauszuziehen. War sie nicht neugierig, wer da hinter der Holzlade die Geräusche machte? Sie hätte zwischen die Tomaten und Zucchini einen Zettel stecken können, mit einer Botschaft – doch wie hätte die lauten sollen? Sie hatte dieses Leben entweder freiwillig gewählt und damit auch den Verzicht auf Botschaften, oder sie war im Zeugenschutzprogramm und schickte erst recht keine Botschaften, denn sie konnte niemandem auf der anderen Seite der Durchreiche trauen.

Um eins wartete ich gespannt auf das Nicht-Läuten der Glocke zur Sexta, und ich bekam zu hören, was ich erwartet hatte. Schwester Ana María umgriff mit beiden Armen die Sträucher, die an der Mauer wuchsen, band sie mit Gartendraht zusammen? Egal, was sie da gerade tat, es geschah zur Unzeit. Die Glocke läutete zwar nicht zur Sexta, aber dadurch war die Sexta als Stundengebet ja nicht abgeschafft! Um zehn nach eins wandelte Schwester Ana María mit dem Wasserschlauch seelenruhig wie eine Wassersäerin in der Gehfurche zwischen zwei Beeten hin und her, mit scharfem Strahl bewässerte sie die Wurzeln. Mein Großvater väterlicherseits war Schweizer gewesen, von ihm hatte ich eine physische Abscheu vor Verspätungen geerbt, ich war unfähig, mich zu verspäten, ich erschien stets zehn Minuten zu früh zu Verabredungen, und wenn auf dem Weg ein Hindernis auftauchte, das die Gefahr einer Verspätung in sich barg, war ich bereit, es wegzubomben, nicht aus Unmenschlichkeit, sondern aus tiefer Furcht vor Verspätungen. Seit zehn Minuten hätte Schwester Ana María in der Kapelle sein müssen zur Sexta, die anderen warteten auf sie, wie viele Schwestern lebten noch in Santa María de Bonval? Drei? Drei Schwestern knieten seit zehn Minuten in der Kapelle, murmelten die Gebete der Sexta, und sie brauchten nicht auf die Uhr zu schauen, um zu wissen, um wie viele Minuten sich Schwester Ana María inzwischen schon verspätete. In den fünfzig, sechzig Jahren ihres Klosterlebens – Herrera hatte ja von baldigen Todesfällen gesprochen, bedingt durch das hohe Alter der Schwestern – waren ihnen die Gebete der Sexta in Fleisch und Blut übergegangen und chronometrisch geworden, sie wussten genau, bei welcher Zeile welches Psalms fünf Minuten und wann zehn Minuten vergangen waren. Geh, geh jetzt endlich!, dachte ich, doch Schwester Ana María rührte sich nicht vom Fleck, es machte mich ganz kribblig. Um halb zwei wandte ich mich erschöpft ab, was kümmerte es mich, es war Schwester Ana Marías Verspätung, nicht meine, was zum Teufel ging es mich an!

Als ich wieder hinschaute, lehnte sie mit dem Rücken an der Mauer, die Beine ausgestreckt, die Füße gekreuzt, sie las. Ich schrieb auf meinen Zettel: *Hat um 13.00 nicht am Stundengebet teilgenommen, um 13.30 liest sie.* Ich kletterte von der Mauer, holte mir in meinem Zimmer ein Mineralwasser und bezog wieder Posten hinter der verfallenen Zinne. Das nächste Stundengebet, die Nona, fand gemäß der Liste, die an der Innenseite meiner Tür hing, um 15.30 statt. Zwei Stunden warten in der Nachmittagshitze, ich dachte an Horst, Raffaelas Mann, der überstürzt aus dem *Caravia Beach Resort* hatte abreisen müssen, aus beruflichen Gründen, er war irgendetwas Höheres bei *Bombardier,* einer Firma, die meinetwegen in der Bombenflugzeug-Branche tätig sein mochte, es hätte mich nicht gestört. In einer Welt, die von intelligenten Primaten der Gattung der Trockennasenaffen beherrscht wird, sollte man sich über Flächenbombardements nicht wundern. Vermutlich verkaufte Horst aber eher private Learjets an Leute, die unter Profitdruck an zehn Orten gleichzeitig sein müssen. Diese Leute hatten mein Mitgefühl, denn ich wusste ja jetzt, dass es keinen Unterschied machte, ob man an zehn Orten gleichzeitig oder – wie ich – an überhaupt keinem Ort sein musste: Beides war gleichermaßen belastend und trieb den Ruhepuls in die Höhe. Mehr wusste ich über

Horst nicht, Raffaela erzählte nie von ihm, war das merkwürdig? Eigentlich schon, wenn ich es mir recht überlegte, andererseits: Ich hatte sie auch nie nach ihm gefragt, nie nach dem Kleingedruckten ihrer Beziehung, immer nur, *wie geht es Horst?*, und stets ging es ihm gut, *und wie geht es Liliane?* Der ging es auch stets gut, wer hätte daran rütteln wollen?

Es war jetzt 14.30. Schwester Ana María ließ mit dem Gartenschlauch einen Eimer volllaufen, schöpfte mit der Hand Wasser, um zu trinken, und als der Durst gestillt war, tauchte sie ihr Gesicht in den Eimer. Danach suchte sie wieder den Schatten der Mauer und las weiter. Die Koinzidenz war schon einen Gedanken wert: Liliane, also die Vergiftete, zog sich ins Kloster zurück, um die Zeit totzuschlagen, bis ihr Geliebter aus dem Beach Resort zu ihr zurückkehrte. *Er ist bei seiner Frau und seinen zwei Kindern.* Lydia und Franz, dachte ich, die Kinder von Horst und Raffaela. Viele Eltern hatten zwei Kinder, darüber ließ sich nicht streiten, aber viele hatten auch nur eins oder drei oder gar keins. Ebenso gab es auf Kos zwar viele Hotels, aber nicht sehr viele Beach Resorts, das hatte ich gegoogelt.

Es war nur ein müßiges Gedankenspiel, um mir die Zeit zu vertreiben: Angenommen, du machst Urlaub mit deiner Familie im *Caravia Beach Resort* auf Kos. Du freust dich darauf, mit deinen Kindern das Kitesurfen zu erlernen, es wird euch zusammenschweißen, du siehst sie ja so selten, weil dich die internationalen Geschäftsessen mit Despoten, die an Flächenbombardements interessiert sind, auffressen. Doch dann ruft deine Geliebte dich an, auf das zweite Handy, Prepaid, dass du in deinem Kulturbeutel versteckst, weil du mal in einer Männerzeitschrift gelesen hast, dass Frauen die Kulturbeutel von Männern nicht ernst nehmen. Die Geliebte erzählt dir, sie sei gerade aus einem Krankenhaus in Spanien nach Hause zurückgekehrt, die Tränen ersticken ihre Stimme. *Wenn du mich liebst,* sagt sie, *wenn du willst, dass es mit uns weitergeht* – und das willst du, du willst, dass es weitergeht, wenn auch nicht unbedingt wegen der Liebe, weitergehen kann es für dich auch ohne.

Also sagt Horst zu Raffaela, dachte ich auf der Mauer, den Rücken an die verfallene Zinne gelehnt, *ein Notfall in der Firma, Liebling.* Er fliegt nach Hause, um seine Geliebte zu trösten, solche Dinge sind seit Jahrtausenden an der Tagesordnung. Doch wie gesagt, das waren nur Unterhaltungsgedanken an einem heißen Nachmittag auf einer Klostermauer, Infotainment aus eigener Produktion, Spekulation, um die Zeit totzuschlagen.

38

Um 15.30 Uhr, pünktlich zum Beginn der Nona, legte Schwester Ana María ihr Buch zur Seite, ich dachte, endlich, wenn sie sich beeilt, wird sie halbwegs rechtzeitig in der Kapelle sein zum Gebet. Aber sie beeilte sich nicht. Zwar stand sie auf, aber nur, um sich zu strecken. Verträumt ging sie ein paar Schritte durch den Garten, mit den Fingern die Blätter streifend. Ihr Ziel war die Holzbank unter dem Vordach, sie stellte ihren nackten Fuß darauf und – schnitt sich die Zehennägel? Vielleicht klaubte sie auch Gartendreck zwischen den Zehen hervor, was immer sie da tat, ein Stundengebet war es nicht. Ich schrieb auf den Zettel: *15.30. Sie nimmt auch an der Nona nicht teil!*

Um halb fünf verließ sie den Klostergarten, aber sicherlich nicht, um zu beten, das nächste Stundengebet, die Víspera, fand erst um 19.00 statt. Um zehn vor sieben kehrte ich auf die Mauer zurück, wartete eine halbe Stunde, sie tauchte nicht auf, aber ihr Velan hing über der Lehne der Holzbank, sie hatte ihn beim Reingehen nicht übergezogen. Sie lief also mit offenem Haar im Kloster herum! Das war alles sehr merkwürdig. Ich hätte gern mit Herrera darüber gesprochen, doch mein Abendessen stand schon auf dem Tisch, als ich den Zitronengarten betrat, es war eine Pizza aus dem

Tiefkühlfach, die er mit ein paar Basilikumblättern beschönigt hatte. Herrera war offenbar am Ende seiner Kräfte, sie reichten nur noch für die Zubereitung von Fertigkost, was für ein Segen! Zum ersten Mal aß ich eine seiner Speisen so gründlich auf, dass für die Ratten im Ziehbrunnen kein Krümel übrig blieb.

Am nächsten Morgen kauerte ich pünktlich zur Tercia um 10.00 hinter dem Zinnenstummel, und es wunderte mich nicht, Schwester Ana María bei der Gartenarbeit zu sehen, sie kniete neben einem Bastkorb, sie erntete etwas, vielleicht Kartoffeln. Fortwährend schwänzte sie also die Stundengebete! Ich schrieb an Raffaela: *Diese Nonne, von der ich dir erzählt habe, arbeitet während der Stundengebete im Garten, was hältst du davon? Kommt das vor? Und sie trägt im Kloster den Velan nicht. Ich habe vergessen, mich zu erkundigen, ob du das Kitesurfen überlebt hast. Falls nein, entschuldige ich mich bei deinen Angehörigen für diese makabre Frage.* Ich löschte den Satz, für den Fall, dass er zutraf, mit dem Kitesurfen war ja tatsächlich nicht zu spaßen. Raffaela antwortete: *Die erste Lektion bestand im Kennenlernen der Trainerin, sie hatte das Mitteilungsbedürfnis einer Nachrichtenagentur. Wie heißt das Kloster? Du sagst, es sind Trappistinnen? Bist du sicher, dass sie nicht an den Horen teilnimmt? Das wäre sehr ungewöhnlich. Die Horen sind das zentrale Element des Klosterlebens. Dispens wird nur in begründeten Fällen und nur für einzelne Horen erteilt. Wenn sie bei einem Stundengebet fehlt, muss sie es nach Anweisung der Äbtissin nachholen. Gartenarbeit würde als Dispensgrund niemals akzeptiert werden.* Ich nannte Raffaela den Namen des Klosters, bedankte mich, wünschte ihr alles Gute für die zweite Lektion des Kitesurf-Kurses – und dann fügte ich eine Frage hinzu, die ein Rezensent der *Frankfurter Allgemeinen Zeitung* zwei Jahre später mit dem Satz *Hier merkt man dem Roman leider die Konstruktion an* kommentierte. Ich schrieb: *Sag mal, macht Horst zufällig Yoga?*

Raffaela antwortete: *Ja! Woher weißt du das? Ich kann mich nicht erinnern, es erwähnt zu haben? Wieso fragst du?* Ich schrieb: *Besucht er einen Kurs? Ja,* schrieb Raffaela, *seit zwei Jahren. Werde ich alt? Habe ich dir das mal erzählt? Nein,* schrieb ich, *hast du nicht, es kam mir nur gerade in den Sinn, weil ich selber Yoga mache.*

Ich setzte mich zum Mittagessen in den Zitronengarten. Seit zwei Jahren besuchte Horst einen Yogakurs, *seit zwei Jahren warte ich auf ihn,* hatte die Frau Liliane gesagt. Angenommen, es stimmte, angenommen, Liliane und Horst hatten sich in einem Yogakurs kennengelernt, und zwei Jahre später zog Liliane sich zufällig ins selbe Kloster zurück wie ich – würde das in einem Roman glaubwürdig klingen? Nein. In Romanen, dachte ich, muss die Wahrheit stets wahrscheinlich sein, um von den Lesern geglaubt zu werden. Aber es gibt eben auch Wahrheiten, die unwahrscheinlich sind – wohin mit denen? In die Reportage? In die Tagesschau? Wenn die Leute sich im öffentlich-rechtlichen Fernsehen, dachte ich, eine Dokumentation über jemanden ansehen, der in einem Kloster eine Frau kennenlernt, die zufällig die Geliebte des Mannes einer Freundin von ihm ist, werden sie sagen *Das Leben schreibt einfach die besten Geschichten!* Doch es ist nicht das Leben, das sie von der Wahrheit einer unwahrscheinlichen Geschichte überzeugt, es ist ihr Glaube an die Faktizität von Dokumentationen in öffentlich-rechtlichen Sendern. Wohin also mit unwahrscheinlichen Wahrheiten, wenn die Leser in Romanen nur den wahrscheinlichen Glauben schenken und andererseits den journalistischen Dokumentationen nicht mehr zu trauen ist?

Ah, da kam Herrera, schön, ihn wieder einmal zu sehen! Er hatte sich ein Küchentuch um die Hand gewickelt, um sich an der Speise, die er mir brachte, nicht zu verbrennen.

39

Das ist eine Lasagne, sagte er. Sie bruzzelte noch in der Aluschale, ein weiteres Fertiggericht, wunderbar. Ist nicht selbst gemacht, sagte er. Ich sagte, das macht nichts, du hast viel zu tun, ich verstehe das, Hektik ohne Belohnung. Und es schmeckt dir, nicht wahr, sagte er, gestern die Pizza, du hast nichts übrig gelassen. Na ja, den Rand schon, sagte ich. Nein, sagte er, auch nicht den Rand. Weil ich eben sehr hungrig war, sagte ich. Und du denkst, ich serviere dir Tiefkühlkost, sagte er, weil ich keine Zeit habe, nicht wahr? Damit erkläre ich es mir, ja, sagte ich, warum? Es stimmt zwar, sagte er, ich renne hin und her, um alles muss ich mich kümmern, um meine Frau, um meine Kinder, um das Kloster, um dich, aber glaubst du im Ernst, sagte er, er stützte beide Arme auf meinen Tisch ab, dass ich deswegen nicht mehr mit Liebe koche? Wenn ich mir für etwas Zeit nehme, die ich nicht habe, dann für's Kochen, denn ich liebe es! Für die anderen koche ich immer noch, nur für dich nicht mehr, so ist das. Denn du willst Pizza aus dem Supermarkt, Lasagne aus dem Supermarkt, deine kulinarische Heimat ist die Tiefkühltruhe! Beruhige dich, sagte ich, nein, so ist es nicht, ich schätze deine Gerichte, nur vielleicht nicht das *Cordero a la miel* con Seidelbastbeeren, du lügst!, sagte Herrera.

Wenn ich diese Lasagne selber gekocht hätte, sagte er, was würdest du dann damit machen? Du brauchst nicht zu antworten, ich zeige es dir, ich weiß, was du dann machen würdest. Er fasste die Aluschale mit einem Zipfel seines Küchentuches und nahm sie mir wieder weg. Er trug die brutzelnde Lasagne zum Ziehbrunnen, drehte die Aluschale über dem Loch um und stellte sie mir leer wieder auf den Tisch, nun, sie war nicht ganz leer, eine Teigkruste klebte noch drin. Genau das würdest du tun, sagte Herrera, und wenn ich komme, um den Tisch abzuräumen, sagst du, es hat hervorragend geschmeckt, Herrera, du bist ein begnadeter Koch. So habe ich es nie ausgedrückt, sagte ich. Gib es wenigstens zu, sagte er, sei ein Mann! Ich gebe zu, dass ich einen empfindlichen Magen habe, sagte ich, eine funktionelle Dyspepsie, aber ich wollte sie nicht zum Thema machen, denn ich weiß, du liebst das Kochen, und du kochst ja auch gut, ich brachte es nicht über mich, die Hälfte auf dem Teller liegen zu lassen, nur weil ich Magenprobleme habe, ich wollte dir keinen Anlass geben, an deinen Kochkünsten zu zweifeln, es geschah alles aus Höflichkeit und aus Respekt. Bevor ein Stier angreift, sagte Herrera, sieht man es in seinen Augen, ich bin sehr gut darin, die Augen von Stieren und von Menschen zu lesen, und in deinen lese ich, dass du lügst, du enttäuschst mich, Señor Renz, du lügst, obwohl es nicht mehr nötig wäre, dir kann man nicht trauen.

Es tat mir leid, ihn zu enttäuschen, aber ich sah in seinen Augen auch etwas: Er fürchtete sich davor, die Wahrheit zu hören. Solange ich bestritt, ein Lügner zu sein, bestand die Möglichkeit, dass ich tatsächlich keiner war und er infolgedessen kein schlechter Koch. Herrera, sagte ich, ich versichere dir, ich würde deine Speisen vollständig aufessen, wenn ich einen brauchbaren Magen hätte, aber er ist nun mal eine Diva, ein dauergereiztes, pingeliges Organ, das sehr schnell verstimmt ist. Und jetzt lass uns über etwas anderes reden, über etwas viel Wichtigeres – ich meine damit nicht, wichtiger als deine Kochkunst, sondern wichtiger als meine Magensorgen. Lass uns über Schwester Ana María reden, ja, ich weiß, du willst es nicht, aber bitte, hör dir erst mal an, was ich rausgefunden habe. Ich habe auch etwas rausgefunden, sagte Herrera, nämlich das da. Er zeigte auf den Ziehbrunnen. Ich weiß, sagte ich, ich werde dir ein ärztliches Attest meines Internisten schicken, sobald ich zurück bin, er wird meine Aussagen bestätigen, das wird dich davon überzeugen, dass du ein guter Koch bist und ich nur ein schlechter Esser.

Schwester Ana Marìa, sagte ich, nimmt nicht an den Stundengebeten teil. Daran besteht kein Zweifel, du kannst dich selbst davon überzeugen, steig auf die Mauer, es ist gleich ein Uhr, Zeit für die Sexta. Aber sie wird nicht in der Kapelle sein, sie wird im Garten sein und entweder lesen oder arbeiten, das *ora* kommt in ihrer Auslegung der Klosterregeln nicht vor. Was ich sagen will, ist, du hattest von Anfang an recht, Herrera, mit ihr stimmt etwas nicht, denn eine richtige Nonne würde niemals die Stundengebete versäumen, frag einen Fachmann, ich habe es getan, eine Fachfrau in diesem Fall, sie hält die Sache für äußerst merkwürdig.

Möglicherweise stimmt mit dem ganzen Kloster hier etwas nicht, warum läuten die Glocken nie? Warum sieht man im Klostergarten nie eine andere Nonne, nur immer Schwester Ana María? Und Rodrigo, dieser angebliche Taxifahrer, er hat uns mit einer Waffe bedroht, das ist vielleicht Sitte bei den Taxifahrern in Kolumbien, aber hier, auf dem Land, in Andalusien? Nein, sagte ich, ich finde, wir sollten der Sache nachgehen, zumindest sollten wir mit der Äbtissin sprechen, du hast doch Kontakt mit der Ordensleitung in Madrid, ruf sie an, aber sag ihnen nicht, was wir wissen, sag nur, dass wir mit der …

Rodrigo, sagte Herrera, ist ein Schwager von Ramón, ich habe mich erkundigt. Er ist einfach nur ein Schwager, wie so viele bei uns. Er hat sich eine Waffe geliehen, weil Ramón behauptet hat, er sei während einer Fahrt überfallen worden. Aber dafür gibt es keine Zeugen, und kürzlich hat Ramóns Frau Rodrigo erzählt, dass Ramón vor dem angeblichen Überfall behauptet hat, er habe im Fenster seiner Werkstatt die Heilige Mutter Gottes gesehen. Nicht nur das, sie hat ihm dazu geraten, sein Haus zu verkaufen und das Geld Julio Iglesias zu spenden. Dem Sänger?, fragte ich. Dem Sänger, sagte Herrera, und weißt du, was Rodrigo mir noch erzählt hat? Er sagt, du bist einer dieser Deutschen, die in unseren Klöstern Entspannung suchen, und am zweiten Tag tretet ihr die Tür des Abtes ein, weil ihr es ohne euer Notebook nicht aushaltet, das hat Rodrigo in der *Diario de Sevilla* gelesen. Na und, sagte ich, das beweist gar nichts, der Schwager von Ramón, das ist schnell gesagt, hast du es überprüft? Du schweigst?

Du hast es also nicht überprüft, aber selbst, wenn er nur ein Schwager wäre: Das ändert nichts daran, dass Schwester Ana María keine Nonne ist, aber wem sage ich das, du warst der Erste, dem das aufgefallen ist. Mir ist gar nichts aufgefallen, sagte Herrera, ich muss jetzt fürs Abendessen einkaufen, das mit der Lasagne tut mir leid, ich werde dir heute Abend eine neue bringen, aus der besten Tiefkühltruhe des *Supermercado.* Und die Ordensleitung, sagte ich, wann rufst du die an?

Warum sollte ich das tun, sagte Herrera, ruft der Gemüsehändler in deinem Romankonzept die Ordensleitung an, steht das da drin? Und wenn schon, ich bin nicht der Gemüsehändler, es geht mich nichts an, was er tut oder lässt. Herrera, sagte ich, was ist mit dir los? Jetzt, wo es einen Beweis gibt, willst du nichts mehr davon wissen? Ist mir egal, ob sie betet oder nicht, sagte Herrera, vielleicht ist sie konvertiert, wer weiß das heutzutage schon. Konvertiert, sagte ich, wohin, zum Islam? Es sind sogar zwei Beweise: Sie nimmt nicht an den Stundengebeten teil, und sie ist verheiratet. Das ist deine Meinung, sagte Herrera. Das war die Höhe! Meine Meinung, sagte ich, und was ist mit dem Foto, das du geklaut hast, das Foto, das sie mit ihrem Mann und ihrem Sohn zeigt, schon vergessen? Hör auf, sagte Herrera, lass mich in Ruhe damit, vergiss dieses Foto, das ist doch nur ihr Bruder!

40

Herrera sagte also, der Mann auf dem Foto, *das ist doch nur ihr Bruder!* Ich sagte, Moment mal, wie kommst du darauf? Ich werde jetzt gehen, sagte Herrera, und dir kann ich nur raten, entspann dich endlich! Geh spazieren, mach dein Yoga, *dios mio!,* was muss man tun, damit ihr euch endlich entspannt! Als sei ihm die Empörung über meinen Entspannungsmangel ins Bein gefahren, hinkte er im Weggehen, so stark hatte ich ihn zuletzt vor ein paar Tagen hinken gesehen, bevor er mit mir zum Kampf gegen den Stier Renzino fuhr. Es war also nur ihr Bruder? Das konnte doch aber nicht stimmen! Und falls es stimmte, wie hatte er das in Erfahrung gebracht? War Rodrigo vielleicht auch noch ein Schwager von Schwester Ana María, hatte er sein Schwagertum von Andalusien auf Skandinavien ausgedehnt?

Was waren das für schillernde Neuigkeiten: Herrera stand also in Kontakt zu Schwester Ana María! Ließ sich sein *Das ist doch nur ihr Bruder* anders erklären? Schwerlich. Von wem, wenn nicht von ihr selbst, hätte er dieses Wissen haben können? Ich war ganz beglückt: Santa María de Bonval stand, was die Geheimnisdichte betraf, Umberto Ecos Benediktinerabtei im Apennin in nichts nach! Und wie hatten William von

Baskerville und sein Adlatus Adson von Melk die Rätsel gelöst? Indem sie ins Innerste des Klosters vorgedrangen. *Von einem gewissen Punkt an*, so Kafka, *gibt es keine Rückkehr mehr. Dieser Punkt ist zu erreichen.* Wie gut, wenn man auf Zitate zurückgreifen kann, um zu rechtfertigen, was man auch ohne Rechtfertigung getan hätte, weil einem Leichtsinn oder Gier dazu treiben. In meinem Fall war es die Gier nach Erzählstoff. Ich dachte, wenn ich rausfinde, was in diesem Kloster los ist, wird sich das Buch so gut verkaufen, dass ich mir im Alter mit Städtereisen die Lebensfreude erhalten kann, ich war ja gewarnt. In einem Interview hatte der alte Bob Dylan zwischen den Zähnen fast vorwurfsvoll den Satz *Mir macht nur noch das Reisen Spaß* hervorgepresst, warum sollte es mir besser ergehen als ihm? Jetzt war die Zeit, Geld für Städtereisen zu akkumulieren, ich musste meine Romane ins Trockene bringen, bevor ich meine Romanfiguren verdächtigte, mir die Brieftasche gestohlen zu haben, die ich in den Kühlschrank gelegt hatte. Kafkas gewisser Punkt, von dem an es keine Rückkehr mehr gibt und der zu erreichen ist, nennt man Alter. Und das Älterwerden verpflichtet zu unverzüglichem Handeln. In meinem Fall hieß das: in den Klostertrakt eindringen.

Doch zunächst einmal spazierte ich, wie Herrera mir geraten hatte, zu den Hügeln vor dem Kloster, das Land sott in der Hitze des frühen Nachmittags, Düfte nach Harz und Rosmarin würzten die Luft, Rauchsäulen in der Ferne erhoben sich perfekt vertikal, das schwarze Rohrstück war vorgewärmt, als ich mich setzte. Es war mein Stammplatz zum Telefonieren, der

Empfang war gut, die Aussicht entschädigte für den mangelnden Sitzkomfort, die Zikaden fanden in unmittelbarer Nähe keine Steineichen, in deren Rinde sie sich zum Reiben ihrer Hinterleiber festkrallen konnten. Warum rief ich Liliane an? Nun, ich wollte sie bis zu einem Grad miteinbeziehen in mein Vorhaben, so wie man, bevor man sich allein auf eine Gletschertour begibt, die Bergwacht über die Route informiert, damit im Notfall die Leiche nicht dreitausend Jahre lang in der Felsspalte liegt und danach von einem Team des Österreichischen Fernsehens nackt gefilmt wird.

Liliane sagte, es gibt Tage, da vermisse ich dich sehr, ich sprühe dein Parfüm auf meinen Arm, damit ich dich beim Einschlafen rieche. Welches Parfüm?, fragte ich. Sie sagte, *Black Orchid,* das ich dir letzte Weihnachten geschenkt habe. Ach so, sagte ich. Ich benutzte das Parfüm nur bei den seltenen Gelegenheiten, wenn Julia mal ausging und wir allein zu Hause waren. Julia war sehr wählerisch, was ihre Freundschaften betraf, das schränkte unser Liebesleben stark ein. Ich vermisse dich auch, sagte ich, Liliane sagte, bitte zwing dich zu nichts, wie sind deine Trackerwerte, besser? Ja, sagte ich, sehr gut, ich erhole mich von Tag zu Tag ... bewusster. Das war nicht gelogen, mir wurde von Tag zu Tag bewusster, dass mein Problem der für die Ausübung meines Berufes zwingend erforderliche Zustand permanenten Erholtseins war. *Recreation kills the cat.* Hör mal, sagte ich, mal was ganz anderes, es ist so: Ich möchte heute eine Nachtwanderung machen. Es ist eine ziemlich einsame Gegend hier, es gibt nur einen Hund und weit vom Hund entfernt ein Dorf, und wenn man nachts hier wandert und vielleicht ausrutscht, sich das Bein bricht, und man hat keinen Handyempfang … Das klingt dramatischer, als es ist, sagte ich, aber sicher ist sicher, vielleicht kannst du ja, falls ich mich bis morgen Mittag nicht bei dir melde, mal die Polizei anrufen?

Wusste ich denn, was mich im Kloster erwartete? Vermutlich nichts, nur drei Zisterzienserinnen strengerer Observanz, die, falls sie mich entdeckten, mir mit Handzeichen die Ordensregeln beizubringen versuchten. Andererseits gab es keine Garantie auf Harmlosigkeit, sogar vor Herrera war ich möglicherweise nicht sicher. Ich würde mir da keine Sorgen machen, sagte Liliane. Mache ich auch nicht, sagte ich, ich wollte dich nur informieren. Wieso machte sie sich keine Sorgen, es fiel mir schwer, das als Liebesbeweis zu werten. Das Gelände ist steinig, sagte ich, viel Geröll, es gibt Schluchten, das Kloster selbst steht an einem Felshang, nur, damit du ungefähr ein Bild hast, was mich da nachts erwartet. Dann wandere eben am Tag, sagte Liliane, wenn du nachts mit Angst aufbrichst, würde ich es an deiner Stelle lieber bleiben lassen, deine Angst ist viel gefährlicher als das Gelände. Woher wollte sie das wissen? Du kennst das Gelände nicht, sagte ich. Nein, aber dich, sagte sie, ist aber okay, wenn es dich beruhigt, rufe ich die Polizei an. Wirst du nicht, sagte ich, ich hör's dir an. So wie ich dir angehört habe, sagte sie, dass du mich nicht vermisst. *Heirate eine Mühle in Holland,* kam mir in den Sinn, *es wird keinen Unterschied machen.* War das von mir? Gut möglich, oder von Christian Grabbe? Wilhelm

Raabe? Nein, Grabbe hatte gesagt, *nur einmal auf der Welt, und dann als Klempner in Detmold* – ein Satz, der in jeder Bibelausgabe auf der ersten Seite als Widmung an Gott gedruckt werden sollte. Und wie geht es Julia, fragte ich, ist sie noch mit Celine befreundet?

41

Am selben Tag. Abends. Zitronengarten. Herrera brachte die versprochene Lasagne, dazu Wein, Brot. Er sagte, guten Appetit, schon ging er wieder. Danke, rief ich ihm nach. Er trug eine weiße Hose und ein frisch gebügeltes kariertes Hemd, war im Dorf ein Opernhaus eröffnet worden? Er trug braune Lederschuhe, *never wear brown after eight,* und es war halb neun, aber das hätte mir auch passieren können. Er hatte sich angezogen, wie ich es für den Besuch einer Opernaufführung getan hätte, wozu es aber wegen meiner Vorliebe für Songs mit drei Akkorden nie kam. Für Liliane wiederum existierten musikalisch nur Thelonious Monk, Abdullah Ibrahim und immer und immer wieder Miles Davis. Für wen hatte Herrera sich aufgetakelt, für seine Frau, die – arbeitsunfähig geschrieben – zu Hause auf dem Sofa mit ihrer Titanplatte haderte? Vielleicht waren Herreras verwöhnte Kinder sozial aktiver als Julia, vielleicht balancierten sie in Señor Alfonsos Bar bei einer Wette ein Bierglas auf der Stirn, mit anderen Worten: Herrera und seine Frau hatten das Haus für sich, im Badezimmer hörte man ein leises *Pfff,* denn Herrera sprühte sich ein Häuchlein des Parfüms, das seine Frau ihm zu Weihnachten geschenkt hatte, in den Halskragen. Gut möglich, solche Dinge kamen vor.

Ich aß so lange Lasagne, bis die Gabel auf dem Grund der Aluschale unangenehme Geräusche machte. Ich leckte die Schale aus, mit dem Wein machte ich es ähnlich. Wozu nüchtern bleiben, wenn der Plan bereits feststeht? Doch was heißt schon *Plan*, es hatten nur Variante A und Variante B zur Auswahl gestanden, und da A zu riskant war, wählte ich B, das war der ganze Plan. Wie kam man ins Kloster? A = durch die Durchreiche, dazu hätte ich aber zuerst in die Küche eindringen und danach den Schließmechanismus der Durchreiche überlisten müssen, und was, wenn Herrera aufgetaucht wäre? B = über die Klostermauer in den Kräutergarten klettern, das war weniger invasiv, als in die Küche einzubrechen, und außerdem erlaubte Plan B bis in die finalen Stadien der Ausführung hinein die Anwendung plausibler Notlügen. Warum sollte ein Gast in einer schönen Mondnacht wie heute nicht mal ein bisschen auf den Mauern rumklettern? Warum sollte ihm nicht beim Anblick der Tomaten im Kräutergarten das Wasser im Mund zusammenlaufen? Heute Nachmittag hatte Schwester Ana María eine Leiter an die Mauer gelehnt, die sie beim Stutzen der Efeuranken benutzt hatte – warum sollte ein Gast mit spätem Appetit auf frische Tomaten nicht diese Leiter hinabsteigen zu den Gewächsen? Und nun, da er schon im Kräutergarten steht, verführt ihn die Neugier des Touristen eben dazu, die Tür zu öffnen, durch die man vom Garten aus ins Kloster gelangt, er möchte nur mal einen Blick ins Innere werfen, kann man ihm das verübeln? Ja, kann man, aber dabei wird es auch bleiben, strafrechtlich war alles irrelevant, im Gegensatz zum Aufbrechen der Küchentür in Plan A.

Ich machte es also genau so: Bei klarem Mondlicht kletterte ich auf die Mauer, die zur Stelle mit Aussicht auf den Klostergarten führte. Eine schmalere Mauer verband diese mit der Mauer des Gartens, möglicherweise war das Verbindungsstück früher Teil eines nun verschwundenen Gebäudes gewesen. Als ich auf die Verbindungsmauer hinunterblickte, sah ich einen Zipfel meines weißen Hemdes in der Mondnacht leuchten, ich sah aus wie eine Werbefigur für Phosphorsterne. Abbruch der Aktion und Rückkehr ins Zimmer, wo ich mich umzog. Neustart der Aktion, diesmal in meinen Yogasachen, schwarze Hose, schwarzes Shirt. In der Farbe des Nachthimmels rutschte ich rittlings auf der Verbindungsmauer zum Klostergarten – nur einmal auf der Welt, und die Menschen kriechen auf Mauern herum, aber sie tun es immerhin nicht grundlos. Auf der Mauer des Kräutergartens angelangt, begann die Reise erst, denn nur ein Teil des Gartens wurde genutzt, etwa die Hälfte des Gartens war verkrautet, da wegen der geringen Zahl der Schwestern weniger Gemüse als früher angebaut wurde. Ich musste auf der Mauer ein gutes Stück Weg zurücklegen, bis ich zu dem bepflanzten Teil gelangte, in dem Schwester Ana María sich jeweils aufhielt, hier lehnte nun auch die Leiter, ohne die ich zwar auch in den Garten hinuntergelangt wäre, aber nicht wieder zurück auf die Mauer, dazu war sie zu hoch.

Gut. Ich stand jetzt im Klostergarten. Falls mich jemand entdeckte, würde ich sagen, *Sie haben recht, ich sollte nicht hier sein, aber diese wunderbaren spanischen Tomaten!* Ich steckte eine der Tomaten in die Tasche der Yogahose, die nun auf dieser Seite ein bisschen runterrutschte, denn in der Tasche befand sich bereits mein Handy, und das hatte sein Gewicht, zusammen mit dem der Tomate war es für das Gummiband eine schier nicht zu bewältigende Aufgabe. Ich war selber schuld, Liliane hatte mir zum Kauf einer *Boot Cut*-Yogahose geraten, um die Hüften eng, unten schmaler, ich hatte mich aber für etwas Schlabbriges entschieden, weil sich bei den *Boot Cut*-Hosen alles abzeichnet, was man hat, so als würde man es freilegen, ich wollte es aber lieber vertuschen, deshalb hatte ich eine weite Hose gewählt, deren Schlabbrigkeit sich auch auf das Gummiband des Hosenbundes ausdehnte.

Mit einer Hand hielt ich den Bund fest, damit die Hose mir nicht runterruschte, mit der anderen drückte ich die Klinke der Tür, die ins Kloster führte. Es war eine niedrige hölzerne Tür in gotischem Steinrahmen – und sie war offen, sie quietschte, ich blickte in einen schmalen, dunklen Gang mit quadratischen Maueröffnungen, durch die der Wind blies, ich spürte jedenfalls einen Luftzug, obwohl es eine windstille Nacht war. Noch hätte ich umkehren können, aber dazu gab es keinen Grund. Ich war, falls mich jemand erwischte – aber wer hätte das sein sollen außer den Klosterfrauen –, einfach ein frecher Gast, nein, kein frecher, einer, der in einer schwierigen Lebensphase eine Kapelle sucht, um zu beten! Das war eine ergreifendere Erklärung als die mit den Tomaten, wenn mich die Klosterfrauen entdeckten, würde ich einfach sagen, *Sie haben recht, ich sollte nicht hier sein, aber ich sehne mich nach einem stillen Gebet in der Kapelle, und im Gästetrakt gibt es keine Kapelle, hingegen weiß ich, dass Sie eine haben, und hier bin ich!* Ich war hier, um zu beten, das hatte auch den Vorteil, dass ich die Tomate nicht länger in der Yogahosentasche rumtragen musste, ich legte sie in eine der Maueraussparungen. Das Gummiband dankte es mir, es straffte sich wieder, mit dem Handy wurde es fertig, aber nicht mit dem zusätzlichen Gewicht einer Tomate, ich dachte, heutzutage wiegt eine Tomate so viel wie ein Handy, wann endlich machen die Genforscher das Gemüse leichter?

Die Idee, notfalls zu behaupten, ich sei ein Gast, der das Gebet sucht, war ein perfekter Fallschirm, als Gläubiger konnte mir nichts passieren. Nun vorwärts durch den steinernen Korridor! Er endete bei einer schief in den Angeln hängenden Tür, die mit eisernen Beschlägen verstrebt war, sie ließ sich lautlos öffnen, nur ein kleines Knirschen in den Scharnieren. Der nächste Raum besaß gewölbte Steindecken, Mauern aus großen Quadern, ein Kreuz hing schief an der Wand. Da mir nur das Mondlicht zur Verfügung stand, konnte ich nicht erkennen, wohin der Raum führte, ob es Türen gab. Aber ich hörte etwas, war das Musik? Ich blieb stehen, denn nun wurde es ernst. Hier war jemand, jemand der – *Fernando* hörte. Es war *Fernando* von *Abba*, kein schlechter Song, sehr gradlinig natürlich, wie alles von *Abba*, aber die Melancholie klang echt.

They were closer now
Fernando
Every hour, every minute
seemed to last eternally

Jemand schien das Bedürfnis nach einem Ausgleich zu den liturgischen Gesängen zu haben, der Ausgleich kam von rechts, und als ich mich vorsichtig der Quelle näherte, sah ich einen schwachen, unsteten Lichtschleier an der Wand wie von einer Kerze. Jetzt, da eine Begegnung kurz bevorstand, kam mir mein Vorhaben der Kontaktaufnahme mit Schwester Ana María waghalsig vor, ich konnte doch nicht mitten in der Nacht überraschend vor ihr auftauchen und sie nach dem Weg zur Kapelle fragen. Ich drückte mich an die Wand, aber nicht wie die Schauspieler in Kriegsfilmen, sie drücken sich, wenn sie um eine Häuserecke spähen wollen, mit dem Rücken an die Wand, das ist anatomischer Blödsinn. Man muss sich mit dem Bauch an die Wand drücken und dann langsam zur Seite neigen. Das tat ich, ich sah in dem vom Kerzenlicht beschienenen Flur zwei Türen, vor einer lag ein Stapel mit Bettwäsche. Vermutlich befand ich mich im Schlaftrakt der Schwestern, das machte es nicht besser.

There was something in the air that night
The stars were bright
Fernando

Ich versuchte, die Quelle der Musik zu rekognoszieren, neigte mich noch ein wenig mehr nach links, sah eine Tür offen stehen und erschrak über das plötzliche Dudeln meines Handys in der Hosentasche, es kam mir vor, als würde ein Äffchen aus meiner Hose springen und durch sein Gekreische das ganze Kloster alarmieren. Bei meinem durchaus panischen Versuch, das Handy stumm zu schalten, verhedderte ich mich mit der Hand in der Yogahosentasche, ich hörte eine winzige Stimme aus der Hose, *hallo, Leo, hallo, hörst du mich?* Nun gab es nur eine Lösung: den Rückzug in den dunklen Korridor von vorhin. Als ich die alte Holztür hinter mir verschloss, verschwor auch sie sich gegen mich, beim Öffnen hatte sie kaum einen Laut von sich gegeben, aber jetzt krächzte sie.

Though I never thought that we –

Abba verstummte. Wer immer *Fernando* gehört hatte, hatte die Musik ausgemacht, um zu horchen – das Krächzen der Tür war sicherlich unüberhörbar gewesen. *Leo, hallo? Bist du da?* Ich hob das Handy ans Ohr. Ja, sagte ich leise, ja, ich bin da, guten Abend, Raffaela, ich habe nur leider gerade keine Zeit. Oh ja, sagte sie, ja, es tut mir so leid, ich weiß, *is getting late, the hour,* meine ich, ich wollte nur, weißt du, ich habe nachgedacht, stehst du? War sie betrunken? Bist du betrunken?, fragte ich leise, sie sagte, betrunken ist ein zu großes Wort, aber ich will dich nicht stören, ich will. Nur. Ich wollte nur, es hat mir Sorgen gemacht, das ist alles, ich wollte nur wissen, wie kommst du darauf, Leo, jetzt sag mal? Wie kommst du auf Horst und Yoga? Hat er dir was erzählt, sag es einfach, du kannst es mir sagen, ganz ehrlich, ich möchte nur nicht die dumme kleine Ehefrau sein, die es nicht weiß, wenn er mit einer Frau, und ich glaube, da ist eine, in seinem Yogakurs, das ist alles so trivial, so zum Kotzen trivial. Ja, sagte ich leise, Raffaela, hör mal … ich hörte Schritte vor der Tür, Schritte, die näher kamen, jemand öffnete die Tür, doch hinter der Tür stand ich, ich stellte den Fuß unter die Türkante, doch jemand war entschlossen und verfügte über die nötige Kraft. *Leo,* sagte Raffaela in meinem Handy, *Leo, ich lass dich gleich in Ruhe, bist du noch da? Aber du weißt doch etwas. Was soll das? Ich frage mich einfach, was das soll, kannst du das verstehen, verdammte Scheiße!*

Ich wich der Kraft. Was machst du hier?, fragte Herrera. Und du, fragte ich, was machst du hier, ich dachte, du hast keinen Kontakt zu den Schwestern? *Ich will einfach nur,* hörte ich Raffaela sagen, *ich will nicht belogen werden, das habe ich nicht verdient, das hat keiner verdient, keiner!* Ich habe keinen Kontakt, sagte Herrera. Hinter ihm tauchte aus dem Halbdunkel eine winzige Gestalt in einem knöchellangen Nachthemd auf, ihr Mund stand offen, es war eine Frau mit kurz geschnittenen weißen Haaren, sie sagte auf Spanisch, *las cabras! Las cabras!* Die Ziegen, die Ziegen. Herrera drehte sich nach ihr um. Und ist das etwa kein Kontakt, sagte ich, für mich sieht das wie Kontakt aus. *Kontakt, er hat Kontakt,* hörte ich Raffaela sagen, *meinst du Horst, du musst lauter sprechen, die Verbindung ist schlecht, oh mein Gott, das ist so erniedrigend, in der Liebe sind die Menschen wie die Ratten, wie die Bonobos.* Raffaela, sagte ich, geh schlafen, es ist alles in Ordnung, vermutlich. *Las cabras!,* rief die Frau, sie versuchte, mit ihren Händen der Welt etwas Wichtiges mitzuteilen. Gute Nacht, sagte ich, ich drückte Raffaelas Anruf weg. Herrera sagte, die Ziegen sind schon alle im Stall, Frederica, sie wurden gezählt, es sind alle da, sie wurden gefüttert, jetzt schlafen sie, sie sind gesund. Gesund, sagte die Frau, sie ließ sich von Herrera in ihr Zimmer zurückführen, das dauerte sehr lange, denn sie hob beim Gehen die Füße nicht.

Ich setzte mich auf den Steinboden und legte den Finger an den Puls. Er zuckte so schnell oder, je nachdem, wie man es interpretieren wollte, so langsam wie immer.

42

Ich blieb sitzen, bis Herrera zurückkam. Das war Kontakt, sagte ich, und es klang auch nicht nach Schweigegelübde. Das war eine polemische Bemerkung, angesichts des Zustandes der Frau. Wer war das?, fragte ich. Schwester María Frederica, sagte Herrera. Er trug noch immer die weiße Hose und das gebügelte Hemd, deshalb fragte ich, und Schwester Ana María, ist sie auch hier? Das war nicht polemisch, sondern rhetorisch, denn natürlich war sie hier, irgendwo. Irgendwo?, fragte ich. Herrera zuckte die Achseln. Komm mit, sagte er. Und im anderen Zimmer, fragte ich, wer wohnt dort, im Zimmer, vor dem die Bettwäsche liegt? Eine andere Schwester, sagte Herrera. Ist sie auch dement?, fragte ich. Ich weiß nicht, sagte er, ich bin kein Arzt. Wenn du es wissen willst, frag sie, ob sie weiß, dass sie in einem Kloster lebt? Nein. Sie heißt Schwester María Gabriela, aber wenn man sie fragt, sagt sie, dass sie Pilar heißt. Sie denkt, sie ist Pilar, so heißt die Äbtissin. Aber das spielt keine Rolle, es stört die Äbtissin nicht.

Die Äbtissin heißt Pilar, sagte ich, um Zeit zu gewinnen, ich musste ja erst mal ordnen, was Herrera mir da erzählte. Und es stört die Äbtissin nicht, sagte ich, dass Schwester María Gabriela denkt, sie sei die Äbtissin. Aber wenn Schwester María Gabriela nicht weiß, sagte ich, dass sie in einem Kloster lebt, wie kann sie sich dann für die Äbtissin halten? Das tut sie nicht, sagte Herrera, sie denkt nicht, sie ist die Äbtissin, sie denkt, sie ist diese Frau, die Pilar heißt, sie verwechselt sich mit ihr. Ich nehme an, sagte ich, die Äbtissin stört es deshalb nicht, weil sie sich für Schwester María Gabriela hält? Das ist nicht lustig, sagte Herrera. Ist die Äbtissin bei klarem Verstand?, fragte ich. Nein, sagte Herrera. Und bei welchen Gelegenheiten, fragte ich, begegnet Schwester María Frederica der Frau, von der sie denkt, sie sei sie? Wenn es allen gut geht, in der Kapelle, sagte Herrera. Gibt es nicht noch eine dritte Schwester?, fragte ich. Was soll die Frage, sagte er, du weißt es. Nein, ich meine außer Schwester Ana María, sagte ich. Nein, sagte Herrera, willst du hier auf dem Boden sitzen bleiben? Bis ich alles einordnen kann, sagte ich, ja, und wer bringt die Schwestern in die Kapelle, wenn es ihnen gut geht, Schwester Ana María?

Ja, aber es macht nicht viel Sinn, sagte Herrera, sie können sich an die Gebete nicht erinnern, nicht mal an das Ave-Maria, meistens sitzen sie nur da und starren den Herrgott am Kreuz an, dann werden sie unruhig, er macht ihnen Angst. Man muss ihnen erklären, wer das ist. Aber sie vergessen es sofort wieder und sind immer aufs Neue entsetzt. An guten Tagen, wenn sie ein wenig wach sind, bitten sie darum, dass man dem armen Mann die Nägel rauszieht. Aber meistens fühlen sie sich in der Kapelle einfach nur unwohl, ohne die geringste Ahnung, warum. Sie haben sechzig oder siebzig Jahre in diesem Kloster gelebt, und jetzt trinken sie aus dem Weihwasserbecken. Und das alles, sagte ich, hat dir Schwester Ana María erzählt? Nicht erzählt, sagte Herrera, lass uns jetzt gehen, es gibt Wein, du möchtest doch sicher ein Glas. Und Schwester Ana María wohnt in dem Zimmer, aus dem die Musik kam?, fragte ich. Das erfährst du bei einem Glas Wein, sagte er. Er wollte mich von hier weghaben, ich blickte hinüber zu der Wand, über die das flackernde Licht der Kerze huschte, vielleicht hörte Schwester Ana María uns in diesem Moment zu. Herrera hielt mir die Hand hin. Ich ergriff sie, und er zog mich mit einem Ruck hoch – mit unnötig viel Kraft, wie als Drohung.

Er knipste eine Taschenlampe an, ich folgte ihm und seinem Lichtkegel durch erstaunlich viele verwinkelte Gänge, das Kloster wirkte durch die Verwinkelung von innen gesehen größer als von außen, wir kamen an vielen Türen vorbei, manche waren aus altem, mit Beschlägen fixiertem Holz, manche wirkten neuer, einige standen einen Spalt offen, weil die Schlösser nicht mehr einrasteten. Ich blieb stehen und öffnete eine dieser Türen. Leuchte mal rein, sagte ich. Der Raum war leer, nur das Kruzifix hing noch an der Wand, auf dem Boden darunter lagen zwei Zweige, vielleicht Olivenzweige? Ja, sagte Herrera, vom Palmsonntag. Palmsonntag 1838?, fragte ich. Such dir irgendein Jahr vor 1900 aus, sagte er. Das waren alles Zimmer von Nonnen?, fragte ich. Nein, von Flamencotänzerinnen, die sich hier vom Kastagnettengeklapper erholten, sagte Herrera, natürlich von Nonnen. Früher hätte ich für dreißig Schwestern kochen müssen, aber was heißt müssen, ich hätte es geliebt. Nur für vier, fünf Leute zu kochen, das ist wie im Hinterhof mit einer Muleta vor einer Katze rumzuwedeln.

43

Herreras Ziel war das Refektorium, in dem zwei lange Tische auf bessere Zeiten hofften, die durchaus kommen mochten, vielleicht wurde das Klosterleben in einigen Jahrzehnten nach einer Pandemie oder einem Nuklearkrieg für junge Frauen wieder attraktiv, oder ein Unternehmer aus China kaufte Santa María de Bonval, um es als Ort für Seminare zu nutzen, alle drei Vorstellungen waren nicht abwegig. Herrera stellte zwei dicke Kerzen auf den einen Tisch, hier setzten wir uns, er ans Tischende, früher war dies wohl der Platz der Äbtissin Pilar gewesen. Aus einem Schrank, der mit religiösen Motiven bemalt war, kamen die Flasche Rotwein und zwei Gläser. Während Herrera mir einschenkte, betrachtete ich das Gesicht von Jesus, der an prominenter Stelle in der Mitte des Raums die Augen nach oben richtete, was unrealistisch war, denn ihm rannen Blutstropfen aus der Dornenkrone über die Stirn – wenn man den Weg dieser Tropfen weiterdachte, mussten sie ihm unweigerlich in die Augen rinnen, die er in Wirklichkeit reflexartig geschlossen hätte. Nun gut, man hätte den Einwand gelten lassen können, dass er die Tropfen kommen spürte und die Augen nach oben richtete, um zu erkennen, wie lange es noch dauern würde, bis sie seine Augen erreichten.

Aber wäre ich Holzschnitzer gewesen, hätte ich Jesus mit geschlossenen Augen geschnitzt, um jenen Betrachtern, die bereit waren, den Weg der Blutstropfen zu antizipieren, nicht Grund zu geben, die Darstellung für unplausibel zu halten.

Jesús!, sagte Herrera, das ist eine spanische Variante von *Prost,* vielleicht hatte er sie gewählt, weil ich zum Kreuz hochschaute. Salud!, sagte ich, so kontert man das *Jesús!* säkular. Und das ist also die berühmte Durchreiche, sagte ich, sie war hier, anders als küchenseits, nicht rechteckig, sondern halbbogenförmig, aber jedenfalls groß genug für einen Mann, der ins Refektorium gelangen wollte. Herrera richtete mit dem Finger den Docht einer der Kerzen auf. Frag mich, sagte er, frag, was du wissen willst.

Sehe ich es also richtig, sagte ich, früher lebten hier dreißig Nonnen, jetzt noch vier, und drei davon sind dement. Das ist keine Frage, sagte Herrera, du kennst die Antwort schon. Schwester Ana María kümmert sich also um die drei anderen?, fragte ich. Es ist mehr als kümmern, sagte Herrera, sie hilft ihnen beim Essen, sie macht sie sauber, und es gibt sehr viel sauber zu machen, die Körper, die Kleider, die Bettwäsche, und sie liest ihnen abends aus der Bibel vor, das beruhigt sie. Sie steht nachts auf, wenn sie herumirren, sie geht dazwischen, wenn sie sich prügeln, Schwester María Frederica kann recht bösartig sein, dann fliegen die Fäuste. Das ist nicht *kümmern,* sagte Herrera, das ist für sie da sein. Sie ist Tag und Nacht für sie da. Deshalb nimmt sie nicht an den Stundengebeten teil, sagte ich, deshalb läutet die Glocke nicht. Herrera schloss die

Augen. Es gibt also in diesem Kloster, sagte ich, nur noch eine einzige Klosterfrau und einen Koch. Herrera füllte sein Glas nach. Warum fragst du mich nicht, sagte er, ob ich es bei deiner Ankunft schon wusste? Gute Frage, sagte ich, und? Nein, sagte er. Und seit wann weißt du es?, fragte ich. Er blickte auf die Uhr, ich sagte, hast du es eilig? Was denkst du denn, sagte er, meine Frau fragt sich, wo ich bin. Und wo bin ich? Ich sitze hier mit dir herum, weil mich die Umstände dazu zwingen. Die Umstände, dachte ich, das ist die Ordensleitung in Madrid, darum geht es, um die Ordensleitung. Was für eine Geschichte!, dachte ich, mir lief es heiß über den Rücken: Ein Mann kommt in ein abgelegenes Kloster. Er denkt, dass eine der Schwestern Lena Seidel ist, eine Textildesignerin, die sich vor der libanesischen Mafia versteckt. Doch am Schluss findet er heraus, dass der Koch und die Nonne am selben Strick ziehen, weil sie beide durch die Demenz der anderen Nonnen in ihrer beruflichen Existenz bedroht sind, letztlich ist das Dasein als Trappistin für Schwester Ana María ja ein Beruf wie jeder andere, das Kloster ist ihr Arbeitgeber, versorgt sie mit Kost und Logis, eventuell darüber hinaus mit einem Taschengeld, von dem sie einen Teil ihrem Bruder schicken kann, der, wer weiß, ein brotloser Künstler ist, sie schickt es ihm, damit der Bruder seinem Sohn, ihrem Neffen, neue Kleider kaufen kann, nun gut, das schien mir weit hergeholt, daran musste man noch feilen.

Aber gut, du willst wissen, sagte Herrera, seit wann ich es weiß, die Antwort lautet, seit der Sache mit der Frau. Seit der Vergiftung, sagte ich. Nenn es, wie du willst, sagte Herrera, außerdem stimmt es nicht. Genau genommen begann es da nur, aber erfahren habe ich es erst vor Kurzem. Bitte der Reihe nach, sagte ich, was begann wann? Herrera kippte das Glas in sich rein, füllte sich nach, mir nicht. Ich wollte einfach, dass sie es weiß, sagte Herrera, damit sie sich nicht mehr fürchtet. Falls es so war, wie du behauptet hast. Es hätte ja sein können, ich war überzeugt davon. Herrera, sagte ich, ich verstehe deine Sätze nicht. Ich steckte einen Zettel zwischen die Teller mit dem Gemüsemus, sagte Herrera, es gab für die Schwestern Gemüsemus mit Zitronenschaum und geröstetem Dill. Auf den Zettel schrieb ich: *Für Schwester Ana María, persönlich, es gibt Neuigkeiten von Ihrer Familie, die nur Sie lesen sollten.*

Wieso von ihrer Familie?, sagte ich. Weil ich nicht wusste, sagte Herrera, wer auf der anderen Seite der Durchreiche den Zettel findet, es war ein Blindflug. Es hätte ja auch eine der anderen Schwestern den Zettel finden können, also dachte ich, schreib was von Familie, Familienangelegenheiten respektieren sie, einen Zettel mit *Familie* drauf geben sie Schwester Ana María weiter, und sie schreibt dann zurück, und so war es ja auch. Nach dem Essen schickte sie das Tablett mit den leeren Tellern durch die Durchreiche zurück, auf einem sauberen Teller lag ein Zettel, Schwester Ana María hatte den Teller extra abgewaschen, damit der Zettel nicht schmutzig wurde. Auf dem Zettel stand: *Vielen Dank! Bitte schreiben Sie die Nachricht unten hin, wenn möglich, bitte noch heute, da ich mir Sorgen mache. SR. Ana María.* Das war ein besonderer Moment für mich, sagte Herrera, diese Zeilen, sie hatte sie eigenhändig geschrieben. Sie war für mich eine Stumme gewesen, die ganze Zeit, und nun standen plötzlich diese Sätze da, normale spanische Sätze, das war irgendwie, ich weiß nicht, ich kann es nicht richtig erklären, ist ja auch egal. Ich dachte, Moment mal, ist er etwa verliebt in sie, wenn es so ist, werde ich es im Roman nicht verwenden, der Koch und die hübsche Nonne, damit kommt man bei den Rezensentinnen nicht durch, sie werden schreiben, *der Koch verliebt sich in die natürlich hübsche, natürlich blonde Nonne, wo sind wir hier, in einem ernst zu nehmenden Roman oder in einem Altherren-Thriller?* Und dann?, sagte ich.

Dann habe ich ihr geantwortet, sagte Herrera, ich hab's unten auf ihren Zettel geschrieben, wie sie es wollte. Ich schrieb, dass sie sich keine Sorgen mehr machen muss, dass sie in Sicherheit ist, dass die Gefahr vorbei ist, dass ich für sie die Gefahr aus dem Weg geräumt habe. Schau mich nicht so an! Vor ein paar Tagen war das noch der Stand der Dinge, da dachten wir beide, dass wir es mit einer Killerin zu tun haben, aber was heißt, wir beide, du! Ich schrieb: *Ich habe die Gefahr für Sie aus dem Weg geräumt,* weil ich dachte, sie weiß schon, was ich meine. Aber sie wusste es nicht, sagte ich. Doch, sagte Herrera, sie wusste es schon, sie meinte nur nicht dasselbe wie ich. Sie schickte mir den Zettel zurück, auf der Rückseite stand: *Ich bitte Sie, wer immer Sie sind, hören Sie mich an! Und dann erst urteilen Sie bitte! Informieren Sie nicht die Ordensleitung in Madrid! Darum bitte ich Sie flehentlich!*

Flehentlich, sagte ich, das hat sie geschrieben? Dem

Sinn nach, sagte Herrera, ich erinnere mich nicht mehr an jedes Wort, die Zettel habe ich später sicherheitshalber verbrannt. Verstehe, sagte ich, *burn after reading*. Jedenfalls schrieb ich auf einen neuen Zettel, sagte Herrera, weil auf dem alten kein Platz mehr war: *Verzeihen Sie meine Unhöflichkeit, ich habe vergessen, mich vorzustellen*. Ich schrieb ihr, dass ich der Koch bin und sie selbstverständlich *anhören* werde, *die Ordensleitung werde ich selbstverständlich nicht informieren!* Hast du dich denn nicht gefragt, sagte ich, warum sie solche Angst vor der Ordensleitung hatte? Na, warum wohl, sagte Herrera, weil sie sich im Kloster vor der Mafia versteckte, warum sonst? Die Ordensleitung durfte das nicht erfahren, glaubst du, die hätten zugelassen, dass die Polizei ein Kloster der Trappistinnen mit Zeuginnen vollstopft, die womöglich nicht mal getauft sind? Das musste geheim bleiben, und mir war das ganz recht, ich hatte ja auch kein Interesse, dass die in Madrid von der Sache mit deiner Killerin erfahren. Meine, sagte ich, das war deine. Du bist ein schlechter Freund, sagte Herrera, er zog mein Glas zu sich und trank meinen letzten Schluck.

Auf dem nächsten Zettel, sagte Herrera, schrieb sie dann in winziger Schrift, weil es so viel war, wie wohl sie sich im Kloster fühle, es sei ihre Heimat, hier wolle sie alt werden. Nun hatten die Umstände sich aber verschlechtert. Als Schwester Ana María ins Kloster eintrat, konnte Schwester María Frederica noch Kreuzworträtsel lösen, sagte Herrera, aber ein halbes Jahr später fiel ihr nicht mal mehr die Antwort auf die Frage *Bezeichnung für die eigene Person* mit drei Buchstaben ein, von denen der erste ein I und der dritte ein H war. Das hat dir Schwester Ana María alles auf einem Zettel geschrieben?, fragte ich. Nein, sagte Herrera, sie schrieb nur von der Vergesslichkeit der drei Schwestern, man kann sich ja vorstellen, wie sich das im Detail abspielte. Natürlich, sagte ich, meine Vorstellungen sind berufshalber stets detailliert. Na, dann weißt du ja, sagte Herrera, dass schließlich nur noch die Äbtissin Pilar zu den Stundengebeten in der Kapelle erschien, aber sie erinnerte sich nicht mehr an den Ablauf einer Hore, sie schlug einfach die Bibel auf irgendeiner Seite auf und begann vorzulesen, manchmal las sie auch die erste Seite der Bibel mit den Druckangaben: *Dies ist die Heilige Schrift in der Übersetzung von Francisco de Enzinas und Juan Pérez de Pineda, gedruckt in Sevilla.* Währenddessen musste Schwester Ana María verhindern, dass Schwester María Gabriela in den Klostergarten gelangte. Sie versuchte nämlich dauernd, vom Garten aus über die Klostermauer zu steigen, um ihre Mutter in Guadalajara zu besuchen, die bereits seit dreißig Jahren tot war. Schwester María Frederica wiederum, sagte Herrera, hat sich geistig in ihre Kindheit zurückgezogen, die sie auf einem Gehöft in Galizien verbracht hat, sie musste dort als Kind die Ziegen hüten. Jeden Morgen wacht sie im Kloster auf, und die Ziegen sind weg! Nirgends auch nur eine einzige Ziege! Jeden Tag geht ihre Suche nach den Ziegen aufs Neue los, *las cabras, las cabras, wo sind die vermaledeiten Biester!*

Herrera brachte mit einem Fingerschnippen sein Glas zum Klingen. Und seit wann geht das schon so?, fragte ich. Ich schätze, seit einem Jahr, sagte er. Und dir ist in der ganzen Zeit nie etwas aufgefallen?, fragte ich. Die Durchreiche hat immer funktioniert, sagte Herrera, ich schob das Essen rein, die leeren Teller kamen zurück, was hätte mir da auffallen sollen? Aber die Eucharistiefeier, sagte ich, am Sonntag, die Messe muss von einem Priester gelesen werden. Von Padre Pedro, sagte Herrera, er kommt jeden Sonntag mit seinem weißen Renault, er fährt noch selbst, obwohl er schon über achtzig ist. Die Leute im Dorf lassen am Sonntag ihre Kinder erst wieder ins Freie, wenn Padre Pedro durchgefahren ist. Schön und gut, sagte ich, aber wenn er noch Auto fahren kann, fällt ihm doch bestimmt auf, dass die Kapelle am Sonntag leer ist, obwohl hier vier Schwestern leben. Sie ist nicht leer, sagte Herrera, dein Glas ist leer, meins auch.

Er holte aus dem Schrank eine weitere Flasche Wein. Komm schon, sagte er, als ich die Hand über mein Glas hielt, mach dich mal ein bisschen locker, sie hat alles im Griff. Am Sonntag lockt sie die anderen Schwestern in die Kapelle, mit Schokolade – ich glaube, sie bestellt sie mit der Post. Ich hole die Post für die Schwestern ab, ich lege sie in die Durchreiche, wie das Essen, *Jesús!* Er hob sein Glas, wir stießen an, ich hatte mich nämlich locker gemacht und meine Hand weggezogen. Jedenfalls lieben sie Schokolade, sagte Herrera, und sie wissen, sie kriegen welche in der Kapelle, und deswegen sitzen sie am Sonntag, wenn Padre Pedro die Messe liest, auf ihren Bänken und knabbern die Schokolade. Du musst wissen, sagte Herrera, Padre Pedro stammt aus einer Zeit, in der man sich als Priester die Menschen nicht so genau angeschaut hat. Ihm reicht es, wenn er bei der Messe vier Nonnen sieht, und wenn sie sich ein bisschen merkwürdig benehmen, denkt er, *was soll's, in Amerika tanzen während der Messe die Neger vor dem Altar.* Er zieht die Messe durch, sagte Herrera, und danach fährt er zurück zu seiner mexikanischen Haushälterin, die ihm die geschwollenen Füße massiert.

44

Wenn man das Weinglas vor die Kerze hielt, konnte man die Fingerabdrücke sehen, jedes Mal, wenn man einen Schluck trank, hinterließ das einen Fingerabdruck. Mein Glas war inzwischen übersät davon. Die dritte Flasche stand erwartungsvoll auf dem Tisch. Wenn mir etwas klar war, dann Herreras Absicht, mich abzufüllen, um leichtes Spiel mit mir zu haben, wenn es um die Frage der Bewahrung des Geheimnisses ging. Über das Geheimnis selbst sprach Herrera nicht, es war offensichtlich: Schwester Ana María hielt seit schätzungsweise einem Jahr das Trappistinnenkloster Santa María de Bonval aus eigener Kraft in Gang. Sie wusch und fütterte die anderen Schwestern, lockte sie am Sonntag mit Schokolade in die Messe, damit der einzige Mensch, der hinter die Mauern des Frauenklosters vordringen durfte, Padre Pedro, die in den Büchern des Ordens verzeichneten vier Schwestern zu sehen bekam. Die nichts ahnende Ordensleitung in Madrid beließ alles beim Alten, solange in Santa María de Bonval vier Schwestern lebten.

Hätte man aber in Madrid erfahren, dass von diesen vier Schwestern drei dringend pflegebedürftig und, spirituell gesehen, auf das Niveau von Heiden gesunken waren, die den Verzehr von Schokolade für den einzigen Zweck einer Eucharistiefeier hielten, so hätte man einschreiten müssen. Ein Kloster, in dem nur eine einzige Nonne lebte, verletzte den Grundsatz der gemeinschaftlich gelebten Spiritualität, die Ordensregeln konnten nur in der Gemeinschaft befolgt werden. Wie vielen Klöstern waren in den letzten Jahren nicht die Bewohner weggestorben, für die Ordensleitung in Madrid wäre die Schließung von Santa María de Bonval eine traurige Routine gewesen. Eine Ambulanz hätte die Äbtissin Pilar, die Schwestern María Frederica und María Gabriela abgeholt, Schwester Ana María hätte die drei ein letztes Mal umarmt und ihnen ein Stück Schokolade auf die Zungen gelegt, und danach hätte die Ambulanz eine träge Staubwolke in den andalusischen Nachmittag getrieben. Schwester Ana María hätte sich eine neue Heimat suchen müssen.

Aber sie möchte hierbleiben, sagte Herrera, sie will nicht weg, verstehst du das? Ich verstehe es, sagte ich, aber ich befürchte, man kann es nicht verhindern. Und wenn du vielleicht mal an mich denkst, sagte er, es ist schwierig, in der Gegend Arbeit zu finden, ich müsste nach Córdoba oder Sevilla, jeden Tag die lange Fahrt, ich würde meine Familie kaum noch sehen, und wozu das alles? Um in irgendeiner Hotelküche Kartoffeln zu schälen, denn glaubst du, die stellen mich als Chefkoch an, dazu bin ich zu alt. Ich verstehe auch deine Lage, sagte ich, hier im Kloster bist du der Küchenchef, dein eigener Herr, wenn das Kloster geschlossen wird, musst du dich unterordnen, darin könnte aber auch eine Chance liegen. Was denn für eine Chance?, sagte Herrera. Nun ja, sagte ich, mit anderen Köchen zu kochen, würde vielleicht deinen kulinarischen Horizont erweitern, das ist keine Kritik, du hast bereits einen sehr erweiterten Horizont, aber man kann an jedem Punkt seines Lebens noch dazulernen. Hast du nicht zugehört, sagte Herrera, falls mich überhaupt ein Restaurant anstellt, drücken die mir Stahlwolle zum Auskratzen der Töpfe in die Hand. Ich dachte, du schälst Kartoffeln?, sagte ich. Ja, nach dem Auskratzen, sagte er, daran habe ich nicht das geringste Interesse. Diese Küche da drüben – Herrera zeigte auf die Durchreiche des Refektoriums, hinter der sich das befand, was er gleich als sein *Königreich des Glücks* bezeichnen wird – ist mein Königreich des Glücks, und so geht es auch Schwester Ana María. Auch für sie, wenngleich aus anderen Gründen, ist dieses Kloster das Königreich des Glücks. Und jetzt möchte ich dich etwas fragen: Wieso sollten zwei Menschen, die es lieben, hier zu leben und zu arbeiten, ihr Königreich des Glücks aufgeben, nur weil du hier eingedrungen bist, mitten in der Nacht, wie ein Dieb, kannst du mir das sagen?

Schieb es jetzt bitte nicht auf mich, sagte ich, nicht ich bin das Problem, das hohe Alter der Schwestern geht nicht auf mein Konto. Nein, sagte Herrera, aber auf dein Konto geht, dass du es weißt. Vorher wusstest du es nicht. Und als du es noch nicht wusstest, lief für Schwester Ana María und mich alles gut. Es hätte alles so bleiben können, wie es war, wenn du nicht deine Nase hier reingesteckt hättest! Das ist kein Vorwurf, es hört sich für dich vielleicht so an, aber ich bin es, dem ich Vorwürfe mache. Denn wenn ich deinen scheiß Rroman, Verzeihung, dein scheiß Romankonzept nicht ernst genommen hätte, wärst du gar nicht in den Klostertrakt eingebrochen, und das Wort *Einbruch* sollten wir von nun an dafür benutzen. Du bist eingebrochen, aber die Schuld liegt bei mir, ich hätte dir deine fixe Idee von der Nonne, die sich vor der Mafia versteckt, ausreden müssen – stattdessen habe ich dich noch ermutigt, diesen Unsinn zu glauben. Dein Konzept hat mich in einen Wahnzustand versetzt, sagte Herrera, ich sagte, jetzt reicht's aber, in diesem Zustand hast du dich schon befunden, als ich hier ankam. Erst als Schwester Ana María, sagte Herrera, mir auf ihren Zetteln ihre Lage schilderte, kam ich wieder zu mir, wie ein Betrunkener, der am nächsten Morgen im Bett einer fremden Frau erwacht. Heißt das, ihr schlaft miteinander?, fragte ich.

Herrera schlug mit der Faust auf den Tisch. Er stand auf, wollte mich am Kragen packen, aber ich trug ein T-Shirt, da war kein Kragen, und ich trage meine T-Shirts eng, es war also schwierig für ihn, den Stoff in den Griff zu bekommen und daran zu ziehen. Schließlich legte er mir die Hand um den Hals, um mir zu zeigen, dass er dazu fähig war. Sag das nie wieder, sagte er, du beleidigst damit sie, und du beleidigst mich, ich bin verheiratet, ich liebe meine Frau. Also, sagte Herrera, er setzte sich wieder auf seinen Stuhl, trank sein Glas leer, was wirst du tun?

45

Ich schob in meinem Zimmer den kleinen Tisch vor die Tür, doch das bisschen Fichtenholz verschaffte mir kein Gefühl der Sicherheit. Ich zwängte mich zwischen das Kopfende meines Bettes und die Wand, stützte mich mit dem Rücken dagegen und drückte das Bett mit den Beinen ein Stück Richtung Tür. Auf Herreras Frage, was ich tun werde, hatte ich geantwortet: Nichts. Ich sagte, ich werde jetzt schlafen gehen, und morgen früh übe ich *die halbe Heuschrecke.* Er fragte mich, ob das eine Yogaübung sei, ich sagte, ja, und gibt es auch *die ganze Heuschrecke?,* fragte er. Ich sagte, im Yoga bedeute *halb* nicht die Hälfte eines Ganzen. Er sagte, beim Lügen aber schon, die Hälfte der Wahrheit sei nicht die ganze, schlafen gehen, morgen früh Yoga machen, und was ist die andere Hälfte, fragte er. Ich fragte ihn, worauf er hinauswolle, seine Antwort war erneut: Was wirst du tun? Ich fragte ihn, was ich seiner Meinung nach nicht tun sollte? Jemandem vom Tod dieses Klosters erzählen? Und so kann man es ja nennen, sagte ich, dieses Kloster stirbt, jedenfalls hat es keine Zukunft, und meine Antwort lautet: Nein. Ich werde es niemandem erzählen, warum auch, was hätte ich davon?

Ich setzte mein ganzes Gewicht ein, um das Bett den

letzten Meter bis vor die Tür zu schieben. Ich fühlte mich einfach sicherer so, egal, ob die Maßnahme angemessen war, mit hoher Wahrscheinlichkeit war sie es nicht, obwohl Herrera antwortete, die Frage sei nur, wen ich mit *niemand* meine. Wenn du mit *niemand* die Ordensleitung in Madrid meinst, sagte er, das glaube ich dir, davon hättest du wirklich nichts. Aber du schreibst Bücher, du lebst vom Erzählen, verzeih mir, wenn ich misstrauisch werde, wenn mir einer, der vom Erzählen lebt, verspricht, er werde es niemandem erzählen. Und jetzt werde ich dir die ganze Heuschrecke sagen, mein Freund, die ganze Wahrheit: Ich bin sicher, du wirst es *allen* erzählen, so vielen Leuten wie möglich, allen, denen du deinen neuen Roman andrehen kannst. Andrehen, sagte ich, ist das falsche Wort, ich bin nicht in der Immobilienbranche. Die Leute in der Immobilienbranche, sagte Herrera, würden es auch nicht für das richtige Wort halten, so wie die Krähe es nicht gern hört, wenn man ihren Gesang *Krächzen* nennt. Vertrau mir, sagte ich. Ich sagte, *vertrau mir,* weil Herreras Blick in mir einen Fluchtinstinkt weckte, ich dachte, ich muss hier weg, gleich morgen, ich haue ab. Vertrau mir, sagte ich, ich werde nicht darüber schreiben, soll ich mal ganz ehrlich sein? Ich glaube, du überschätzt das, was hier geschieht. Es mag für dich und für Schwester Ana María von Bedeutung sein, aber ich wüsste nicht, was die Leser damit anfangen sollten. Eine Textildesignerin aus Berlin, die sich vor der libanesischen Mafia in einem andalusischen Kloster versteckt, *das* wäre ein Stoff, aber eine spanische Nonne, die die volle Härte der Überalterung des Zisterzienserordens zu spüren bekommt, tut mir leid, Herrera, die Seiten zwischen zwei Buchdeckeln, das ist nicht einfach Papier, das ist die Entsprechung zu einem gesellschaftspolitischen Gewicht, oder die Entsprechung zu einem menschlichen Drama. Aber das hier ist höchstens das Drama des Verschwindens klassischer Religiosität und des Siegeszugs des Yogas im Nachhall der französischen Revolution.

Herrera hatte sich zu mir gebeugt, hatte mir seine Hand auf die Schulter gelegt, er sagte, dann kann ich mich also auf dich verlassen. Ich antwortete nicht, denn es war keine Frage gewesen. Versprich es mir in die Hand, sagte er. Ich drückte seine Hand. Als mein Vater mich auf seinem Sterbebett bat, sein Fotogeschäft weiterzuführen, versprach ich es ihm in die Hand, die er mir mit allen Schläuchen, die daran hingen, hinstreckte. Einen Monat nach seinem Tod verkaufte ich das Geschäft. Ich war also, was das Brechen von Versprechungen betraf, abgehärtet.

So war das gewesen. Und jetzt war es halb drei Uhr, Eulenzeit, ich hörte den Flötenruf eines Käuzchens, und ich packte meinen Koffer.

46

Eine Stunde später, begleitet von den letzten Sternen dieser Nacht, verließ ich mein Zimmer. Ich warf einen Abschiedsblick in den dunklen Zitronengarten, in dem ich so oft gesessen und nichts Schmackhaftes zu essen bekommen hatte. Den Koffer trug ich, die Rollen hätten zu viel Lärm gemacht. Meine Vorsicht war möglicherweise nutzlos: Warum hätte Herrera nach unserem Gespräch für zwei kurze Stunden Schlaf ins Dorf zurückfahren sollen zu seiner Frau, wenn er doch bestimmt um sechs Uhr bereits wieder in der Küche stehen musste, um das Frühstück zuzubereiten? Ich war fast sicher, den Rest dieser Nacht verbrachte er im Kloster, bestenfalls in seinem kleinen Büro, von dem er mir einmal erzählt hatte – an die andere Möglichkeit wollte ich gar nicht denken, aber ausschließen konnte man es nicht. Wer weiß, wie weit Schwester Ana María es mit der lockeren Befolgung der Ordensregeln trieb, jetzt, da sie die Hausherrin war. Einer Klosterfrau, die sich mitten in der Nacht *Fernando* anhörte, war meiner Meinung nach alles zuzutrauen, hier machte sich nun doch meine katholische Erziehung bemerkbar. Als Katholik muss man nicht gläubig sein, um wie ein Gläubiger zu empfinden. Während einer Israelreise besichtigte ich einmal die Geburtskirche in Bethlehem, und als sich eine junge japanische Touristin für ein Foto in die Geburtsgrotte setzte, mit ihrem Arsch mitten auf die durch einen silbernen Bodenstern gekennzeichnete Stelle der Jesus-Geburt, war ich es, der sie dort rausholte mit den Worten *Sorry, but this is a holy place, it gives me headache, when somebody sits here.* Eine Nonne, die die Nacht womöglich mit einem ehemaligen Stierkämpfer verbrachte, bereitete mir gleichermaßen die Kopfschmerzen eines Kulturkatholiken, dem gewisse Verstöße instinktiv Unbehagen verursachen, obwohl er an das, wogegen verstoßen wird, gar nicht glaubt.

Nun gut. Wenn Herrera mich erwischte, dann war es eben so, wie hätte ich es verhindern sollen? Ich querte mit meinem Koffer den Vorplatz des Klosters, erwartete, aus der Dunkelheit sein *Señor Renz, wo willst du hin, ich dachte, ich kann dir vertrauen?* zu hören. Aber es war nur das Knirschen meiner eigenen Schritte zu hören. Ich stand also kurz vor dem Gelingen meines Plans. Der Plan war: zu Fuß ins Dorf, jetzt gleich, noch bei Dunkelheit, damit ich schon von Weitem die Lichter von Herreras Pick-up sah, falls er doch bei seiner Frau übernachtet haben sollte. In diesem Fall konnte ich ihm leicht ausweichen, indem ich mich in einem der reichlich vorhandenen Steineichenplantagen verbarg, bis er an mir vorbei war. Danach im Dorf bei Señor Alfonso Nahrung kaufen, Chips, Erdnüsse, und dann mit dem Neun-Uhr-Bus nach Sevilla fahren, von dort mit einem anderen Bus nach Málaga, auf dem Flughafen den nächsten Flug nach Berlin buchen, falls ausgebucht, behaupten, meine Mutter liege im

Sterben – *jeder* Spanier knickte ein, wenn es um eine sterbende Mutter ging, *kein* Spanier schlug einem Kunden einen Wunsch ab, wenn dieser mit gequältem Blick sagte, *mi madre … mi amada madre … se está muriendo!* Falls am Schalter der Fluggesellschaft eine Immigrantin aus Ecuador oder Mexiko arbeitete, war die Wirkung sogar noch stärker und man saß garantiert zehn Minuten später auf dem Behindertensitz im ausgebuchten Flugzeug. Meine Planungsgedanken waren also bis ins Detail verästelt, ich sah mich auf einem sicheren Weg.

Außer Hörweite des Klosters stellte ich den Koffer ab, ich zog den Teleskopgriff aus dem Schaft und blickte mich noch einmal nach Santa María de Bonval um. Das Kloster war dunkler als der Nachthimmel dahinter, die Sterne umfunkelten es, aber war das ein Stern, dort, neben der Silhouette der Turmruine, oder nicht vielmehr ein Lichtlein wie von einer Kerze hinter einem Fenster? Und wenn schon, es tangierte mich nicht mehr, adios, murmelte ich und zog meinen Koffer den Weg hinunter, von *Rollen* konnte keine Rede sein. Diese winzigen Kofferrollen fanden auf dem unebenen Feldpfad keinen Grip, die Steine waren größer als die Rollen, wie einen Esel, der sich mit allen vier Beinen dagegenstemmt, schleifte ich den Koffer über die vielen Hindernisse. Immerhin ging es abwärts, aber andererseits wusste ich, es würde sehr lange abwärtsgehen, nach zwanzig Minuten kriegte ich einen Krampf im Zugarm, denn der Koffer ließ seine ganze Vorstellungskraft spielen, wenn es darum ging, es mir schwer zu machen. Das war Unsinn, so kam ich nie ins Dorf.

Ich änderte den Plan und rief die Taxifirma in Hornachuelos an. Es ging niemand ran, die schliefen alle noch, was, wenn einer Schwangeren die Fruchtblase platzte, bevor in der Taxifirma der Wecker klingelte? Das schien die Typen nicht zu kümmern. Ich zerrte den Koffer über den Erdwall einer Steineichenplantage und setzte mich, den Rücken an eine Eiche gelehnt. Hier wartete ich auf das Erwachen der Taxifirma. Ich beobachtete das Auftauchen der Eichen aus der Nacht, sie nahmen die Helligkeit des neuen Tages schon an, lange bevor der Horizont es tat, ihre Äste erwachten, um ein fantasievolles Spiel aufzuführen, selbst die dünnsten Ästchen schöpften alle Möglichkeiten des Wuchses aus, es waren im Grunde Bewegungen, komplizierte, schöne Bewegungen, diese Bäume machten – Yoga! Ich dachte, so kitschig das klingt, aber sie verwirklichen die Bewegungen, zu denen sie fähig sind, nichts anderes tut man beim Yoga, wenn man es kann. Ich konnte es bekanntlich schlecht, aber ich konnte den Eichen dabei zusehen, wie sie es besser machten.

47

Jede halbe Stunde rief ich in Hornachuelos an, um halb sieben gingen sie endlich ran. Wie schön, dass Sie endlich wach sind, sagte ich zu der Frau von der Taxifirma, ich muss zum Flughafen nach Málaga. Sind Sie aus dem Kloster, fragte die Frau, ich glaube, ich kenne Ihre Stimme, der Mann, der vor ein paar Tagen ein Taxi bestellt hat? Sie spielte bestimmt auf Rodrigo an, der mich letztes Mal mitten in der Fahrt auf einem Feldweg ausgesetzt hatte, eine vergleichsweise harmlose Maßnahme, denn bei der ersten Fahrt hatte er mit seinem Revolver auf meinen Kopf gezielt. Rodrigos Interesse, mich ein drittes Mal zu fahren, war bestimmt gering, und da er der einzige Fahrer war, sagte ich, nein, der Klostergast, von dem Sie sprechen, ist abgereist, er hat mir aber Ihre Nummer gegeben, falls ich mal ein Taxi brauche, er hat mir Ihre Firma sehr empfohlen, deshalb werde ich sehr gern in den Wagen einsteigen, den Sie mir bitte so schnell wie möglich schicken, ich darf meinen Flug nicht verpassen. Für mich hören Sie sich aber genau so an wie der andere, sagte die Frau. Ich sagte, weil wir beide Ausländer sind, er und ich, er ist Deutscher, ich bin Deutscher, meine Mutter ist allerdings Chilenin, Sie hören es vielleicht an meinem Akzent. Es tut mir leid, sagte die Frau, aber wenn Sie es sind, wird Rodrigo nicht kommen, da kann ich nichts machen. Was heißt das, Sie können nichts machen, sagte ich, ich muss diesen Flug kriegen, meine Mutter, meine geliebte Mutter … sie liegt im Sterben. *Mi madre … mi amada madre … se está muriendo!* Das tut mir sehr leid, sagte die Frau, aber da ist nichts zu machen, keine Chance, ich wünsche Ihnen einen schönen Tag. Sie legte auf.

In einem Anfall von Selbstmitleid versetzte ich meinem Koffer einen Tritt. Danach fühlte er sich leichter an, er ließ sich widerstandslos über die Böschung auf den Feldweg ziehen, wo er sich dann aber gleich wieder in den Steinspitzen verhakte. In einer Kurve hatte ich einen weiten Blick ins Tal hinunter, aber vom Dorf war noch nichts zu sehen, ich war erst bei dem umgestürzten Straßenschild, das mir während meiner ersten Wanderung ins Dorf aufgefallen war, ab hier hatte der Weg damals, ohne bockigen Koffer, noch gute anderthalb Stunden gedauert. Mein Handy klingelte, welche Überraschung: Es war Rodrigo!

Ist das wahr, fragte er, Ihre Mutter ist gestorben? Nein, sagte ich, sie ist nicht gestorben, aber sie liegt im Sterben. Sie liegt im Sterben, wiederholte er, er schien mit sich zu ringen. Na gut, sagte er, wo sind Sie? Ich nannte ihm die Stelle. Na gut, sagte er wieder, ich hole Sie ab, Ihrer Mutter zuliebe, aber nur unter einer Bedingung: keine Verfolgungsjagden! Und keine dummen Fragen diesmal! Ich versprach es ihm. Schon eine halbe Stunde später hielt er neben mir an. Das ging schnell, sagte ich. Ich will nicht schuld sein, sagte Rodrigo, wenn Sie Ihren Flug verpassen, Sie müssen

Ihrer Mutter jetzt beistehen. Das werde ich, sagte ich, das werde ich.

Rodrigo fuhr in einem Tempo auf der kurvigen Feldstraße, als liege meine Mutter mit einer Schusswunde auf dem Rücksitz, ich sagte, wir haben noch Zeit, der Flug geht erst um zwei. Ich weiß, was ich tue, sagte er, auf der A-45 bauen sie wie die Idioten, eine Baustelle nach der anderen, das kann dauern. Übrigens danke, dass Sie trotz der schlechten Erfahrungen mit mir gekommen sind, sagte ich. Danken Sie Ihrer Mutter, knurrte er, ich tue es nur für sie.

In diesem Moment sah ich Herreras weißen Pick-up uns von unten entgegenkommen. Er hatte also nicht bei Schwester Ana María übernachtet, Gott sei Dank, es hätte mich wirklich verstört. Ist das nicht Ihr Freund, sagte Rodrigo, ich sagte, nein, fahren Sie einfach weiter. Wie denn, sagte Rodrigo, Sie sehen doch, wir können hier nicht kreuzen, er muss zurückfahren, er kommt von unten. Herrera fuhr aber nicht zurück, sondern stur auf uns zu. Was macht der Verrückte denn, sagte Rodrigo und hupte, er ließ das Fenster runter und bedeutete Herrera durch Handbewegungen, er solle gefälligst weichen. Ich überlegte, ob ich mich hinter das Handschuhfach ducken sollte, aber Herrera hatte mich bestimmt schon gesehen. Er fuhr langsam, aber unbeirrt auf uns zu, Rodrigos Hupen und seine Rufe *Du Hornochse! Ich habe Vortritt! Wo zum Teufel bist du geboren?* hielten ihn nicht auf.

Andererseits, was hatte ich zu befürchten? In Rodrigos Anwesenheit doch wohl nichts, tun Sie mir einen Gefallen, sagte ich zu ihm, egal was geschieht, bleiben Sie in meiner Nähe. Was, rief Rodrigo, was heißt das, fängt das jetzt wieder an, was zum Teufel macht der da! Herrera war ausgestiegen. Er streckte sich zur Ladefläche, holte etwas runter. Sein Gewehr. Er trug es lässig in der Ellbeuge, eigentlich wie man ein Baby trägt, ein längliches, schmales Baby mit einer Mündung. Er kam auf uns zu. *Maldita Santa madre de Dios!*, sagte Rodrigo. Keine Sorge, sagte ich, es ist nur ein Betäubungsgewehr, er benutzt es für die Stiere. Rodrigo starrte mich an. Herrera bückte sich zum Fahrerfenster herunter, er hat nicht bezahlt, sagte er zu Rodrigo und nickte in meine Richtung. Das kann ich nicht durchgehen lassen, das verstehst du bestimmt, sagte Herrera, was machst du, wenn ein Fahrgast nicht bezahlt, du küsst ihm sicher nicht die Füße. Hören Sie nicht auf ihn, sagte ich zu Rodrigo, ich habe im Internet gebucht und im Voraus bezahlt, ich kann abreisen, wann immer ich will. Er hat für drei Wochen gebucht, sagte Herrera, heute ist der zwölfte Tag, wenn er will, kann er gehen, aber erst wenn er die zwölf Nächte bezahlt hat. Das geht mich nichts an, sagte Rodrigo, das verstehst du sicher auch, und jetzt mach den Weg frei, er hat eine Fahrt nach Málaga bestellt, weil seine Mutter im Sterben liegt, und ich schwöre, ich werde ihn nach Málaga bringen, und wenn ich deine Karre von der Straße schieben muss. Seine Mutter, sagte Herrera, ist schon vor Jahren gestorben. Ich konnte mich nicht erinnern, ihm das erzählt zu haben, aber leider stimmte es.

Ist das wahr?, fragte Rodrigo. Es ist eine Sache, im Gespräch mit der Leiterin einer Taxizentrale die eigene

Mutter ganz kurz für eine Notlüge zu benutzen und eine andere, sie zum Fundament eines immer höher werdenden Lügengebäudes zu machen. Ich brachte es nicht übers Herz, Mamas Totenruhe noch einmal zu stören, nur um mich aus einer verzwickten Lage herauszulügen, außerdem, was hätte es gebracht? Wenn man Rodrigo und Herrera nebeneinander sah, wusste man, wer sich hier durchsetzen würde. Wisst ihr was, sagte ich sowohl zu Rodrigo wie zu Herrera, diese Farce ist unter meiner Würde, ich werde jetzt aussteigen, was bin ich dir schuldig? Es ist also wahr, sagte Rodrigo, plötzlich ging mir der spanische Mutterkult auf die Nerven, Mütter waren letzten Endes auch nur Frauen, Kinder zu gebären machte aus ihnen keine besseren Menschen, der Gebärsaal war keine Besserungsanstalt. War man ein selbstsüchtiger, liebloser Mensch, so ging man selbstsüchtig und lieblos in den Gebärsaal und kam selbstsüchtig und lieblos wieder heraus, nur jetzt mit einem Kind in den Armen. Wie viel bin ich dir schuldig, sagte ich zu Rodrigo, hundert Euro, sagte Rodrigo, gib mir hundert Euro, oder ich schwöre, ich werde dir … Er hielt mir die Faust vors Gesicht. Nein, behalt dein Geld, ich will keinen Cent von dir, sagte er, dein Geld würde in meiner Tasche stinken, jemand, der mit dem Tod seiner Mutter Späße macht, was habt ihr da oben nur für Gäste, sagte er zu Herrera, der resigniert die Achseln zuckte. Man kann sie sich nicht aussuchen, sagte er.

48

Herrera fuhr rückwärts zur nächsten Ausweichstelle, das Gewehr hatte er zwischen Tür und Sitz geklemmt. Rodrigo fuhr an uns vorbei, das Letzte, das ich von ihm sah, war der strafende Blick, den er mir zuwarf. Und jetzt, fragte ich, was kommt auf mich zu? Herrera fuhr aufwärts weiter, doch nach kurzer Strecke, während der er kein Wort sprach, bog er auf einen Bauernpfad ab, der zur Bewirtschaftung der Steineichenplantagen angelegt worden war. Wir fahren nicht ins Kloster?, sagte ich. Warum sollten wir, sagte Herrera, du wolltest abreisen. Also reist du ab, du bist der Gast. *El cliente es el rey.* Hotelleriekurs Córdoba, sagte ich, um an alte Zeiten anzuknüpfen. Du reist ab, sagte er, weil du zu Hause deinen Roman schreiben willst. Aber dieser Roman, welchen Schluss kann er haben, gibt es da nicht eigentlich nur eine Möglichkeit, ich meine, wenn du ihn schreibst? Ich glaube, wir sind uns einig, du bist nicht Fernando Pessoa, deine Bücher sind nicht ins Spanische übersetzt, seine hingegen ins Deutsche. Wenn ich es mit Pessoa zu tun hätte, sagte Herrera, während er den schaukelnden Pick-up immer tiefer in die Plantage hineinlenkte, wäre ich auf ein überraschendes Ende gefasst, denn seine Romane folgen oft keiner Dramaturgie. In *Libro del desasosiego de Bernardo Soares* fügt er die Geschichten wie Kacheln zusammen, das ist nicht von mir, das steht so bei Wikipedia, aber genau so habe ich es beim Lesen empfunden: wie Kacheln. Es gibt da keinen notwendigen Schluss. Aber weniger begabte Schriftsteller, verzeih mir, wenn ich das so offen ausspreche, kommen ohne Dramaturgie nicht aus, so wie schlechte Köche alle Zutaten aufs Gramm abwiegen, wie ich zum Beispiel.

Du?, sagte ich, ich dachte, du kochst historisch und kreativ, aus dem Bauch heraus? Wir reden nicht über mich, sagte Herrera, wir reden jetzt über dich, also: Welchen Schluss kann dein Roman haben? Lass mich die Geschichte zusammenfassen: Dein Held findet heraus, dass alles ganz anders ist, als er dachte, und doch auch wieder nicht. Die Trappistin versteckt sich in gewisser Hinsicht tatsächlich im Kloster, aber nicht vor der Mafia, sondern vor der Ordensleitung in Madrid, die nicht wissen darf, wie schlimm es um die anderen Schwestern steht. Und der Gemüsehändler, aus dem du meiner Meinung nach einen Koch machen solltest, der früher Matador war, möchte gleichfalls, dass alles beim Alten bleibt. Der Held verspricht ihm in die Hand, das Geheimnis nicht zu verraten. Aber gleich darauf flieht er aus dem Kloster, im Morgengrauen. Ich bin nicht geflohen, sagte ich, ich bin abgereist, das hast du selber vorhin sehr richtig erkannt. Unter dem Vorwand, sagte Herrera, seine Mutter liege im Sterben, beendet er seinen Aufenthalt zehn Tage früher als geplant. Na und, ich habe dir versprochen zu schweigen, sagte ich, in die Hand, gestern im Refektorium, warum glaubst du mir nicht, dann hätten du und ich ein Problem weniger.

Wie viel ist das Wort eines Mannes wert, sagte Herrera, der das hundslausige Essen eines Kochs in den Ziehbrunnen wirft, aber jedes Mal, wenn der Koch ihn fragt, ob es ihm geschmeckt hat, sagt, *es war köstlich, Herrera, diese Estragon-Note, das kannst nur du, Bocuse war ein Stümper gegen dich!* Das waren nie meine Worte, sagte ich. Vielleicht nicht exakt so, sagte Herrera, aber du hast mein Essen gelobt, und kaum war ich weg, hast du es in den Brunnen geworfen, ich mache dir deswegen keinen Vorwurf. Ich bin nicht Koch geworden, weil das mein Talent ist, mein Talent ist es, Stiere zu töten, das ist alles, was ich jemals wirklich gut konnte. Aber seit mich Formalito erwischt hat – und ich nehme es ihm wahrlich nicht übel – seither … es gibt Brüche im Leben, wem sage ich das, du bist der, der sich mit Brüchen auskennen sollte, du stehst gerade selber vor einem Bruch. Denn eins muss dir klar sein: Wenn du ehrlich gewesen wärst und gesagt hättest, Herrera, dein Essen schmeckt nach gar nichts, du liebst das Kochen, aber es ist eine einseitige Liebe, wenn du das gesagt hättest, könnte ich dich jetzt ziehen lassen. Denn dann würde ich denken, dass du ein Mann bist, der sein Wort hält. Aber so … was verlangst du von mir? Dass ich einem Lügner vertraue? Lügner ist ein hartes Wort für jemanden, der nur höflich sein wollte, sagte ich und riss die Tür auf.

Und dann dieses kleine Fliegen aus dem fahrenden Auto hinaus ins Geäst einer Steineiche. Ich flog und landete. Ich rannte über staubige Erde und Wurzeln, die sich mir aus der Erde entgegenstellten, ich stürzte und rannte im nächsten Moment noch schneller als zuvor. Wie im Sportunterricht gelernt, fasste ich Etappenziele ins Auge, dieser schiefe Baum dort, diese Anhöhe, dieses Wegkreuz. Und wenn ich das Ziel erreicht hatte, suchte ich mir das nächste, diese Steinmauer dort, dieser Bauer mit seinem Hund, der die Ohren aufstellte, als er mich roch, er bellte, und dann rannten wir aufeinander zu, es war mir egal, wenn er zuschnappte. Aber er sprang an mir hoch, wir kannten uns, es war der Hund, den ich gefüttert hatte. Kein einziges Mal drehte ich mich um, erst jetzt, als ich im Wagen des Bauern saß und er mich – da ich ihm erzählt hatte, dass meine Mutter im Sterben lag – im Karacho ins Dorf runterfuhr, drehte ich mich um, aber die Fahrerkabine des Pick-ups besaß kein Heckfenster, sodass ich nie erfuhr, ob Herrera mir überhaupt gefolgt war.

Epilog

Zwei Jahre später las ich in einer Buchhandlung in Leipzig aus meinem neuen Roman vor, der frisch erschienen war. Zu Beginn der Lesung saß Hedda Solsted noch nicht im Publikum. Erst nach einer Viertelstunde, als ich die Stelle vorlas, in der ich im Zitronengarten von Santa María de Bonval saß und einen Käfer nicht zerdrückte, der über den Marmortisch kroch, öffnete sich die Tür, und ich sah sie in einem blauen, ärmellosen Kleid hereinkommen. Sie hielt, während sie zu einem freien Stuhl ging, von denen es etliche gab, den Blick auf mich gerichtet, sie lächelte mit den Lippen. Ich überlegte mir, die Lesung abzubrechen und meine Flucht von vor zwei Jahren fortzusetzen. Aber natürlich tat ich es nicht, das wusste sie, sie wusste, sobald ich zu lesen begonnen hatte, war ich hier festgenagelt, deshalb kam sie ja mit Verspätung. Ich las zweimal denselben Satz, doch dann schaltete ich innerlich ab, wie ich es bei Lesungen sowieso meistens tue, und las den Text, als sei ich nicht dabei, dennoch mit routinemäßiger Intonation. Ein einziges Mal blickte ich vom Buch auf, weil das Publikum bei Herreras Satz *Im Kurs habe ich gelernt, die Launen des Gastes ernst zu nehmen, der Gast ist König und Behinderter* lachte. In einer Mischung aus Scham und Neugier *musste* ich einfach wissen, ob sie auch lachte, und tatsächlich, sie schmunzelte, obwohl sie kein Wort verstanden haben konnte. Ich las weiter und dachte gleichzeitig über die Ironie nach, dass ausgerechnet dieser Satz einer der wenigen war, die ich ihr in den Mund gelegt hatte. *Kunden er konge,* hatte sie einmal gesagt, bezogen auf ihren Hotelleriekurs in Bergen, aber alles, was Herrera im Zusammenhang mit dem Kurs im Buch sagte, war von mir hinzugedichtet worden.

Nach der Lesung eröffnete die Buchhändlerin die Fragerunde, und nun, ohne das schützende Eintauchen in die Sätze meines Buchs, kam es mir vor, als säße ich Hedda Solstad allein gegenüber und als sei das Publikum nur die Komparserie eines Zweikampfs. Eine grauhaarige Dame in der zweiten Reihe – es gab nur drei Reihen – fragte mich, ob der Roman ein Krimi sei, ich sagte, ich hoffe, nicht, und zwang mich, dabei nicht Hedda anzusehen. Das war schon die einzige Publikumsfrage, und um die peinliche Stille zu beenden, stellte nun die Buchhändlerin vorbereitete Fragen, unter anderem die nach dem Autobiografischen im Text: *Gibt es ein Vorbild für die Figur des Peirera?* Ich sagte, das könne ich nicht beantworten, Pereira sei eine Figur aus einem Roman von Fernando Pessoa, aber wenn sie Herrera meine: Nein. Dieses *Nein* fühlte sich auf meiner Zunge wie etwas an, das man nicht schlucken möchte. Hedda reagierte sofort, sie hob die Hand wie in der Schule. Ja?, sagte ich, ich rückte das Mikrofon dicht vor meinen Mund, in den zwei Sekunden, die vergingen, bevor Hedda zu sprechen begann, dachte ich, was will sie denn sagen, sie hat ja kein Wort verstanden. Hedda sagte auf Norwegisch, ich habe das Buch als E-Book gekauft, die sechzehn Euro möchte ich nachher von dir zurückhaben. Ich habe es im Internet auf Norwegisch übersetzt, kann sein, dass mir dadurch ein paar literarische Finessen entgangen sind. Ich möchte dem Autor nur eine Frage stellen: Wieso hast du aus mir einen Mann gemacht, einen Stierkämpfer? Das Publikum blickte, solange sie sprach, sie an, und als sie lächelnd schwieg, mich. Die Buchhändlerin wandte sich, nach einem kurzen Moment der Überforderung, an Hedda, *I am very sorry, but I am afraid, we didn't unterstand your question, do you speak English?*

Ich werde übersetzen, sagte ich ins Mikrofon, die Dame ist aus Norwegen, das ist meine Heimat mütterlicherseits. Die Dame fragte, ob es das im Buch beschriebene Kloster tatsächlich gibt, nein, aber es gibt in Andalusien Klöster, warum also nicht auch eins wie Santa María de Bonval. Ich bedanke mich für den schönen Abend, sagte ich, und wünsche Ihnen … Hedda hob wieder die Hand. *Yes,* sagte die Buchhändlerin, *another question, you are welcome to us!* Du kannst meine Frage hier beantworten, sagte Hedda auf Norwegisch, oder bei einem Glas Wein im Restaurant nebenan. Aber du wirst sie mir beantworten. Wenn ich sie dir hier beantworte, sagte ich, verschwindest du dann? Mein Flug nach Bergen geht morgen um neun, sagte sie. Sie zog ihr Flugticket heraus und hielt es hoch. Alle Augen im Publikum richteten sich auf das Flugticket, dann auf Hedda, dann auf mich. Das ist eine Sitte in Norwegen, sagte ich, so machen die

Norweger auf sich aufmerksam, wenn sie es eilig haben, sie halten Flugtickets hoch. Verhaltenes Gelächter. Deine Frage, sagte ich zu Hedda, beantwortet sich doch von selbst: Ich wollte die Geschichte schreiben, das ist mein gutes Recht, ich habe sie erlebt, genau wie du. Aber ich wollte sie nicht auf deine und Mortens Kosten schreiben. Es ist mir mittlerweile egal, was ihr da in Bryske treibt, ich musste euch nicht bloßstellen, das hat die Geschichte nicht nötig, sie funktioniert auch ohne euch. Entschuldigen Sie, sagte die Buchhändlerin, ich bin sicher, das Publikum interessiert sich sehr für dieses Gespräch, wenn Sie vielleicht kurz übersetzen könnten?

Die Dame will wissen, sagte ich, warum das Buch in Andalusien spielt und nicht in Norwegen, die Norweger sind sehr heimatverbunden und nehmen Literatur nicht ernst, die nicht in ihrem Land spielt, das wusste keiner besser als Ibsen. Ich habe, sagte ich zu Hedda, meinen Teil der Abmachung eingehalten, ich habe dir in die Hand versprochen, über die Vorgänge im Bryske Motell zu schweigen, und das habe ich getan, findest du nicht? Steht da im Buch irgendwo Bryske Motell? Steht da irgendwo Hedda und Morten, steht da Hendrik Lysbakken, nein, da steht Rodrigo, nicht Lysbakken, und bei dir steht Herrera und Matador und nicht das, was ich geschrieben hätte, wenn ich mein Versprechen gebrochen hätte, du solltest mir eher danken, Hedda Solstad! Ich habe der Dame, sagte ich zum Publikum, nur erklärt, dass die Lesung jetzt zu Ende ist und dass man nicht, wie es in Norwegen üblich ist, hinterher noch irgendwo essen geht, sondern der Autor geht ins Hotel, und das Publikum geht nach Hause, ist es nicht so? Ich klappte das Buch zu.

Die Buchhändlerin löste den Abend mit ein paar Schlussworten und der Ankündigung der kommenden Lesung einer angesagten Debütantin auf, doch frei war ich noch nicht. Ein rundlicher schwarzhaariger Mann sprach mich auf Spanisch an und klappte mein Buch auf der ersten Seite auf. Ich sagte, ich spreche leider nicht Spanisch, nun sagte er auf Deutsch, er stamme aus Málaga, deshalb habe er das Buch gekauft. Er versuchte, seine Enttäuschung hinter einem Lächeln zu verbergen. Als ich ihn nach dem Namen für die Widmung fragte, antwortete er, meine Unterschrift genüge. Ich war sicher, er hatte vorgehabt, das Buch für seine Frau signieren zu lassen, die sicherlich auch aus Spanien stammte, aber nun, da er die Wahrheit kannte, genügte ihm meine Unterschrift, so konnte er das Buch weiterverschenken oder auf Ebay zum Kauf anbieten.

Hedda Solstad erwartete mich vor der Buchhandlung, sie hatte mein Buch noch mal gekauft, in der Hardcover-Ausgabe, bitte eine Unterschrift, sagte sie, und sechzehn Euro für das E-Book. Das ist unlogisch, sagte ich, wieso hast du es noch mal gekauft? Wegen der Unterschrift, sagte sie. Ich unterschrieb und drückte ihr einen Zwanziger in die Hand. Sie gab mir vier Euro zurück. Und wie geht es Morten?, fragte ich. Eins muss man dir lassen, sagte sie, als ich es las, dachte ich, so war es. So war es, obwohl dein Buch mit der Wirklichkeit so viel zu tun hat wie eine Motelbesitzerin mit einem Stierkämpfer. Wer kennt schon die

Wirklichkeit, sagte ich. Und Seidelbast, sagte sie, wirkt überall, nicht nur in Klöstern, wie hast du Lilly Reinhardt genannt, im Buch? Liliane Renz, sagte ich. Ach ja, Liliane, sagte Hedda, wie deine angebliche Frau. So angeblich ist das nicht, sagte ich, sie heißt anders, aber ich bin wirklich verheiratet. Wie du willst, sagte Hedda, das geht mich nichts an, mich interessiert jetzt nur noch eins. Und was?, fragte ich. Warum ein Stierkämpfer, sagte sie, warum nicht ein Segler oder ein Reitlehrer, warum bin ich im Buch ein Matador? Weil es in Spanien spielt, sagte ich, keine Ahnung, es fiel mir einfach ein. Aber nun möchte ich dir auch eine Frage stellen, bevor wir uns verabschieden, eine Frage, sagte ich, die mich seit zwei Jahren beschäftigt: Am Schluss, als ich versuchte, nach Bergen abzuhauen und du deinen Wagen vor Hendriks Taxi quer gestellt hast, als du mit mir in den Wald gefahren bist: Was hattest du da vor? Bevor du aus dem Wagen gesprungen bist oder nachher?, fragte Hedda. Davor, sagte ich. Sie zog die Achseln hoch, und dann ging sie, und wenn ich nicht gewusst hätte, dass sie hinkt, hätte ich es heute Abend nicht bemerkt. Einmal drehte sie sich noch nach mir um, sie streckte seitlich die Arme aus und bewegte sie auf und ab, als wolle sie einen Stier in die Muleta locken.

ENDE